『撷花』文丛

野莽 主编

痛苦

野莽 著

中国言实出版社

图书在版编目（CIP）数据

痛苦 / 野莽著 . -- 北京 : 中国言实出版社, 2019.10
（"锐眼撷花"文丛 / 野莽主编）
ISBN 978-7-5171-3202-8

Ⅰ . ①痛… Ⅱ . ①野… Ⅲ . ①短篇小说—小说集—中国—当代 Ⅳ . ① I247.7

中国版本图书馆 CIP 数据核字（2019）第 210251 号

出 版 人：王昕朋
总 监 制：朱艳华
责任编辑：史会美
责任校对：胡　明
责任印制：佟贵兆
封面设计：竹　子

出版发行　**中国言实出版社**
　　　　　地　址：北京市朝阳区北苑路 180 号加利大厦 5 号楼 105 室
　　　　　邮　编：100101
　　　　　编辑部：北京市海淀区北太平庄路甲 1 号
　　　　　邮　编：100088
　　　　　电　话：64924853（总编室）　64924716（发行部）
　　　　　网　址：www.zgyscbs.cn
　　　　　E-mail：zgyscbs@263.net

经　　销　新华书店
印　　刷　北京中科印刷有限公司
版　　次　2020 年 1 月第 1 版　　2020 年 1 月第 1 次印刷
规　　格　880 毫米 ×1230 毫米　1/32　10.125 印张
字　　数　228 千字
定　　价　39.80 元　　ISBN 978-7-5171-3202-8

山花为什么这样红
——『锐眼撷花』文丛总序

在花开的日子用短句送别一株远方的落花，这是诗人吟于三月的葬花词，因这株落花最初是诗人和诗评家。小说家不这样，小说家要用他生前所钟爱的方式让他继续生在生前。我从很多的送别文章里也像他撷花一样，选出十位情深的作者，自然首先是我，将他生前一粒一粒摩挲过的文字结集成一套书，以此来作别样的纪念。

这套书的名字叫"锐眼撷花"，锐是何锐，花是《山花》。如陆游说，开在驿外断桥边的这株花儿多年来寂寞无主，上世纪末的一个风雨黄昏是经了他的全新改版，方才蜚声海内，原因乃在他用好的眼力，将好的作家的好的作品不断引进这本一天天变好的文学期刊。

回溯多年前，他正半夜三更催着我们写个好稿子的时候，我曾写过一次对他的印象，当时是好笑的，不料多年后却把一位名叫陈绍陟的资深牙医读得哭了。这位牙医自然也是余华式的诗人和作家：

"野莽所写的这人前天躺到了冰冷的水晶棺材里，一会儿就要火化了……在这个时候，我读到这些文字，这的确就是他，这些故事让人忍不住发笑，也忍不住落泪……阿弥陀佛！""他把荣誉和骄傲都给了别人，把沉默给了自己，乐此不疲。他走了，人们发现他是那么的不容易，那么的有趣，那么的可爱。"

水晶棺材是牙医兼诗人为他镶嵌的童话。他的学生谢挺则用了纪实体："一位殡仪工人扛来一副亮锃锃的不锈钢担架，我们四人将何老师的遗体抬上担架，抬出重症监护室，抬进电梯，抬上殡仪车。"另一名学生李晁接着叙述："没想到，最后抬何老师一程的是寂荡老师、谢挺老师和我。谢老师说，这是缘。"

我想起八十三年前的上海，抬着鲁迅的棺材去往万国公墓的胡风、巴金、聂绀弩和萧军们。

他当然不是鲁迅，当今之世，谁又是呢？然而他们一定有着何其相似乃尔的珍稀的品质，诸如奉献与牺牲，还有冰冷的外壳里面那一腔烈火般疯狂的热情。同样地，抬棺者一定也有着胡风们的忠诚。

一方高原、边塞、以阳光缺少为域名、当年李白被流放而未达的、历史上曾经有个叫夜郎国的僻壤，一位只会编稿的老爷子驾鹤西去，悲恸者虽不比追随演艺明星的亿万粉丝更多，但一个足以顶一万个。如此换算下来，这在全民娱乐时代已是传奇。

这人一生不知何为娱乐，也未曾有过娱乐，抑或说他的娱乐是不舍昼夜地用含糊不清的男低音催促着被他看上的作家给他写稿子，写好稿子。催来了好稿子反复品咂，逢人就夸，凌晨便凌晨，半夜便半夜，随后迫不及待地编发进他执掌的新刊。

这个世界原来还有这等可乐的事。在没有网络之前，在有了

文学之后，书籍和期刊不知何时已成为写作者们的驿站，这群人暗怀托孤的悲壮，将灵魂寄存于此，让肉身继续旅行。而他为自己私定的终身，正是断桥边永远寂寞的驿站长。

他有着别人所无的招魂术，点将台前所向披靡，被他盯上并登记在册者，几乎不会成为漏网之鱼。他真有一双锐眼，撷的也真是一朵朵好花，这些花儿甫一绽放，转眼便被选载，被收录，被上榜，被佳评，被奖赏，被改编成电影和电视，被译成多种文字传播于全世界。

人问文坛何为名编，明白人想一想会如此回答，所谓名编者，往往不会在有名的期刊和出版社里倚重门面坐享其成，而会仗着一己之力，使原本无名的社刊变得赫赫有名，让人闻香下马并给他而不给别人留下一件件优秀的作品。

时下文坛，这样的角色舍何锐其谁？

人又思量着，假使这位撷花使者年少时没有从四川天府去往贵州偏隅，却来到得天独厚的皇城根下，在这悠长的半个世纪里，他已浸淫出一座怎样的花园。

在重要的日子里纪念作家和诗人，常常会忘了背后一些使其成为作家和诗人的人。说是作嫁的裁缝，其实也像拉船的纤夫，他们时而在前拖拽着，时而在后推搡着，文学的船队就这样在逆水的河滩上艰难行进，把他们累得狼狈不堪。

没有这号人物的献身，多少只小船会搁浅在它们本没打算留在的滩头。

我想起有一年的秋天，这人从北京的王府井书店抱了一摞西书出来，和我进一家店里吃有脸的鲽鱼，还喝他从贵州带来的茅台酒。因他比我年长十岁，我就喝了酒说，我从鲁迅那里知道，

诗人死了上帝要请去吃糖果，你若是到了那一天，我将为你编一套书。

此前我为他出版过一套"黄果树"丛书，名出支持《山花》的集团；一套"走遍中国"丛书，源于《山花》开创的栏目。他笑着看我，相信了我不是玩笑。他的笑没有声音，只把双唇向两边拉开，让人看出一种宽阔的幸福。

现在，我和我的朋友们正在履行着这件重大的事，我们以这种方式纪念一具倒下的先驱，同时也鼓舞一批身后的来者。唯愿我们在梦中还能听到那个低沉而短促的声音，它以夜半三更的电话铃声唤醒我们，天亮了再写个好稿子。

兴许他们一生没有太多的著作，他们的著作著在我们的著作中，他们为文学所做的奉献，不是每一个写作者都愿做和能做到的。

有良心的写作者大抵会同意我的说法，而文学首先得有良心。

野莽

2019年9月

目 录

恩仇

1

四周静得恐怖，挑了祭品随他而来的家丁，已被吩咐去了墓地以外的地方，耳边唯有风吹古木的声音萧萧地响着，不时有几枚黄叶离开枯枝，在风中无声地舞蹈，又无息地飘落，悄然坠地的姿态令人心碎。一道黄光正好从他的臂边闪过，他反手一掌，如握住一枚飞自空中的暗器。十年以来，他常常这样练习着身手的迅疾。他展开手掌，一只暗黄的三角状的叶子上长满了神秘的卦纹，他不知道这卦纹的含义，但这三角，不就是他与秦王又与秦琼之间的关系吗？他的脸上不禁现出一丝苦涩，莫非这又是上天的暗示？

他撩开长长的黑袍，将奇高奇瘦的身子伏在了摆满祭品的墓前，样子如一只苍鹰。

哥哥，雄信又来祭奠你了，你记得这是第多少次，今天是一个什么日子吗？

一阵阴风吹来，墓顶上的荒草左右摇动。人世间的很多东西我都不记得了，或者说人世间的很多东西也无须去记，我只能记住在那里我还有一个弟弟。

听着这发自墓穴的阴森冷漠的声音，他黑色的长袍簌地一抖。难道还有一个仇人你也忘了？

仇人？仇人当然是忘不了的，因为没有他我就不会来到这里。

你却忘了具体的日子，是十年前的这一天你被仇人射死，我为你立下誓言，十年后我要把他的人头祭在你的墓前。为此我苦练了十年的武功，十年，三千六百五十个日夜，到明天就是我履行誓言的时候了。

然而那时你并不知道，他不是别人，而是秦王。

秦王又怎么样？在我的心中无论是谁射死了我的兄长，他就是我的仇敌。

唉，你总是这样急躁，只听懂了我意思的一半。

你另一半的意思是说……

秦王手下雄兵百万，猛将千员，你能割下他项上的人头吗？不要相信传说中恩仇相报的故事，要知道人世间的仇恨有的是报得了的，有的却是报不了的。恩情也是这样……

问得好，我能割下他项上的人头吗？不仅是你，就是我所有的朋友和家丁，甚至连我自己都常常这样问，虽然我每一次都没有点头，但每一次也没有摇头，而只是坦然一笑。我记得十年前我立下的誓言是，十年后若不把他的人头祭在你的墓前，我枉为一世人杰。既然苍天无眼，不肯助我，我就宁可把我的人头落在他的刀下，阴魂来到你的身边，你我兄弟二人就可以从此长相厮守了。也唯其这样，我才算没有背弃十年前立下的誓言。

唉唉，你总是这样任性，看来你是决计要去的了。

是的。还有一个问题我要请教哥哥，因为在是非颠倒的人世间，这个问题已听不到任何人的回答。譬如张三、李四有恩于

他，王五也有恩于他，李四却对王五有着杀兄之仇，李四要杀王五，张三他会站在哪一方呢？

这真是个复杂而又深奥的问题，也正是我要提醒你的。张三他要站在哪一方，那就完全取决于哪一方更加强大，报谁的恩对他更加有利了。

一方是赫赫秦王，一方只是小小庄主，更加有利的自然是前者。不过我总在想，如果当年不是我养肥了黄骠马白白送他，同时又赠他许多银两，一个病夫穷汉，早晚葬身江湖，怎么能去强贼群里救出秦王的大驾，又怎么能得到秦王的恩宠啊？

不要再苦苦思考这些道理了，人世间已无所谓道也无所谓理，无所谓是也无所谓非，记住我刚才说过的话，在你们那里一切都取决于利，因此做人也就难了。

我总算是明白了一点……等着我吧哥哥。

无力地说完这一句话，他的脸上显出了绝望的悲哀，眼前似乎已出现明晚事情的结局。荒草覆盖的坟墓内一时寂然，除了风吹古木的声音萧萧地响着，四周依然静得恐怖。黄叶一枚枚无声地落下，他抬起头来仰望林梢，仿佛听见了叶蒂离开树枝的哭泣。

他弓身站起，转过脸去，正要呼唤随行的家丁，这时听见背后的墓中发出一声轻叹。

既然这样，我就应助你一臂之力了，当然也是助我自己。

2

从昨晚开始，秦王的心里就烦躁不安，整整一夜未眠，清早起来，神情仍如昨晚一样恍惚。他很想独自一人出去走走，看看风景，散散心情，然而从早到晚，军中的事情一件接着一件，件

件都需要他来亲自处理。早餐和午餐他都觉得索然无味，匆匆吃上几口就把碗筷扔了，御厨们把全部手段都施展在晚餐上，可是晚餐他连菜带饭也只吃了一小碗，远不够以往饭量的一半。不过一壶酒却喝得精光，还要再喝，却被侍臣们劝阻住了。

太阳下去，月亮上来。几天前的战场上月光似水，照着地面一摊摊暗红的血迹，像是从天而降的一地落英，那颜色悲壮而又凄美。看见战场，秦王身上的热血又沸腾起来，一日一夜的烦躁顿时消解了一半。

听说秦王要骑马赏月，众将士早已披甲持械，肃然排列，一派护驾前往的阵势。他看着不觉一笑。我想的是出去散一散心，如此兴师动众，杀气腾腾，恰恰破坏了我的心境。如要护驾，有秦将军一人也就够了。

背插双锏的秦琼应声而至，手里牵着浑身没有一根杂毛的黄马。秦王正要跨上自己的白色龙驹，忽然间一转念说，秦将军，早听说你的黄骠马追风逐日，疾若闪电，今晚我俩换骑一次如何？

秦琼笑说，这个玩笑可开不得，殿下的龙驹臣子怎敢换骑？

秦王说，哪里来的这些破规矩，是我提出来要骑你的黄骠马，如不愿意，倒是你违命了。

说完这话，秦王真的拉过黄骠马的缰绳，将身一跃，就高高地骑在了它的背上。

接下来的情形连秦琼也感到无限惊奇，黄骠马载了秦王的身体，仰天长啸一声，突然如臀后遭了猛力的抽打，被一团黑气严严地卷裹着，响箭一般直向那洒满落英的战场飞去，转瞬之间已没了马影，只剩下长长一缕黑气如烟不散。过去的军中传说正像秦王所言，黄骠马追风逐日，疾若闪电，但那只不过是一种形

容，想不到今天它竟果然如传说一般，不，比传说中的闪电还要迅疾，难道它真通人性，知道背上是当今的秦王，未来的天子，蓄意要在他的胯下显一次神威吗？

惊奇过后便是惶恐，不知这孽畜要把秦王载到哪里，看它尾后的那股如烟的黑气，真担心会有什么不测发生。心惊胆战的秦琼已顾忌不得什么臣子殿下，飞速跨上秦王的龙驹，向着那股黑气尾追而去。

此时的黄骠马被黑气推进了一片幽深的林子，在一株缠满枯藤的大树下，一身黑袍的单雄信横刀立马，在此等候着杀兄之人。这片幽林，这株大树，在秦王的眼里似曾相识，甚至树下那个身穿黑袍的汉子，也像是在哪里见过。如打捞一件沉落已久的兵器，秦王的记忆深处恍然浮起一页往事，多少年前，他带了卫队出外狩猎，为追逐一只野鹿来到这里，一箭射去，却误中了一个路人，事后得知，那人是单家庄的单大员外，那一箭正中心窝，回庄不久就死了。那年他少不更事，败兴而归，居然没去安抚冤死者的亡灵。

我还是叫你一声秦王，你可知道我是谁吗？

可是单家庄单大员外的胞弟，人称天下第一义士的单雄信？

好眼力！你可知道我为什么在这里等你？

想必是为报当年的杀兄之仇。

果然是一个明白人！

林子中爆发出一阵可怕的大笑，笑声中林鸟像树叶一样纷纷惊落在地。眼望着对方手中的刀已举起，秦王的心在惊骇之余，却又变得出奇的平静，杀人抵命，冤冤相报，他觉得自古人人皆有的劫难已经来临。此时他似乎解开了一个心中的谜团，昨晚以来他为什么一直烦躁不安，而一出大营立刻心花怒放。不过还有

一个谜团他仍没有解开，那就是秦将军的黄骠马为什么这样神速，只听得耳边阴风飒飒，骑在马上的感觉如在云端飞翔，本意是到月光下的战场散一散心，一上马背它却径直地奔向这里。这哪里是一匹马，简直是一个魔鬼！

单义士赞我是一个明白人，其实我至死却不明白，你在林中等我是有杀兄之仇，马送我到林中难道也是有仇吗？

又一群林鸟在笑声中惊落，单雄信双臂一缓，手中举起的刀又收了起来。

看来你是真不明白，你骑的是我秦贤弟的黄骠马，也就是我当年用银子买下，养壮了又派人送给他的稀世良驹，好马通灵性，因为我于它有恩，所以它要助我复仇！

黄骠马一双眼睛晶莹闪亮，向着单雄信扬起前蹄，嘴里咴地发出一声嘶叫。

哦，现在我明白了！

不，你只明白其一，而不明白其二。若无我哥哥的阴魂相助，黄骠马纵然再快也仍没有这样快，所谓鬼使神差，就是这个道理！

哦哦，现在我彻底明白了！

然而，接下来的事情真让单雄信终生抱憾，悔恨不已。当他解开了秦王心中的谜团，第二次把刀举起来的时候，眼前本该定论的局面却在他们的应答之间，发生了根本的变化。在林外月光下的沙石小路上，一条形同病夫的黄脸汉子骑着白马，手舞双铜向这里狂奔而来，嘴里一路大呼，勿伤我主！

3

行刑的日子定在明天。

秦王的使臣最后一次奉命而来，打开狱门，转告秦王对他的仁爱和敬意，如能归唐，前嫌尽释，并可封为黑煞将军，与贤弟秦琼一道在帐下听命。他依然冷笑，将如剑的目光射向使臣。无论是当年的忏悔，还是今日的恕罪，都不能浇灭他心中燃烧了整整十年的复仇的烈火。兄长墓前的誓言不可违背，既然大仇未报，他也就只有追随兄长而去了。

只是再想和叔宝兄弟说几句话。

自从那个夜晚以来，一连这些个日子，秦琼都神情恍惚，形容憔悴，几乎像是大病一场。白天他苦思冥想，夜晚亦不能入睡，刚一合眼，眼前就走来两个庄客，一个牵着一匹黄骠马，一个捧着一包袱银两，躬身一施礼说，这是我家二员外送给你的。他问，你家二员外是谁？庄客说，怎么连我家二员外也不知道？他就是江湖人称天下第一义士的单二员外单雄信啊！一惊醒来，原是一梦。再一合眼，眼前又走来单二员外本人，一件黑袍裹着他奇高奇瘦的身子，一手持一壶酒，一手拉了他说，贤弟，趁着这好月色，你我二人结拜了吧。一喜醒来，又是一梦，温热的泪水已淌了一脸。

记不清做过多少次这样的梦，也记不清多少次与恩公相逢在梦中。未料到多少年后，两人真正的相逢却在昨晚，人世间有一千种想象，也不如这般离奇，这般残酷，林间月下，刀光铜影，情急中来不及多想，为报君恩，而将恩人之恩以仇相报了。

他也有无尽的话想对雄信哥哥诉说，让侍从备了一篮酒菜，

亲自提在手中。前往狱中的路不过一箭之遥，但他的双腿却重得难以迈动。

单兄，小弟来看你了。

好兄弟，我也料定你要来的！

单兄，昨晚小弟只是为救秦王，无意伤你，趁着众将还未赶到，几次呼你快走，你为何不懂我的意思，偏偏要挨到众将赶来把你擒住啊？

并非我不懂你，而恰恰是你不懂我，十年复仇的誓期已到，我与杀兄之人必须要死其中的一个了。倒是有一句话我要问你，我与秦王，谁在你心中的分量更重？

知道单兄要这样问我，其实我自己也常常这样审问自己。单兄对我恩重如山，当年要不是素昧平生的单兄还我黄骠马，赠我银两，只怕我贫病交加，早已困死在江湖上了！但是秦王对我情深似海，那次他的三弟元霸将军领兵要踏平我瓦岗寨，秦王恐我遭难，不顾通敌的嫌疑，暗中教我背插一面小黄旗，又教四弟勿伤背插小黄旗者，于是我让瓦岗弟兄人人黄旗插背，秦王此举不仅救了我一人，也救了我全寨的弟兄啊！

可是在此之前，首先是你有一次打散强贼，把他救了出来，这次他救了你，你们之间应该算是扯平了吧！

按理说是这样的，但是秦王在高祖面前总是说我好话，使高祖派臣子送我美女和财物，还说如果他的肉能割下来给我吃，他也能忍疼割下。每想到这一点，我就觉得秦王的情又重了一分。

那是为了你能投奔他的麾下，为他效劳，为他卖命。自从你归唐之后，你为他立下了多少战功，不谈割肉给你吃只是他们父子嘴上说说而已，就是真的割给你吃了，那也应该，你流的鲜

血，伤的骨肉，还没有他割下的多吗？你们之间也扯平了！

单兄，你和秦王在我心中是一样的啊！

既是一样，那么我与他此生有了不解的仇结，你为什么助他而不助我呢？

这话叫我怎样回答才好……

不好回答就让我替你回答了吧，只因他是当今的秦王，将来的天子，千秋功名，万代荣华，全在他御笔诰封之下，因此为报君恩，是可以负天下人的恩了！

单兄不必这样过激，你且先饮了这一杯酒再听我说……

一阵大笑淹没了他后面的劝说，不等他举杯斟酒，泪水横飞的单雄信早已夺过酒壶，仰起脸来一饮而尽。

背后似有一股阴风袭来，连日来心乱如麻的秦琼不由得打了一个寒噤。

狱外夜空如墨。但是天色一亮，行刑的时辰也就到了。

浑河

1

遥远的两山之间蜿蜒泻出一股大水，水流平缓澄净，清如碧带，那水流出山峡，人从下游望去，发源处的两山竟似双腿，山后丘亩如腹，水生腹下，有人便称它为仙女尿。仙女的比喻很美，唯有尿字不雅，于是后人改称清河。清河两岸土地肥沃，散居着棋子般的村庄，最大的村庄有两个，河东的一个是孔宋庄，河西的一个是黄金庄。

近年来这两个庄子喜事不绝，先是河西黄金庄潘家的小女嫁了河东孔宋庄武家的大郎，一河两岸的人无不赞叹，迟迟不嫁的甘陵郡最美的女子，可算是选中了最好的后生，郎才女貌，天生绝配啊。

接着是年后春试，大郎又高中进士。再接着圣旨下来，武进士即日便去山东阳谷上任，是为知县。

天下竟真有洪福双降的好事！

武家兄弟二人，大郎武植，二郎武松，一样的堂堂面貌，一样的八尺身躯。只是父母在时有嘱，长大一个习武，一个习文。兵荒马乱的年代，血气方刚的兄弟二人都要舞拳弄棒，父亲叹口

气说，那就听凭天意吧。提笔在宣纸上写下两个字，一刀裁开，叠成一对纸阄，让他两个自己来抓。二郎性急，抢先抓起一只，展开看了，恰是一个"武"字，哈哈大笑道，哥，你不用抓了。

大郎一声苦笑，既是天意，那就只好与诗书结缘了。身高力大未必就傻，外威内秀的人自古还是有的，学堂里别的弟子屁股打烂也背不出来的唐诗，他却随口能吟，尤其信笔写下的文章，常常令学识渊博的先生大惊失色。孔宋庄人就与黄金庄人赌酒说，咱村要出大才子了，不信，咱一口喝干清河的水！

黄金庄人却也有着自己的骄傲。千万别把清河的水喝干了，见过咱庄的两个美人儿吗？只有清河的水才能养出这么漂亮的脸蛋儿！

两个闻名甘陵郡的美人儿，一个姓黄名银莲，一个姓潘名金莲，曾使慕名前来黄金庄的媒人踏破铁鞋。银莲风流不耐寂寞，早早嫁了清河边一个摆渡的船家，金莲自视高洁，似乎至今也未把谁看在眼里。

想不到这样一句赌酒的话，竟引发了媒人的灵感，一下把大郎和金莲连在了一起。试着一说，亲事居然成了。原来金莲早已听说了河对岸有一文一武两个杰出的后生。

大郎奉旨去山东阳谷上任，依照朝廷的惯例，应带家眷同行。然而刚做了新娘的孝女金莲，因老爹突发重病，看样子危在旦夕，想了又想，决定先回娘家服侍一阵老爹，然后再去山东。想不到丈夫走得这样急，更想不到老爹病得这样急！

大郎抬眼看看金莲，看见了她美丽的眼中含满泪水，欲言便又止了。

二郎说，哥，嫂嫂这样做是对的，等料理完老伯的丧事，我

再亲自把嫂嫂给你送去。

金莲轻轻地说了一句，二郎，你说什么话来？

二郎说，此去阳谷山高路远，据说途中还有一个名叫景阳冈的地方，常有老虎出来吃人，我不护送嫂嫂，路上嫂嫂若被老虎吃了，怎么对得起我做县令的哥哥？

大郎小声呵斥道，休得胡说！嫂嫂是怪你说话不吉利，什么丧事丧事的！

二郎方才发觉自己失言，慌忙赔罪，哥哥嫂嫂休怪，小弟不会说话，其实老伯这次是死不了的！

大郎看着弟弟皱了一下眉头，金莲却拭泪一笑说，大郎，你就别再为难二郎了，你先放心地去吧，等我爹爹病稍好些，就让二郎送我前来。

明天拂晓就要离别，晚饭后自然早些安歇。夫妻双双入了鸾帐，大郎因多饮了两杯酒，兴致如烈火一般燃烧上来，盯着金莲那白玉一般光洁，雪棉一样柔软的身子，搂住她强逼着要变换一个姿势，直把金莲羞得不行，通红了脸悄声嗔他，哪里像个进士！哪里像个县令！挣扎之中，一只枕头掉在了床下，吓得她大气也不敢出，春葱似的手轻轻一指帐外的隔墙。

薄薄的木壁那边传来鼾声，二郎白天练武累了。

不过也不可轻信，毕竟已是二十多岁的人，又是一个体魄超人的汉子，切切不可过于放肆，明日见面不好意思。到了阳谷，县衙的深宅大院里，县令夫人什么都由着你了，金莲用一双含羞的眼睛对大郎说，忽然伸出玉腕，把他紧紧地搂在怀里。

翌日早宴，金莲亲手做下一桌酒菜，为即将赴任的丈夫饯行。席间借着为二郎奉菜的机会，在那张英武的脸上偷瞟了一眼，

二郎正埋头吃饭，此时抬起头来憨憨地说，多谢嫂子！

金莲心里的一块石头落下地来，还真是一个忠厚的兄弟，昨夜的癫狂他竟浑不知觉。改日由他护送，一路她就不会难为情了。

清河划着一道弧弯悠然而至，宛如一根银链横过美人的酥胸。河上有座高过水面的白石板桥，离桥半里处，河边还浮着几只小乌篷船，平常时候两岸的庄客过河，上桥也行，乘船也行，但每到夏季洪水漫过石桥，过往行人便唯有靠乌篷船来回摆渡了。河的上游面域越宽，水就越浅，有那性急胆壮的汉子不上桥，也不乘船，却脱光了下身，将裤子高高地盘在头顶，蹒跚着一步一步地涉过河去。

河边有浣纱的年轻女子，手里的棒槌迟迟不落，眼睛却望了那里，禁不住吃吃地笑。金莲分明从她们的笑声里听出了什么，但她的眼睛向前看着，她的眼里只有大郎。一直送大郎走上石桥，眼望着他高高的身影到了对岸，跨上马背，她的手还在空中摇着，声声呼唤飘过河去，大郎慢行，大郎等我！

明明是相聚在即，却像是生离死别，两串眼泪滚落下来，渐渐地眼前人影变得模糊了。

2

老爹的病情一天比一天沉重，看形势难以熬过月底，理当预备后事了。金莲是潘家的独生女儿，这事只能是她和母亲商量着做主。墓地已在老爹病危时请人看好，就在屋后的青石岗上，棺椁是老爹生前自己请人打造的，料理丧事的银两已经备足。如说还差什么，那就是只差一位主持殡仪的女婿，和一篇悼念老爹生平的祭文了。

　　如果大郎在家，两样也都有了。可惜大郎刚刚上任，路途遥远，公事为重，不必让他分身，殡仪就由母亲和她主持，至于祭文，可托人去请邻村的唐秀才写。唐秀才于数年前应试落第，从此断了入仕的俗念，在家开了一个教馆，教课之余仍是读读诗书，写写文章。他的诗书文章虽然比不上大郎，但在笔头应景方面，远近十里也有一些小小的名气，清河两岸的庄户人家，婚丧嫁娶，买房置地，多会想到请他来写文书契约。若是请他代笔作祭文，也不算委屈了老爹的一生。

　　听同村人谣传，唐秀才有意著书传世。难怪年将而立却未娶妻，想必就是为了这个吧。

　　金莲从未见过这位秀才，但是仅就这句传言，对他还是心生敬慕。

　　当然还有一个另外的说法，说是唐秀才身子太矮，因此方才没人嫁他。

　　好像不是丧事而是喜事，特意打扮光鲜的唐秀才随了来人，笑嘻嘻地应邀而至，进门看见披麻戴孝一身素白的美人，认定就是金莲无疑，一对圆溜溜的眼珠竟定在了那里，半晌忘了转动。

　　金莲看见迎面走来一个又矮又粗的身子，好似一颗大肉球滚进门来，吓了一跳，听人传报他就是唐秀才，慌忙含笑相迎。只听说唐秀才矮，想不到矮到这个份上，并且矮而又粗，粗而又俗，两颗死盯盯的眼珠这样无礼。被那眼光盯视的双颊蓦地红了，仿佛遭了火烧，她侧身躲开了他的眼睛。

　　多谢唐秀才，金莲有礼了！

　　快快免礼！在下做梦都想见到娘子，想不到今天能为娘子效劳，在下这辈子哪里去找这样的好事？

话里闻到一股酸腐之气，金莲心里又增了一丝不快。然而既是托人把他请了来，还是以礼相待的好。

唐秀才请到后屋用茶，纸笔都已预备好了！

多谢娘子，在下这就动笔。

唐秀才的文字功夫不错，词采斐然，潘老爹的祭文写得充满了情感。呜呼哀哉，之乎者也，加上他那抑扬顿挫的动人念诵，使灵堂祭吊的亲朋乡邻缅怀旧事，纷纷都流下了眼泪。

临走的时候，泪水汪汪的金莲赶出门外，手里捧着十两银子的谢酬。

唉唉，娘子聪明一生，美貌一世，想不到今天却小看在下了！在下生来不爱金钱，只爱美人，听到娘子传唤，不顾一切赶来，为的只是与娘子见上一面，和娘子说上一句话啊！

唐秀才快别这样说，再说就折奴家的寿了！

娘子千万不能折寿，在下还有要紧的事想求娘子呢。

唐秀才请讲。

娘子今天有孝在身，在下改日一定再来。

金莲的背后，传来老母悲伤的呼唤，金莲，外面风这样大，你在和谁说什么呢？

女儿在送唐秀才，这就回来。

唐秀才如痴如醉地看着金莲，就着双手接住她的酬银，突然在她那软哄哄的胸上捏了一把。

门外的风委实不小，金莲不由打了一个寒战。夜风低啸，要撩起她身上的白色孝衣，她用双臂把胸口紧紧地环住。

一个必将难眠的夜晚。天的一边，一牙新月凄凄惨惨，月下的清河宛若天上的银河，水光如星光一样迷离闪烁，侧映着唐秀

才那张激动的脸，那双僵直的短手。

月色下的金莲白衣飘飘，恍如凌波仙子，但她的脸上红霞散去，此时像冰霜一样冷漠。

3

第七次的追求依然遭到拒绝，唐秀才几乎要绝望了。

怀着最后的侥幸，他决心再见一次金莲。老天真是捉弄人啊，自从那晚见到她后，那凌波仙子的影子就再不能在他心中消失。他白天想她，夜里梦她，吃饭把筷子喂进鼻孔，穿衣把裤子套在肩上。短短几天，消瘦多了。

瘦了也好，瘦了显高。但是他这身材也是天下出奇，肉多时看着又胖又矮，肉掉了看着比胖时还矮，老天是存心不给他出路了。

金莲拒不接受他的求爱，一定是嫌他太矮，你看她挑中的武大郎身材多么高大，风华绝代的奇女子，也免不了取人相貌，落了俗套。除了个子，他还有什么可挑剔的，那晚的祭文写得多好，灵堂内外，一片饮泣，那是他的才华感动了所有的人。何况一篇祭文何足道哉，若是著书，不能流传百世才是奇了！

愤怒影响潇洒，还是重振精神，再去见他心爱的人吧。

敲开了门，这次出来的却是潘母。

又是唐秀才……

伯母，金莲在吗？

守孝七日已满，小女已回孔宋庄夫家去了。

啊，她、她、她走了……

唐秀才急着要见小女，有要紧的事吗？

没事，没事，哦，有事……

有事请讲。

哦，还是上次我对她说的事情……不过我还是和她面谈为好。

忽然从潘母那神色渐渐凝滞的脸上，发现了情况的不妙，唐秀才慌忙闭嘴。

面谈你就到她夫家去面谈吧！

唐秀才还发愣地站在门口，忽听一声汪叫，从潘母的背后嗖地冲出一条大黑狗，龇牙咧嘴，朝着他的面前就要扑来。

潘母厉声喝骂，不知骂狗还是骂他，狗东西，你来想干什么？

唐秀才的后脊梁上蹿出一股冷汗，他连连后退，嘴里说着，我走，我走……

春心依旧不死，凌波仙子的倩影仍在眼前诱人地晃动。离开黄金庄，低头走过清河的石桥，他又来到孔宋庄。武家的门口倒是没有黑狗，却有一条身穿黑布衫子的壮汉正在呼呼地练武。一块碾盘大小的青石墩被他双手举到空中，绕场一圈，咚地扔在地上，那地便陷进半尺深浅。壮汉长得酷似大郎武植，只是更加威风魁梧，莫非他就是二郎武松？

有这样的壮汉守住家门，猛虎来了也会打死。若是有人打他嫂嫂的主意，只怕是一万个会写祭文的唐秀才也有去无回。那时谁人来写死者的祭文，死者的祭文又如何来写？

随着那块巨石的落地，唐秀才不觉浑身一抖。

请问那位矮胖的先生，你在找谁？

在、在下想找武、武进士的夫人……

实在是没有一点准备，竟失口讲出心中的人来。话刚出唇，脸色立刻就吓得煞白。

正是咱的嫂嫂，请问先生贵姓，待咱去向嫂嫂通报一声。

原来是武二郎武壮士，仰慕已久，果然英雄！在下免贵姓唐，七天前你嫂嫂娘家老爷仙逝，在下曾为他作过祭文……

知道了，先生是河对岸教馆的唐秀才，请稍等片刻，咱去叫嫂嫂出来和你说话。算你碰巧，明日天亮，咱就护送嫂嫂到山东阳谷咱哥哥的任上去了。

唐秀才的心里扑通乱跳，是等候还是溜走，慌乱间一时不知怎样才好。

偌大的个头闪身进了门内，好像在瞬间消失了一座山岗，眼前立刻变得空白一片。

久久不见出来，唐秀才越发感到事情不妙，转身刚走一步，听得门内一阵风响，试着扭头一看，只见二郎黑红着脸奔出门外，远远冲他吼道，姓唐的你给二爷站住，二爷今奉嫂嫂之命，来揍你这个不要命的矮色鬼了！

4

唐秀才丧魂失魄，两脚飘飘走向河边。远远的河中有一团白光闪烁，仿佛天空的星星映在水上，那白光却又悠悠向他游来。往前再走几步，原来是乌篷船上的一盏挂灯。

船上的渡客弯腰付了船钱，跳下船来，朝他背后的方向走去。乌篷船正要返回，迷迷糊糊的唐秀才像是突然醒了，慌得大叫，船家慢着！

跟跟跄跄地踏上船板，唐秀才听得扑哧一声，船头好像有个妇人掩口而笑。

上船的那位不是唐秀才吗？

借着船上挂灯的光亮，他看见撑船的居然是个女流。舱里舱

外没有旁人，刚才嬉笑说话的就是她了。月下看美人，女船家长得真是好看，简直有几分貌似金莲。

貌似金莲，唐秀才立刻又亢奋起来。

请问大姐，你家撑船人……

我家撑船人今晚不在，我就不能来撑船吗？

能撑，能撑，请问大姐芳名……

我叫银莲，你不认识我，我却是认识你的！

银莲？黄金庄有名的美人吗？啊呀，在下有眼不识金镶玉，真是惭愧之至！

别这么之乎者也的，真要是喜欢我，你就直说好了！

已经浇熄的火重又燃烧起来，眼前风流诱人的这个银莲，覆盖了心中难忘的那个金莲。

这么晚的天，唐秀才去哪里了？

我、我、我是到孔宋庄……

嘻嘻，我明白了，唐秀才是去找潘金莲的吧？

幸亏今晚星月朦胧，船上灯火半明，不然这张红如猪血的脸，一定被她看了个清楚。

好你个色胆包天的唐秀才，金莲家的武大郎走了，还有她的叔子武二郎守着，不是挨了一顿饱打也是吃了一个闭门羹吧？

银莲，求你不要再说了！

嘻嘻，还是什么秀才，我看你却是个呆子！

我怎么呆了？

好比心痒痒地想过河，人家不要你上桥，你就不能上船吗？嘻嘻……

船上的美人嘻嘻笑着，岸边的秀才呼呼喘着，看她那薄薄

的衣衫扣了一半，敞了一半，里面丰腴的身子在笑声中一抖一抖，到底他悟出了她话里的意思，大喜若狂，东倒西歪地向她扑了过去。

银莲，我的好银莲，狐狸，妖精，美人儿，心肝宝贝，我不要金莲，我就要你……

船身猛烈地摇晃着，乌篷船快要成了秋千，两个身子合在一起，滚倒在摇晃的船板上。

死秀才，猴急个什么，这多年你没找我不也过了？快让我起来把船摇到河中心去，不然有人要上船，我们两个就不行了！

气喘喘地爬起来，两人合力把船摇到河心，船便又开始猛烈地摇晃。

这个夜晚快活极了。掺着一阵一阵放浪的嬉笑，船板上的声音好似春汛到来，兴奋的群鱼在欢跳产卵。当一河两岸断绝了人迹，河心的小船方归平静。

乌篷船悠悠划向对岸，唐秀才想起要付船钱。银莲披着衣襟抖抖地嬉笑，你这个死秀才，你要付我多少船钱？

唐秀才心里一横，兜里替潘老爹写祭文的十两酬银纹丝未动，他把它全掏出来，塞进银莲的怀里。

秀才哥哥，你要常来坐我的船哟！

5

就像河边流传唐秀才与船家娘子黄银莲的风流韵事，他的发愤著书也在暗下里散布了开来。有人传他是一代奇才，一支妙笔竟能同时写两本书。两本书里，两个绝美的女人，一个淫荡，一个贞洁。

害他受尽相思之苦的潘金莲，书中是天下第一淫妇，一朵含露的鲜花插在了牛粪上。老公的个子比他还矮，做什么进士，县令，去走街串巷卖炊饼吧。让她勾引小叔二郎，让她与一个浪荡公子私通，谋夫另嫁，两个狗男女终日淫乐。

这一本，书名就叫《金莲传》。

另一本，书名却叫《银莲传》。

自然写的是黄银莲。仙女下凡的银莲姑娘爱上了同村一位穷秀才，时因父母双亡，叔公十两银子把她卖给一位撑船人。银莲宁死不从，一个月昏之夜，悄然与秀才乘船远逃。

银莲常去唐秀才家看他写书，唐秀才也常去清河边坐她的船。一个夏天，自遥远的两峡间泻出的这条清河，暴发了百年不遇的大水，白石板桥在洪浪中被冲得没了踪影，银莲的撑船老公在浊浪中丧生。银莲命不当绝，前几天寻事与撑船老公争吵，乘机又去了唐秀才家。等到洪水退去，银莲索性和唐秀才明里做了夫妻。

洪水退后的清河，依然黄浊。从此无论冬夏春秋，岁岁年年，再也不似过去那般如碧的清澄了。

书还在写着，书中的故事已传说开了。又有人把书里书外的人物对起号来，说金莲与奸夫谋了大郎纯属虚构，银莲与奸夫谋了船家倒像实情。

这年春，二郎去阳谷看望兄嫂，在景阳冈上打死了一只猛虎，一时成为天下美谈。时逢阳谷匪盗猖獗，大郎内不避亲，留二郎做了阳谷县的巡捕都头。

消息只一传开，四乡匪盗闻风丧胆，抢着投案自首，愿在打虎英雄手下效劳，去缉拿别的匪盗。

阳谷县不治而治，千里辖内一片太平。

潘老爹死后，金莲的老母一人在家守着家产，又收养了一个名叫瓶儿的孤女。未想两年后也染了与潘老爹同样的病，日渐沉重，自料不支，遂托人去山东给大郎金莲捎信。

武大郎自去阳谷赴任，两年不曾回乡。上次岳父辞世，亏了金莲料理，眼下岳母病危，他是不得不回的了，于是带了金莲星夜启程。金莲已于去年三月生下一个女儿，取名春梅，想让母亲与梅儿见上一面，也一同带着。

巡捕都头武二郎担心路上出事，竟亲自护送回乡。

清河县令阎大人得知消息，摆酒远迎，亲自陪同武县令武都头兄弟二人，又让夫人陪同金莲夫人和春梅小姐，先回孔宋庄祭了列祖，再到黄金庄看望潘母。清河两岸的乡邻看见大郎二郎衣锦还乡，身边跟着比当年更显美貌的金莲，想起唐秀才笔下的几个人，看他们时不免都用了怜惜的眼光。

阎大人陪同武氏夫妇游乡，自然是清河两岸孔宋黄金两庄历史上的一件大事，早有人把这事通报给了唐秀才，特意又说，还有一个景阳冈打虎英雄武二郎。唐秀才吓得屁滚尿流，带着银莲藏了起来。

潘母的病终是不治，大郎做主卖了家产，将其与潘老爹合棺厚葬。黄金庄人见他夫妇悲凄憔悴，不敢把听到的谣传告诉他们。倒是二郎寻找昔日一同练武的伙伴，饮酒之间听人说了，不觉大怒，拔刀就走。

但他无论如何也找不到那个该杀的秀才。

唐秀才从此杳然失踪。有人推论说他已吓死了。

多少年后，世上刊行了一部名叫《金瓶梅》的奇书。据清

河两岸的人说，书中人物故事颇似父辈所说唐秀才写的《金莲传》。失踪的唐秀才此时肯定已死，是后人盗了他的半部书稿，还是根据他的残稿另写，永无人知。

另一本《银莲传》却不见问世。想必是失传了。

义子

建安二十四年，短短一个春秋，刘备饱尝了荣辱欢悲的滋味。

为了稳定汉室天下，扫灭窃国大贼曹操，汉帝终于封他为大司马汉中王，立国巴蜀汉中一带，享受汉初诸侯的待遇。

虽然还未称帝，但比起过去卖草鞋织凉席的日子，毕竟是一个天上，一个地下。何况那顶皇帝陛下的帽子，连曹操目前也戴不上头，至于孙权更是望尘莫及。事情只能一步一步地来，不能一口吃一个胖子，先把一个汉中王弄到手中，再与魏吴争霸不迟。

这年春天，七十岁的老黄忠在定军山一刀劈了曹军主帅夏侯渊，令敌人三军胆丧，曹操痛哭，挥师报仇，却又被赵云连杀二将，挡住追兵。趁着这一空前喜人的大好形势，刘备命孟达带兵从秭归朝西北方向进攻房陵，孟达又一鼓而破，杀了房陵太守蒯祺。孟达还要继续攻下邻城上庸，玄德听说那个上庸虽小，却山险路恶，地僻人野，唯恐孟达有失，又派义子刘封带兵从汉中渡过沔水，到上庸城与孟达会合，但逢战事两人共商，不可专断。

别说玄德，就连神机妙算的诸葛亮也没算到，就在这"共商"两个字中，埋下了一粒悲剧的种子。几个月后，汉中王回想当初的安排，真是悔恨不已，悲痛欲绝，以致成为心灵深处终生

不愈的创伤。

初夏，又一次大败魏军，张飞矛刺许褚，马超飞骑劫寨，魏延一箭把曹操从马上射了下来，折断两颗当门牙。慌乱中有火无处发泄的曹操，嫌他的行军主簿杨修多嘴多舌，怒而诛杀了这个天下第一聪明的人。

秋七月，汉中王沔阳登坛，受冕领玺，迁治成都，立刘禅为世子。诸葛亮为军师，关、张、马、黄、赵为五虎大将，魏延为汉中太守。关羽守荆州，攻樊城，大败曹仁，水淹七军，擒于禁，杀庞德，威震华夏。

可惜曹操用计说动了孙权，在关羽攻打樊城之际，派人诱降公安和南郡两个太守，得了荆州，关羽败走麦城，中了陆逊、吕蒙的诡计，父子双双被俘。

冬十月，关羽、关平被杀。王甫坠城，周仓自刎，连关羽的坐骑赤兔马也终日流泪，绝食而死。

张飞急于为二哥报仇，限令部将三日之内造出全军的白衣白甲，戴孝伐吴，为此鞭打下属，夜里睡着以后，睁着眼睛被两个挨打的末将割了脑袋。

这一年终于过去了，新年伊始，曹操也倒了更大的霉，他那要命的头疼毛病又犯了，让部下请来曾给关羽刮骨疗毒的神医华佗。华佗摸摸他的脑袋，提出要开颅割瘤，生性多疑的曹操以为此人是想谋害他，居然下令把华神医杀了，接着自己也不治而死。

曹丕继位，一不做二不休，逼着汉献帝让位，自立为帝。

汉中王紧步后尘，也登坛称帝，因糜夫人投井，甘夫人病故，孙夫人回吴，于是立吴妃为皇后，长子刘禅为太子，次子刘永为鲁王，三子刘理为梁王。诸葛亮为丞相，许靖为司徒。

登基之日，乐极生悲，不由得想起举事时的桃园三结义，当上皇帝的刘备心情再也不能像当年想象的那样好了，两个为了帮他夺取天下而浴血奋战的弟弟没能看到今天的辉煌，可怜他们都早早地离他而去了。

不是可怜，而是可悲，这是一场天大的悲剧，这场大悲剧的起因究竟在哪里呢？

新立的汉帝拔出宝剑，此时只想杀一个人。

首先想杀的自然是他的舅子孙权，夺我荆州，杀我兄弟，我今与你不共戴天！

同时还有陆逊吕蒙两个小儿！

然而这都是与他争夺天下的敌人，敌死我活，明杀暗争，这本是自自然然的事情。问题是内部闹不团结，地方军队不以大局为重，各自为战，隔岸观火，眼看着关羽全军覆没，父子丧命，这便尤其令人不能忍受了！

想起出事的那一天，冲出重围去向上庸求援的廖化，没有得到刘封孟达的救兵，大哭而返时闻听了关羽父子被俘的消息，飞马前往成都报信，当时他几乎不相信自己的耳朵！

千叮咛万嘱咐要好生镇守的荆州，怎么竟会失了！

过五关斩六将诛颜良杀文丑，温酒斩华雄千里走单骑的二弟，怎么竟会败在东吴一个没有什么文化的吕蒙小儿手里！

跟随自己南征北战的义子刘封，怎么竟会见死不救他义父生死结盟的兄弟、他的二叔关将军！

如果事情真像廖化说的那样，那逆子真是罪责难逃！

再往前想，他又想起当年初进襄阳的情景。襄阳太守刘泌与他一样，也是汉室宗亲，得知两人本是一家，立刻视为弟兄，并

把站在自己身后的外甥、故去的罗侯寇氏之子寇封介绍给他，要寇封叫他叔叔。他见寇封威武挺拔，是一个少年英雄的模样，仗着几分酒意，竟提议说，与其认作侄儿，不如收作义子吧。

于是寇封便成了他的义子，改叫刘封。那时甘夫人还没生下阿斗。

酒醒之后，他才想起应当征求一下军师诸葛亮的意见。可是军师却捻着胡须笑一笑说，这是你的家事，要商量只宜与你的两个弟弟商量，我是没有发言权的。

三弟张飞哈哈大笑，好！好！大哥有了儿子，我也有了侄子啦！快拿酒来，我老张要喝你的喜酒哇！

二弟关羽却皱着眉头，甘嫂嫂已经身怀有孕了，大哥你何必等不及呢？螟蛉之子，将来迟早是个后患。

他犹豫了。然而当着刘泌太守的面一言既出，寇封也已磕头认父并改姓为刘，大丈夫怎么能够言而无信，反复无常呢？

夺取天下，重在有人，俗话说打仗还数亲兄弟，上阵全靠父子兵，多一个义子，毕竟多一分力量。这小伙子年轻力壮，又练得一身好武艺，不是一个白吃饭的。

二弟的极力反对，只有天知地知，再就是他们两个当事人知，连军师和三弟乃至刘泌和甘夫人都不知道，年轻单纯的刘封就更不会知道了。也许这是一个永远的秘密，为了安定团结，他会把这个秘密带进棺材。

但是二弟生性磊落，从不隐瞒自己的观点，他会不会在外也对人说呢？

若是无意间传到刘封的耳中，他又会作何感想？

不，即便关羽说了，刘封听了，出兵解围乃是军国大事，在这样的大事面前，刘封是决不会掺进个人恩怨的。没向襄阳发来救兵，想必是其中另有原因。

这个没爹没娘的苦命孩子，自从跟他以后，多年来打了不少胜仗，也吃了不少苦头，凭着良心，他是应当感谢他的。

心灵深处，甚至还有一丝歉疚。登基称帝，封刘禅为太子，刘永为鲁王，刘理为梁王，刘封什么王也没有。他叫刘封，却唯他没封。为什么呢？因为他是义子，而不是亲子，不是汉室的血脉。

但是在收他为义子的时候，自己不是当着刘泌的面，亲口说过要把他视为亲子的吗？

若按本事，他比刘禅要强得多；若按功劳，他比刘禅要大得多。太子刘禅既无本事又无功劳，年幼的刘永刘理更是如此。

甘夫人生刘禅时，梦见天上的七颗星星坠入腹中，占梦师说那是七星北斗，天子之兆，真把他给高兴坏了，为生下的儿子取名阿斗。谁知北斗下凡的儿子越长越不突出，怎么也看不出是个帝王的苗子。他开始怀疑起甘夫人的那个梦来。古往今来，借用做梦制造舆论，成就大事的典故不少，甘夫人该不会为了儿子将来继承帝位，也编出这样一个梦来迷惑他吧？

然而甘夫人已死，此事也无从查证了。

直到确立太子之前，他还为这事犹豫不决，想到不尽如人意的阿斗，脸上现出一种恨铁不成钢的神情。满朝众臣，唯有诸葛亮能看出他的心事，摇扇捋须对他笑说，主公啊，你不要怪阿斗了，要怪只能怪你自己。

他吃一惊，怪我什么？

诸葛亮说，阿斗生下地时本来聪明伶俐，是你把他扔在地上，震了脑子，以后他才略显迟钝的。

他又吃一惊，我什么时候扔过他了？

诸葛亮说，主公真是贵人多忘事，就不记得长坂坡赵子龙单骑救主的事吗？你从子龙手中夺过阿斗扔在地上，嘴里还骂，你这孽子，险些折我一员大将！

是啊，岁月悠悠，这事他竟真的有些恍惚了。

诸葛亮说，你这一扔，阿斗大脑震荡，以后自然不再像从前一样灵活了。不过昨夜我观天象，七星明而转暗，暗后复明，这预示着阿斗将来还会聪明如旧。

他这才转忧为喜，太子也这才立了下来。

然而若是不论亲疏，任人唯贤，义子刘封并不是不可以考虑的。早年尧把帝位传给舜，舜又把帝位传给禹，他们也不是什么亲生父子的关系，这样做完全是以天下为重啊。我刘备一世英雄，居然还不如古代君王！

愧意恍若从记忆深处泛起的水，一点一点浇淡了心头升起的怒火。

不知什么时候，诸葛亮又走到他的身边。站着发呆的刘备似乎听得耳侧有细微的风声，猛一转身，看见了那把轻轻摇动的羽扇，和一张飘着几缕薄须的亲切笑脸。

军师，啊不，丞相，你看我到底老了，竟把刚刚封臣的事给忘了！

刘备自我解嘲地笑一笑，立刻拉了诸葛亮的手，在椅子上肩并肩地坐了下来。

比起我们的汉升将军，主公怎么能妄说一个"老"字？正是年富力强的好光景呢！主公神思恍惚，是因为心里还装着一件事情。

不错，我的心里确实还装着一件事情，这件事如果不作处理，我会永远有恨，但是这件事如果处理不当，我又会永远有愧。

是啊，一方是兄弟，一方是义子，真是一件难事。

刘备一惊，丞相真是神人，一眼就看到我的心里去了！依丞相的意见，这件事怎么处理才上合天理下合人心呢？

诸葛亮轻摇羽扇，这件事怎么处理都上合天理下合人心。

丞相这话是什么意思？

关将军情急告危，命在旦夕，刘封隔岸观火，见死不救，以致襄阳兵马全军覆没，关将军父子被杀，这是其一；张将军报仇心切，苛待部下，继而又被杀，这是其二；主公一下丧了两个兄弟，痛心疾首，蜀军一下折了两员虎将，锐气大减，这是其三。刘封这一行为，已造成三桩大过，若按军法从事，定他一个死罪，天理能容，人心可服！

刘备咬牙切齿，心底的怒火复又升了起来。

既然如此，那就杀了他吧！

不，主公错了。

丞相是说……

主公一定还记得的，当初派刘封协助孟达攻打上庸的时候，是主公亲口对他再三叮嘱，有事共商，不可专断。据我对他二人的了解，不发兵援救关将军必然不是刘封的主张，而是孟达执意所为，刘封死死记着主公的叮嘱，害怕因为出兵与孟达闹成分裂，有违君命，更担心如果分兵去救襄阳，刚刚取得的上庸又会失守。因此造成这一惨案的责任在于孟达，而不在于刘封，不追究他，天理人心依然能合！

刘备的牙齿咯咯响着，怒火却转移到孟达的身上了，这是他在心里曾经暗暗设想过的事情，刘封不死，又泄了恨，只能是让同掌出兵大权的孟达担当罪责。

这么说，我那孽子可以不杀？

不，主公又错了。

丞相……

刘封虽然无罪，但是刘封必死，只不过主公不要以军法杀他罢了。

刘备又是一惊，睁大的两眼愕然盯着诸葛亮的脸色。

诸葛亮的脸色却异常平静，异常祥和，甚至一丝浅浅的微笑从他的嘴角浮了出来。

主公新登帝位，阿斗新封太子，刘永刘理也新封为王，登基封位那天，刘封虽然带兵在外未回，但不可能不知道这个消息，心里也不可能不有所触动。在您的四个儿子当中，他的年龄最长，本事最大，功劳最高，主公在鼓励他奋勇作战的时候曾经说过，对他要像对亲生儿子一样，可是眼前的事实却恰恰不是这样。人非草木，他若没有一点想法倒是一个傻瓜蛋儿，无非是表面上装作平静而已。我所担心的是，等到太子继位的时候，主公和我都已作古了，他们兄弟之间会有一场争战，刘封勇猛刚健，武艺高强，太子必然不是他的对手，真要到了那一天……

到那一天……啊，千万不要到那一天，千万不要发生那样的事！

主公收他做义子时曾问过我有什么意见，当时我说，这是主公自己的家事，可以去问问云长翼德两位兄弟。其实说心里话，主公的家事也是蜀国的国事，身为臣子，我不可能不闻不问，不管不顾。我之所以没有表态，乃是见你主意已定，而且早把义子认了下来，如果主公真想听我意见，应该听得出来我的没有表态其实就是表态。时逢乱世，人心叵测，我对什么义父义子自然有着我的思考。远的不去说了，我们就说近的吧，吕奉先原是丁原的义子，接着又是董卓的义子，他的两个义父不都是死在他这义子的手里吗？刘封的武艺虽然不如吕布，但是杀一个兄弟一位新君还是不在话下的。主公，前车之鉴，不可不防。

刘备觉得眼前的世界倏地一暗的同时，周身上下也嗖地一冷，他不由得记起当年收养刘封的时候二弟的反对，真是英雄所见略同，云长虽是一介武夫，丞相却是神机军师啊。

既不免他，也不杀他，又要除去后患，丞相难道还有第三种高妙的办法？

此时的刘备目光楚楚，分明是一切听命于诸葛亮的了。

诸葛亮浮在嘴角的笑容蓦然收尽，嘴里轻轻地吐出了两个字：赐死。

一匹快马星夜离开成都，疾风一般向着上庸奔去。

三天以后，传旨者飞骑带回的消息，让两人都大感意外。孟达闻听传他二人回川听命，立刻联想到关羽之死，知道凶多吉少，连夜就降了魏，并且次日率兵反攻上庸，在马上劝刘封弃暗投明，千万不要回去，一回去就没命了。还说刘封太诚实，太死心眼，把主公视为生身父亲，而主公却不把他当作亲生儿子，这次登基封王就是一个最好不过的证明。

刘备喘着气问，刘封怎么回答？

传旨者说，刘将军大骂孟达卑鄙无耻，说他妄想挑拨你们父子关系，举枪就刺，孟达只好拨马逃回魏营去了。刘将军担心误了回川大事，转身进城布置好了守城兵马，自己只带几名侍从，随后就到。

刘备不禁心里一颤，几乎要推翻既定的方案了。转脸来看诸葛亮，只见他手里的羽扇轻摇，面无表情，心里又是一颤。

真是一位诚信的男儿，天黑以前，刘封真的只带几名侍从赶了回来。看着年轻的义子盔甲未卸，满脸征尘，开口叫他一声父亲，说话的时候都气喘吁吁，刘备想到他即将面临的结局，几次想问他一句什么，然而每一次都把话咽了回去。

一切还是由诸葛亮来过问的好。

刘封，你身为蜀将，又是主公的儿子，关将军的侄儿，关将军被吕蒙围在麦城，派廖化前去向你通报消息，人家几乎跪下哭求，你为什么一兵不发，狠心看着你的二叔全军覆没，父子被杀，你知罪吗？

丞相息怒，先听小将说一句话，小将奉命去协助孟达攻打上庸，临行时父亲曾再三叮嘱小将，要与孟达有事共商，不可专断，二叔派廖将军前来向小将通报消息，小将心里急得就像火烧一样，立刻转告孟达，要带兵去为二叔解围，孟达却推说上庸刚刚拿下，以防有变，一兵一卒也不许小将带走，小将和孟达争执起来，半天没有结果，廖将军一路大哭着走了。小将眼看无法说服孟达，后来不顾一切，正要独自带兵去救二叔，这时听说二叔和关平兄弟已中了吕蒙的暗算……

果然事出有因，事因竟和他心中揣测的一般无二。

说得有理。我再问你，你和孟达共事不是一日，孟达叛国降魏，为什么你事先一点也不知道？他都劝说了你一些什么，你又是怎么回答他的？既然忠君报父，你为什么不杀叛将孟达？

据小将猜想，孟达降魏并非蓄谋已久，而是接旨后起了疑心，害怕吃罪的一时举动。他挑拨小将和父亲的关系，胡说父亲心中没我这个儿子，这次封王就是证明，小将把他臭骂了一通，正要拿他是问，他却逃进魏营，小将害怕误事，急着回来要见父亲，因此没再追杀。

说得也有理。不过我还要问你，这次主公登基称帝，立你弟刘禅为太子，刘永为鲁王，刘理为梁王，难道你真的一点想法也没有吗？

刘封低头思索片刻，然后慢慢扬起脸来，丞相想听真话，还是想听假话？

自然想听真话。

小将不是城墙的砖石，不是吊桥的木头，要说一点想法也没有，那是不可能的。听到父亲称帝封王的消息，小将是想来想去，最后才一下子想通了，父亲收我为义子，看中的是我年轻力壮，勇猛能战，是一个打天下的，而不是坐天下的。自古人生有命，富贵有种，打天下的和坐天下的原本不是一样的人，弟弟们是父亲的亲生骨肉，理应将来继承帝位。小将本是苦命的人，生身父母早丧，舅舅带我长大，跟了父亲以后，才懂得一些国家大事，学得一点带兵本领，小将这一辈子应该感激父亲，而不应该向父亲讨要王位，更不应该和弟弟们争权夺利。丞相您说，小将这样想对不对？

诸葛亮不禁向刘备投了一瞥，他分明看见，两点泪光在刘备的眼里盈盈地闪动着。

你想得很对，但是你能一直这么想，任何时候都这么想吗？

刘封又低下头去，这一次思索的时间长久了些。

气氛在一瞬间变得严重，可怕的沉默中，听得诸葛亮轻轻地叹了一声。

主公还是除了他吧，毕竟是一个不能让人放心的人啊！

这话是多么的似曾相识啊，二弟云长当年不是这样说过吗？想起死去的二弟，一阵哀思涌上心头，随之又是一腔愤怒。刘备的两眼渐渐深沉，闪动的泪光顷刻化为怨恨。说什么记着我的叮嘱，与孟达有事共商，不可专断，因此才误了二弟的性命，照这样说，不发救兵的责任难道在于我吗？

而且，万一真如丞相所虑，下一位可能受难的就是太子了！

眼里闪烁着的已经是两道剑光，刘备冷冷地看着站在自己对面的义子，晚风拂拂，袍带飘飘，威武挺拔的身躯依旧，而那张亲切的面孔此时竟变得陌生起来。

沉思的刘封终于抬起了头，丞相，小将会努力这样去想。

好一个诚实无欺的孩子！好一个命中注定的结果！好一个会努力这样去想！

和诸葛亮再次默默地对视一眼之后，刘备长叹一声，霍然拔出腰间的佩剑，"当"的一响扔在刘封的面前，然后转身走出了大帐。

刘封退后一步，无限惊愕地看着他平生最敬重的诸葛亮，那张年轻英俊的脸上此时惨白如纸，大睁的双眼似乎想问，父亲他这是怎么了？

诸葛亮面无表情，从口中轻轻吐出一句话，不必问了，请自决吧。

小将无罪啊，丞相！他到底嘶着嗓子喊了出来。

孩子，什么是有罪，什么是无罪，无论为君还是为父，事情既已这样定了，你何必还要苦苦争辩！

突然间他像是明白了一切，脑子里一阵倒海翻江，竟首先翻出孟达的一句劝告，他仰脸向天，泪水像雨一样从两只泉眼涌出，淌过额际，点点滴滴落了下来。

是啊，我为什么这样诚实，为什么这样死心塌地啊？

他俯下身去，默默拾起地上的剑，那把父亲心爱的佩剑，举在眼前看了一眼。惨淡的夕阳照在剑上，在上面镀上一抹长长的血红。

黑夜马上就要来临，沉沉夜色中，将有一位忠心耿耿、战功赫赫的义子悄无声息地倒在他的所谓父亲的剑下，好比一匹被主人暗杀的家犬。明天清晨，一个消息就会像狂风中的落叶一样吹向路人，无论敌我，大家都会为这消息震惊了。

孟达会仰天大笑吗？

还有留在上庸的守军，他们会抵挡住孟达的攻打吗？

泪流满面的刘封用战栗的手缓缓举起剑来，朝着帐外那无边的夜色走去。

挥泪

　　入春以来，诸葛亮几乎每夜必梦，每梦必见先帝。今晨天都快要亮了，侧卧在病床上的刘备又将一双骨瘦如柴的手轻抚在他的背上，再一次地流着泪说，丞相，阿斗如有造就，你可全力辅他，如无出息，你可自立为主，但是无论如何，你一定要记着当年在隆中说过的话啊！他也流泪而答，说的依然是那句以后将成为千古绝唱的"鞠躬尽瘁，死而后已"。忽然醒来，不见先帝，以那种姿势睡在床上的却是他自己，浑身像是刚从水里打捞起来，冷汗已浸透了睡衣，连被角也有些湿了，只是刚才被刘备摸过的背上，似乎还留有他的余温。

　　于是就再也睡不着了。何况自从追随先帝以来，三十多年中他还没有睡过一次懒觉。他匆匆起床，用凉水漱了个口，水太凉，入口后牙有些疼，毕竟是五十岁的人了，侍从多次建议他改用温水，都被谢绝。不仅漱口，洗脸他也坚持用凉水，说是这样可以在一天之内保持头脑的清醒。

　　侍从端水进来，默默地退到他身后，隔了一会儿才说，参军马谡在门外等候多时了。

　　诸葛亮捞起水里的毛巾，正要洗脸，听到这个名字，又把毛巾丢回盆里，扭过头说，怎不早些告诉我？快快请他进来！

见诸葛亮满脸憔悴两只眼圈儿都是青的，马谡不禁暗自一惊，心里同时感到一丝隐痛。

丞相，您又熬夜了吧？

不，昨夜我倒是睡了一个好觉。

我看您的眼睛……

哦，我是又见到先帝了，他再次提到统一天下的事。

不过，昨夜我还观测天象，北方气数正旺，那星星亮得就像贼子的眼睛，根本没有衰亡的征兆啊。

是啊，其实你看到的，我也早看到了，只是我的誓言未遂，先帝在九泉之下不能瞑目，后主也不知道我的心里是怎么想的，成都军民更是在私下里议论纷纷。如果只看天象，不知要等到什么时候。再说天象繁复，变化无常，天下大事，不能完全迷惑于一时的天象。

丞相的意思是说，您又想起兵攻取长安了？

曹魏不灭，我哪有脸去见先帝！

可是，即使不说天象不天象的，从双方实力来看，魏国拥有百万雄兵，千员战将，而我蜀国自云长、翼德、汉升、孟起相继去后，五虎大将中仅剩下一个子龙，却已七十高龄，敌强我弱，已成定势。就是过去五虎将在时，所得的辉煌也多是游击战，攻心用计，以智取胜，并且还是联合东吴，两个打一个。现在孤军伐强，远途硬攻，将会是个什么后果，还请丞相三思。

是啊是啊，其实你想到的，我也早想到了，还说三思，只怕千思也不止了。然而永远这样安于自守，不思进取，先帝临死相嘱的蜀汉大业何时才能实现？

马谡张了张嘴，但看见诸葛亮的嘴还在动着，他的嘴便闭上了。

曹丕刚死，曹睿继位，他们的新旧交替之际，正是我们的乘虚而入之时，马谡贤弟，用兵切忌优柔寡断！

没叫参军，而叫了一声贤弟，这是在丞相的家中。这声呼唤，使马谡一直埋在心中的无限感恩之情又一次涌了上来。丞相和哥哥马良深情厚谊，丞相略长，哥哥次之，别人都在私下传说他俩是结拜的兄弟，其实他俩并没有像结义于桃园的刘、关、张三人一样，无非是情投意合，相互引为知己。丞相家住襄阳樊城，他家住在襄阳宜城，虽不是同吃一口井里的水，但在偌大的蜀军队伍中，也算是很近的乡亲了。乡亲更兼知己，可不就是兄弟一般吗？哥哥夷陵遇害之后，丞相待他又如兄弟，常常在灯下对坐长谈，从军事谈到生活，从深夜谈到天明。此情此意，马谡这一辈子都是忘不了的。古人云士为知己者死，何况这位知己是哥的哥哥，是空前绝后的当今奇才啊！

丞相既然下定决心，我愿随丞相一道出征！

诸葛亮向他投去赞许的一瞥，同时又叫了一声贤弟，不过这次是在心中。马谡自幼熟读兵书，精通兵法，比他哥哥马良更有才学，是继凤雏先生庞统之后的一位难得的谋士，而且忠勇义气，文武双全，比庞士元更有过之。只是他真诚率直，能言善辩，军中不免早就有人对他产生了妒嫉，甚至在先帝面前屡有微词，以致刘备在白帝城临终的时候，竟拉着诸葛亮的手说，马谡言过其实，不可大用。然而在这个世界上，也许只有诸葛亮最了解马谡了，这个被认为言过其实的人，所出之言往往却是正确的！就以最近的一次次战争为例，孟获起兵犯境，诸葛亮七擒七纵，其间好几次都发怒要杀掉孟获，而马谡却主张以仁者之情，以心战为上，使其心服，永不再犯。听了马谡的高见，那位不可一世的狂傲酋长果然长跪不起，眼里流下了羞惭的泪水。

有贤弟在我身边，我的信心就更大了！

写好了《出师表》，诸葛亮长舒了一口长气。这口气在他胸中已经积了许久，现在终于化为一篇激扬文字，在这张奏表里尽情地表达了出来。第二天早朝的时候，他将此表郑重地交给后主刘禅，并且又面奏说，臣受先帝之托，中原一日不收，心神一日不宁；请陛下念臣苦心，允臣伐魏。

看着那字字是血的文字，听着那声声是泪的话语，后主不顾众臣的苦谏，颤着嗓子叫了一声相父，毅然批准了他的请求。

诸葛亮率领三十万大军，直向汉中进发。受命为中参军的安远将军马谡献上了出兵以来的第一计，丞相，进军中原的消息传到长安，曹睿必然聚众商讨，谁人可以带兵抵挡。整个魏军里面，最会用兵的应该是司马懿了，我有一计，可使曹睿对司马懿疑而不用。

参军请讲。

曹操病危的时候，曾经商议继位的人选，司马懿极力主张废去太子曹丕，而立陈思王曹植，后来到底还是曹丕继位，曹丕死后，继位的又是他的儿子曹睿。曹睿和司马懿虽是君臣，却是政敌，我可暗中派人传布谣言，就说司马懿不服新君曹睿，私下策划谋反。曹睿多疑，必然中计，重则杀头问罪，轻则削去兵权。如果这样，我军就除去了一个最可怕的对手。

诸葛亮手摇羽扇，连称好计。

马谡依计而行，事情果然就像他所预料的那样，曹睿一怒之下，将司马懿削职回乡，却派曹休领军迎敌。当探子飞马传回这个消息时，诸葛亮对马谡的赏识又增了一分。

没有了司马懿，蜀军势如破竹，短短的几天之内，连续攻下南安、天水、永安三郡，直取长安。曹睿大惊失色，方知中了诸葛亮的离间之计，急忙从乡下召回司马懿，封为元帅，大将张郃为先锋，带领二十万人马，出关迎敌。

从汉中到长安本来有三条道路可走，一条是陈仓道，一条是褒斜路，一条是子午线。三条道路数陈仓道平坦，但有重兵把守；褒斜路难走，曾被曹操喻为鸡肋，食之无肉，弃之有味；子午线最为艰险，但距长安最近。当初魏延也曾献计说，丞相，魏军统帅夏侯楙怯而无谋，我可带五千人马从子午线攀险道北上，十日到达长安，一举攻下此城。诸葛亮笑道，你分明是欺中原无人，夏侯楙真像你说的那样臭屎无用，曹睿怎么会让他做统帅呢？如果遭到埋伏，不仅你和你的五千人马不能活着回来，还会影响我军二十万人的整个战略！

从现在的情况来看，夏侯楙的确是臭屎无用，当初如果听了魏延的话，长安早已得了。一丝后悔从诸葛亮的心头掠到眉间，军中谁也不曾察觉，唯一不能瞒过的是马谡的一双敏锐的眼睛。他轻轻地走到诸葛亮的身后，小声说，丞相，既然机会已经错过，那就只好另想办法，秦岭的西边有一条小路名叫街亭，如果抢先占了那里，也为攻取长安扫清了道路。

诸葛亮回过头来，望着马谡点了点头。真是难得，两人想的竟然一模一样。

正要点将，消息传来，魏将张郃引五万精兵也直奔街亭而去。诸葛亮吃了一惊，火速升帐。看着眼前纷纷请战的将士，他心里一阵深深的感动，但是眼光从将士们的脸上逐一掠过时，却又充满了忧虑。

张郃原本是袁绍手下著名的骑兵将领，官渡之战曹操大败袁绍，张郃弃袁降曹，曹操如获至宝，赞他是投殷的微子，归汉的韩信。张郃从此屡立战功，当年黄忠在定军山力斩夏侯渊，令对方三军失色，曹操派张郃出兵为夏侯渊报仇，黄忠险丧张郃之手，幸亏赵云拼死相救。遍数蜀将，能与张郃对阵者只有五虎大将，而五虎之中，赵云一虎尚存，但他已年迈七十，再不是当年单骑救主的常山赵子龙了。

诸葛亮的目光从赵云的脸上掠了过去。

与虎威大将军赵云相比，镇北大将军魏延年富力强，正当壮龄，并且英勇无畏，跟随着他打过无数胜仗，是仅次于五虎的一员大将。但是此人身上的骄狂之气的确令人不敢放心，仗着自己本事大，功劳高，全军中只服他诸葛丞相一个人，除此之外，把谁也不放在眼里。而服他的原因有一半因为他是丞相，如果仅是诸葛还很难说。军中早已有人传出四句预言：孔明在时，魏延不敢；孔明死后，魏延必反。甚至有人亲眼看见，魏延的后脑勺上有鸡蛋大一个硬块，麻衣相术称此为反骨。当年杀了顶头上司长沙太守韩玄，带领百姓投奔攻城的关羽，已经应了反骨一说，以后再反，不就是反蜀吗？

况且这次出兵之前，研究如何攻取长安的时候，魏延第一个提出让他领兵五千，从子午线攀险道北上，以迅雷不及掩耳之势，奇袭长安。是他一笑否之，魏延当时就通红了脸，一句话也不再说，默然地退了出去。如今机会已经失去，张郃大军相迎，抢先而去街亭，此时却让魏延出马，万一他心怀不满，敷衍了事，或者不能抢在张郃前面，或者虽得街亭而不死守，那么一切也就完了。后脑勺上长着反骨的人，不能不防啊！

诸葛亮的目光又从魏延的身上掠了过去。

接着一一望去。王平，武如其名，未免太平了点儿，至多是一块副将的材料；廖化，没听魏军里面有人笑话，蜀中无大将，廖化做先锋吗？马岱，也远不如他的哥哥马超；马忠，人是很忠，可是忠而无能也打不了仗啊；杨仪董厥，文能参军，武却不济；关兴张苞，虽然少年英雄，只是年纪太小，过去跟在自己身边，从来没有独立远征，面对张郃这样久经沙场的老将，万一有个闪失，如何对得起他们死去的父亲？

诸葛亮的目光倏然一闪，最后落在了马谡的身上。

这一瞬间，马谡的心里涌起一股滚烫的激流，那是身上的热血在喧嚣躁动。他用全部的真诚和勇气承受着那一眼，不是乞求，也不是盼望，只是随时的等待，在全军别无他人的时候，他应该舍生忘死，挺身而出。抢占咽喉一般的街亭，抵挡猛虎一般的张郃，别说是他，蜀中诸将谁也不能妄说把握。但是既然那一双眼睛，如兄如父的眼睛，天下他最臣服的眼睛望向了他，便是赴汤蹈火，粉身碎骨，他也是心甘情愿的了。报恩的机会到了，尽忠的机会也到了，视我如弟如子的丞相，对我无限器重的丞相，力排众议依然用我的丞相啊，受命于危难之中，不是天下义士最好的答谢吗？

丞相，不才愿领二万五千兵马去守街亭！如同疾风闪电，帐前所有人的眼光都刷地一下，从各个角度向他射来。马谡脸色铁青，目不斜视，说完这一句话后，厚而有棱的嘴唇就城门一样地紧紧关闭了，只有那一双坚定的眼睛，回报似的直盯在诸葛亮的脸上。

你可明白此言的分量？

不才明白，街亭是进军长安的咽喉，守住街亭，我军可长驱直入；失去街亭，我军则气断难行。

你可明白食言的后果？

这一句话还只问到中途，诸葛亮心里就猛地一紧，正如同他对马谡的提醒，他比谁都明白此言的分量，他这是逼着马谡当众立下誓言！自古以来，军法无情，多少死于军令状下的英雄，令人惋惜，令人悲哀。此刻站在眼前的这位情同手足的马谡，将因为他的这一句话，也要与多少死在自己人刀下的悲剧英雄一样，挥笔写下生死状了。想不到曹睿依然起用司马懿，想不到司马懿居然选用张郃，想不到魏军会以二十万雄兵出关相拒，又以五万先锋助他抢占街亭。面对这样的战局，谁去街亭都是只有力争，而无把握的了。他突然想收回这一句话来，但是这一句出口的话就好像一支离弦的箭，早已经收不回来，话音刚落，耳边就响起了马谡的回答，声震大帐，洪亮如钟。

不才明白，如果街亭失守，请丞相按军法从事！

一名帐前文书双手捧出一张状纸，另一名则捧出一副笔墨和端砚，双双走到马谡面前。诸葛亮的心里又是一紧，张开嘴来正想再说一句什么，马谡却接过笔来，飞云泻雨，在纸上写下了自己的名字，然后抬起头，含笑望了帐中的丞相一眼。

一切就这样定下局来。

马谡领兵出发，副将王平押后。诸葛亮将马谡送出帐外，又看着他纵身上马，嘴里轻轻说了一句贤弟保重。这句话唯有马谡才能听见，马谡也轻轻说了一句丞相保重。他点点头，不知不觉鼻子一酸。统军二十多个春秋，送别多少出征的将士，他的心里还从未有过这种异样的感觉。这感觉中有一丝凄凉，一丝悲壮，同时还有一丝浓浓的柔情。突然之间，他意识到这感觉有些不祥，这感觉使他莫名地想起易水之畔的荆轲。

一声低沉的鸦叫从耳后传来，好像一支钝箭刺进他紧缩的心中。从此以后，这声音就永远地驻留在他的记忆里了。

半数是意料之中，的确在侥幸之外，日惊夜怕的结局终于出现，马谡带兵前去的方向传来战报，街亭失守了！

刚刚来到这个咽喉之地，副将王平就和马谡产生了争执。仔细地察看了地势之后，马谡料定平地扎寨绝难抵挡张郃的五万精锐，骑兵将领出身的张郃，平生最擅长的是率领马队冲开敌阵，蜀军只有二万五千人马，数量仅是张郃的一半，伏路拦阻，以弱对强，好比薄土欲掩江河。马谡决定把军队带到山上，准备好足够的滚木和礌石，只等张郃大兵一到，居高临下，全力以击，切断道路，然后带领人马杀下山来。但是王平却坚持把营扎在路边，两人相持不下。马谡长叹一声，只好同意拨他五千人马在山下呼应，自己一人率军上山。

本来只有张郃半数的兵力，现在就只剩下了两万。

不愧是魏国名将，张郃一眼就发现了马谡的两难，挥动大军，将马谡屯兵的山寨铁桶一般围了起来。

粮尽水绝，马谡领兵下山，拼死一战，几乎全军覆没。

心爱的战马被乱箭射死在突围的路上，马谡拔剑割下马缰，命残存的部下将他绑了，押回蜀军大营。

营中是一片死一般的沉寂，将士们的目光一触见马谡那被缚的身体，那袍破甲裂的身体上累累的血痕，纷纷都垂下头去。

马谡向前走了几步，直直地跪在了丞相的面前。

相别不过几日，丞相那张消瘦的脸愈发显得憔悴了，一阵风来，吹起几根苍灰的胡须，荒草似的在他脸前悠悠撩动。他的脸上布满怒气，心里却涌起一阵难忍的悲哀。记忆中不祥的鸦叫像送别那天一样清晰地浮起在他的耳边，这是命中的必然，而不应是马谡的过失。即使不把营寨扎在路边也将是一样的结果，这场敌众我寡的恶战，无论如何也是不好打的，忠勇仁义的马谡知难而进，他是要用生命报答左右为难的丞相啊。

诸葛亮的记忆中此时还出现了当年类似的一幕。同样是立下军令状，同样是违令而回，在华容道放走曹操的关羽，不也是罪在当斩吗？只因有刘备求情，张飞在场，死罪终究还是免了，连活刑也未曾动他一下。自己却以夜观天象，曹操气数未到，命不当绝的说法，在众将面前给自己下了个台。如果当初杀了曹操，群龙无首，魏都长安的城头也许早已插上了蜀国的大旗，哪里会出现这样的局面！如今马谡重蹈覆辙，与有心放曹的云长相比，街亭之失只是回天无力，而不是有心违令，这样说来，马谡更是应该原谅的了。

他的脸色比铁还青，风已吹过，但他苍灰的胡须仍如风中的荒草，还在微微地颤着。只有极短的一瞬，他那一直停在马谡脸上的火一般灼灼燃烧的眼光，在众将的脸上划过一瞥。他希望有人此时能站出来，甚至全体将士跪成一排，像军中往常发生的多少次先例一样，为情有可原的败将求情。在那样的气氛之下，也许他满腔的怒火可以稍息，把军法适当地从轻一点儿，至少留下一颗项上的人头。戴罪立功，舍命相报，自古以来这样的佳话太多太多，何况今天要处斩的，是人才难得、义气尤其难得的马谡啊！

但是营中仍然是死一般的沉寂，今天不是往常，这次的祸惹得太大，功亏一篑，战局急转直下，处心积虑的伐魏大计，眨眼之间已成泡影。偷眼看看丞相，脸都气成紫色，眼都恨成红色了，羽扇纶巾，飘然儒雅，拈须笑谈的丞相，过去也曾怒过，却从未见他怒成这样！街亭之失可叹可悲，二万五千人马抗敌五万，况且还是名将张郃，以寡胜多虽曾有过骄人的战绩，不败之军却是历史上不会有的。把手按在胸上说句天理良心的话，点到自己领兵去守街亭，结局如何也唯有天知。

问题是马谡自告奋勇，口出大言，并且说了还不算，又亲手写下军令状，不给自己留下一条后路。一笔多么潇洒的字啊，比丞相写得还好，行云流水，气贯长虹，像凤在舞，像龙在飞。然而这一个个字不是飞龙，而是飞刀，当时寄在丞相的状纸上面，现在要落在自己的脖子上面了。白纸黑字，众将当面，如今事与愿违，果然犯下军令，这个情怎么去求，这个情又怎么求得下来！

沉寂的时间也许太久，难耐的无言中，帐外又起了一阵清风。初春的风依然冷峭，诸葛亮单薄而虚弱的身子禁不住打了一个寒战，隐在眼中的两点亮光恍若天边的晨星，渐渐地黯淡下来，余光在马谡的脸上无力地散开，他的心一阵刀割般地疼痛。

马谡！你还有什么话要说吗？

请丞相行刑，马谡无话可说。

跪在帐前的马谡把头抬了起来，散乱的长发遮掩着他脸上的伤痕和乌血，也遮掩了他的双眼，他想仔细地再看一眼丞相，垂散如网的发丝却使那张无比熟悉的、平生他最敬仰的面孔此时变得朦胧而又破碎。他下意识地动了一下，本想用手把散发撩开，但是双手已被自己的军士用马缰捆牢，他只好奋力将头一仰，那蓬乱发就从前额飞到两鬓了。

这一刻他又看清了丞相。啊，那位智慧、忠诚、贤德、如父如兄、如同神明的丞相，虽是怒眼对他，也依然无比亲切。

不，丞相那燃烧如火的目光在众将眼里是怒，而在他的眼里却是隐含深深的爱意。

借着那一仰头间，诸葛亮也看清了马谡的脸。这哪里还是一张脸，一片黑灰中夹着斑斑乌红、五官模糊、酷似一块肮脏残破的树皮。一道又宽又深的刀伤从左眉斜切到右耳，大半只耳朵已没有了，两点亮光，从那小小洞穴似的眼中挣出，让人看了凄然心碎。几天以前，这张脸还贴近着他，在深夜的烛光下与他共商破魏之计，精心选择攻取长安的途径，而几天之后，跪在地上的人却面目全非！

从那张脸上的神情已无法看得出来，只能从那洞中透出的两束目光，听到他压在心灵深处的语言。那无声之言的一字一句，唯有诸葛亮才能听见，也唯有诸葛亮才能理解。

丞相，此次起兵伐魏出师不利，罪责全在于我，只有把我斩了，才对全军有个交代，丞相万万不要为难，私情为轻，军法为重，丞相的威望为大啊！

丞相，你对我哥哥马良如同亲弟，对我如同小弟，我兄弟二人蒙你错爱，受你大恩，今生今世无以为报，只有在你需要的时候不惜献出自己的生命！

丞相，记得出征之前我曾说过，蜀魏两国兵力悬殊，以弱伐强，以劳对逸，乃是兵家之忌，也许还不到夺取天下的时候。是丞相不忘先帝嘱托，决意起兵，现在既已受挫，还是及时班师回朝，以后再等时机吧！

丞相，刚才你问我还有什么话说，我答无话可说，其实我有一句，是我临死还放不下心的。丞相既然待我如弟，我死之后，我的儿子就请你看作是你的儿子，替我把他抚养成人，我在九泉之下感您大恩！

丞相，我的话说完了，请下斩令！

突然，马谡那张肮脏残破的脸上裂了一下，露出一口森然的白牙，那是他自慰的一笑，笑罢就闭上了他的眼睛。

与此同时，诸葛亮的眼睛也闭上了，两汪泪水像是两道热泉，从两只眼角一涌而出，淌过消瘦而又憔悴的颤动着的脸颊，滚落在他的胸上。

斩！

马谡最后一次听到了丞相的声音，这声音还在耳边清楚地萦回着，那颗乱发飘飘的头颅已和身体分了开来。接下来随着断头落地的一声闷响，他的两只眼睛蓦然睁开，遥遥地望着大帐下泪下如雨的丞相。

众将士纷纷背过脸去。魏延领头，帐前泣声一片。

风过雨来，是早春天气的淅沥小雨。阴风惨惨的天空下，雨水混合着刑场上正在冷却和凝固的热血，使它变得胭脂一般，与刑场边的青青野草映在一起，形成一道鲜艳的景色。

迎风招展的伐魏大旗卷了起来，三十万蜀军后队变作前队，背向长安，踏上被春雨浇湿的山道，缓缓地朝着来时的方向走去。

四轮车上坐着心力交瘁的诸葛亮，荒草似的苍须在晚风中颤动着，一夜之际，他好像又老了十岁。

忽然想起《出师表》上的慷慨文字，暮色里的诸葛亮感到脸上一阵燥热。走完这段来时的道路，就又要见到后主了，他的心里再一次地沉重起来。出师有表，班师也应有表，诸葛亮痛苦地闭上眼睛，梦呓一般嘴里默默念着：

> 臣本庸才，叨窃非据，亲秉旄钺，以励三军。不能训章明法，临事而惧，至有街亭违命之阙，箕谷不戒之失。咎皆在臣，授任无方。臣明不知人，恤事多暗。《春秋》责帅，臣职是当。请自贬三等，以督厥咎。臣不胜惭愧，俯伏待命！

反骨

对于魏文长来说，天下恐怕没有比这更冤的事了。

丞相复出祁山，因司马懿坚守不战，正为此事烦恼着，又听说分三路出兵伐魏的东吴，被魏军设计烧了粮草战具，无功而返，一急之下，旧病复发，竟然晕倒在地，醒来时已是昏夜，在众将士的围呼声中，极度虚弱的他首先想到的是仰观一下天象。啊，天上的北斗亮得耀眼，只可惜那耀眼的都是客星，主星却幽暗得令人心疼。那颗幽暗的星星不就是他吗，想必是他在世的日子已不多了。丞相长叹一声，这时记起了自己熟谙的祈禳之法。明知是天意难违，但如果能为自己再争取一点寿命，哪怕几年，甚至哪怕几月，成全他消灭了强魏，统一了天下，到那时再魂归天国，见到先主也好有个交代啊。

所谓祈禳，就是在帐中点燃七盏大灯，外布四十九盏小灯，内安一盏本命灯，四十九名甲士身穿黑衣，手执黑旗，环守帐外，不许任何生灵进入。如果七日内主灯不灭，主人尚可增寿十年，主灯如灭，则必死无疑了。

一日长于百年，看看六日六夜已经过去，那盏主灯还在悠悠地亮着，只差今天这一个日子了，难道苍天有情，真的被这位旷世奇才感动了吗？如果不是突然发生的一件事情，或者说如果不是一个悲剧人物的出现，丞相的生命定是可以挽救的了。三分天下的局面，乃至从此以后的历史，也是可以改写的了。

然而，丞相那位终生的敌手，魏军主帅司马懿也会夜观天象，孔明将死的征兆已从那颗幽暗的星上隐隐透出，引兵攻营，自然是他不可再失的良机。

耳听得寨外人喊马嘶，留守寨门的魏文长手按佩剑冲进帐来。奉命在帐中护灯的姜伯约仓皇中一把没有拦住，他那两脚带起的疾风早已震得帐中的灯影惊悸乱晃，四十九盏小灯的光焰摇曳了一阵又继续亮下去，熄灭的恰是那盏燃烧的主灯。一声丞相刚刚出口，只见仗剑披发的丞相脸色惨白，手中的宝剑"当"地落在脚下，人就僵直在四十九盏小灯之中了。

长史杨仪跪倒在丞相的面前，愤然地说，早不进来，晚不进来，唯独这个时候进来，不能不让人心生怀疑！

丞相终于死了。

丞相临死前说的一句话是，天要下雨，娘要嫁人，我死之后，魏延若真要反，也只好如此了！

蜀军大营笼罩在一片悲哀之中，依然是长史杨仪，第一个咬牙骂道，你这个天生反骨的狂人，丞相到底死在了你的手里！

随着这一声骂，拥进帐中的全体将士怒目而视，分明是把这笔账记在他的身上了。

魏文长默然地听着，他的眼光避开了众人，却遥遥怒视着杨仪，右手下意识地按了一下剑柄。他本想回骂一声，你这个挑拨离间制造是非的小人，丞相的死怪得着我吗？

但在众将面前，他毕竟将这口苦水咽了回去。

由杨仪口头传达着丞相的遗嘱，蜀军后队变作前队，向成都方向进发，征西大将军魏延断后。

说到征西大将军的时候，他的声调有些古怪，并用挑衅的目光斜看了魏延一眼，脸上甚至出现了一丝笑意。

一股怒火勃然涌上心头，魏文长再次按了一下手中的剑柄。他感觉到自己的手在簌簌发抖。

这一切都没逃过杨仪那鹰隼一般的眼睛。

怎么，你敢说一声恕不遵命吗？

冷冷一笑，明知是阴险的激将，魏文长却真的说了一声：恕不遵命！

然后转身走出大帐。

杨仪无非是一介文吏，既无庞统之谋，且无蒋琬之才，追随先主以来身无寸功，只不过筹备粮草，调动军需而已。仗着在丞相的屁股后面转来转去，把谁都不放在眼里，尤其对性情耿介的魏延时有诋毁，丞相面前常进谗言，还让手下的人在军中散布，说他的脑袋后面长有什么反骨，有鸡蛋大……

往事如烟，一缕一缕飘过魏文长的脑际。

当年他杀了长沙太守韩玄，投奔先主，连关将军都感动得拉着他的手，连说蜀中又多了一员猛将。唯有这个杨仪，却像狗一样趴在丞相的耳边，说他既然今日杀了韩玄，难道明日不杀刘备吗？幸亏云长苦苦求情，丞相刀下留人……

先主决定迁治成都的时候，与丞相商量，镇守汉中得有一员重将，大家都以为会用张翼德，先主和丞相却相视一笑，当众念出了他的名字。先主问他：你不是不怕曹操吗？今天我把汉中委托给你了，你说怎么样呢？他哂然一笑，如果曹操亲自率领所有的兵来，我就为您挡住；如果只派偏将带十万兵来，我就为您吃掉。众将都鼓掌称道。又是这个杨仪，却在一边冷笑说，魏将军可别图嘴快活而丢了脑袋啊！也幸亏以后的事实证明，他把一座汉中镇守得固若金汤。

初出祁山，马谡成功地使用离间之计，让刚刚继位的魏主曹睿把足智多谋的司马懿给废了，真是一个千载难逢的机会，他忍不住主动请缨，乘机带领五千人马，抄险道从子午谷北上，争取十天抵达长安。但是素来谨慎的丞相则不肯冒险，选择了另一条路线褒斜道。后来马谡失守街亭，他曾仰天流泪。还是这个杨仪，又在丞相的身边自语说，丞相是为马谡流泪，魏延却是为他自己流泪，他在悲叹丞相不如他啊！

很多次出兵之前，他要求带一万人马，和丞相统领的大军在一个约定地点相会，他的目的乃是证实哪条路线更近，同时也可扰乱敌军的耳目。仍然是这个杨仪，说他就和当年的韩信一样，想的是摆脱大军的制约，并且要和丞相见个高低……

不仅对事，对人，甚至连他的名字也进行攻击，说是天下什么姓他都不姓，独独要姓一个"魏"，可见他是人在蜀营心在魏啊，等着看吧，早晚他都会反蜀投魏！

好多次含冤负屈，长夜难眠，星光下他披甲独步，突然间拔出剑来，他直想一剑杀了这个可恨的小人！

丞相在时，似乎已觉察到了他与杨仪的不睦。令魏吴闻风丧胆的一代奇才，多少艰难都纷纷化解于他的羽扇轻摇之中，而在表彰有功之臣的时候，却为他俩的排名难住了。一个能干，一个能战，谁个在前面更合理啊？

竟把他俩并列在一起！真看不出这个文吏能干什么，能说能拍倒是。分明是一个无功而争的小人，由他来率领大军撤退，而由我来为他断后，这真是大大的耻辱！

何况在他的令旗之下，我会有什么好的下场！

更何况丞相死了，数十万骁勇的蜀军还在，为什么要撤回成都，却不继承先主和丞相的未竟之志，沿着既定的路线，完成统一天下的大业？

不知不觉，他又想起昨夜那个不祥的梦境。曹军杀来，披挂上马，要戴头盔时却感到脑袋顶部有些异样，用手一摸，原来是上面有两只角，难怪头盔戴不下去，只好扔了头盔披发迎敌。一梦醒来，越想越怪，便问占梦师赵直此梦是什么征兆。赵直目光躲闪，言语吞吐，回答他说，麒麟长角，但它却从不用于争斗，这是说敌军也许不战自退。他从占梦师的眼里看出了一丝胆怯，冷笑一声道，你把我魏延当成了一个只听好话的人吧！吓得赵直慌忙实话实说，"角"字，上面一个"刀"，下面一个"用"，这就是说，将军一直在他人的刀下被使用着，那把刀一旦落下来，就是将军的杀身之日啊！

他又笑了一声，这次是仰天大笑。一梦两解，看来后一说才是真的。他的确一直都是在刀下被使用着。那把刀过去虽然握在丞相的手里，但是磨刀的却是杨仪，递刀的也是杨仪。现在丞相死了，杨仪不必借人之手了，他把刀接了过去，随时随地都可以捏造一个罪名，然后名正言顺地向他动刀了。

然而我却不信你能把我杀了！想我征西大将军久战沙场，刀下滚落的从来都是别人的头颅，今天断不会死在你一个文吏的刀下。

集合本部兵马，校场听命。

枪戟笔立，战旗横飘，无论马上的骑兵还是马后的步卒，银色的铠甲一律在夕阳下闪着寒森森的光芒，恍如即将涨潮的海面上闪闪的碎波。在同样发亮的头盔下面，一张张毫无表情的熟悉的面孔，与他们追随多年的主将一样，时刻等待着的只是上阵厮杀。这是一支多好的队伍，英勇善战，出生入死，多少次血染万里疆场，多少次立下赫赫战功。

战旗上绣着一个斗大的"魏"字，这就是杨仪攻击的那一个字，诬陷他与魏国相通的那一个字啊！

只要他手中的剑轻轻一挥，眼前这支静若处子的队伍，立刻就会脱兔一般朝着令旗所指的方向奔去。

他的手在簌簌发抖，今天的剑梢指向何方？

真如杨仪所言前去投靠魏国吗？前方不远就是司马懿的营寨，若去投魏，至少会将升一级，然而那是他几十年的死敌，是他誓死也不能做的一件可耻的事情。因为一个小小杨仪而叛国，怎么对得起先主，对得起丞相，对得起蜀汉无数的军民百姓！

那么抢先返回成都，向后主如实禀明杨仪的挑衅？那却是妇人的做派，而非他堂堂大丈夫的一向所为。

索性领军杀向敌营？迎战他的将是几十万以逸待劳的精锐，不仅十数于他，而且丞相刚去，老谋深算的司马懿会利用空前的士气，以举国之兵全力围之，到那时候，身后的杨仪绝不会发兵救援陷入重围的他，他和他的几万士卒将会无一生还。为国捐躯，死不足憾，憾的是谁来继承先帝和丞相的遗志，完成统一天下的蜀汉大业啊！

耳听着战旗在风中飘动的声音，面对着几万双目光的期待，平生拔剑即起的他竟第一次优柔寡断起来。

杨仪，杨仪，你真是害得我无路可走了！

痛苦

一股热血穿过肺腑直向头顶涌来，霎时间血色涨红了他头盔下整个阴郁的面孔，随着他手中的剑光一挥，他在阵前蓦然一声大吼，截住杨仪，不许他把丞相带来的队伍再带回去！

"魏"字旗下面无表情的士卒，像往日一样无声地跟随着他。

虽是多年的战友，却是一贯的仇人，因此在马上相见的时候，两人的眼睛都通红如血。

杨仪咬牙骂道，大胆魏延，你居功自傲，早想谋反，丞相尸骨未寒，你果然就迫不及待地闹起事来，我看你魏文长失道寡助，日子也长不下去了！

魏延咬牙回骂，小人杨仪，你虎视眈眈，一心篡权，还说别人早想谋反，早想谋反的恰恰是你，我看你杨威公是狐假虎威，欺世骗人，让你的威风见鬼去吧！

杨仪又骂，见鬼的自然是你，因为丞相生前已有预见，早就安排下了斩你的人！

魏延又骂，鬼就是你，今天我面对的就是你这个一贯在暗中作祟的鬼！心想害人却假冒丞相之言，我倒要看看丞相生前亲笔写下的字！

杨仪眼里闪过一丝诡谲，哈哈大笑说，丞相的锦囊妙计，怎么能够给你看呢？那里面写的都是杀你的技法！

魏延也哈哈大笑，如果真是，不看也行，那就请你念给我听！

杨仪竟真从兜里掏出一只锦囊，打开念道，反贼魏延，你敢大喊三声谁敢杀我吗？

魏延勃然大怒，杨仪小儿，我跟随丞相多年，丞相何曾会写出这样的话来，分明是你在从中捣鬼！别说三声，就是三百声我也敢喊！

杨仪扫了一眼魏延的身边，冷笑说，那你就喊着试试！

魏延大喊，谁敢杀我？谁敢……

只喊罢完整的一声，第二声的"谁敢"两字刚刚出口，听得有人应了一声，我敢杀你！这声音居然发自他自己身边，魏延愣了一下，正要回头，却见刀光一闪，那颗头早已滚落到了地上，嘴里喊出的"杀我"两字，声音已远没有那么雄壮有力了。

他的身子还威武地挺立在心爱的战马上，鲜血从无头的颈上一喷而出，如一道美丽的长虹划着弧形，一端直往杨仪落去。

战马长啸一声，却寸步不动，似乎担心把挺立的身子颠下背去。

杨仪和他的坐骑同时吓了一跳，一连倒退了二十几步。这时他身边的将士纷纷把眼瞪向地上，一边后退一边惊叫。杨仪循声望去，原来地上那颗两眼圆睁的人头正频频跳动着，上面那张隐在胡丛中的嘴也一张一合，并从中发出微弱的喊声，那头一次一次想要跳回喷血的颈上，越跳越高，有一次竟差点儿与颈子会合。杨仪在马上大叫，快快给我按住它！

一句话提醒了依计而行刀劈魏延的马岱，他纵马上前，用刀背按住了地上那颗奋勇跳高的头颅，那头颅悲愤地仰望着他，迅速失去血色的嘴唇喃喃动着，唯有他才能听清从那一开一合的洞中发出的声音，它是在说，好兄弟啊你何必这样，我哪里要反，我哪里想到过反，真正想反要反的，恰恰是他杨仪啊！

看见马岱的刀在手中颤抖，杨仪唯恐在他的一犹豫间那颗头颅会如愿以偿，居然从马上跳了下来，跟跄着走上前去，抬起脚把那颗可怕的头颅紧紧踩住，并且一下复一下地用力地踏着，每踏一脚嘴里就骂一句，你这个反贼，我看你还能反不？

头颅在他的脚下渐渐地平静，渐渐地寂然无声了。

一个军士奉命走到阵前，双手捧起地上的头颅，四面八方地看了又摸，摸了又看，不觉小声地嘟哝着说，听说魏将军的后脑勺上长有鸡蛋大一块反骨，我怎么一点也看不出来，一点也摸不出来呢？

杨仪听到了军士的疑问，飞起一脚，从军士手中复又把头踢了出去，像踢一只血球，并几乎同时拔出腰上的宝剑，在那颗骨碌乱滚的头上一阵乱劈，边劈边说，这不是反骨吗？这不是反骨吗？等你们的眼睛和手摸到了，看到了，我蜀汉江山恐怕已没有了！

真不愧是一把宝剑，头颅在他的剑下顷刻就变成了一团肉泥。

无头身下的战马此时醒悟过来，确信主人的身首已是不可复原的了，突然载着它发狂地向远方奔去。逆着那枚将落的夕阳，马背上宽阔的身子真像是一面血红的断碑。

做完这件事情，杨仪长长地舒了一口气。他感觉很累，浑身上下的筋肉都快和骨头分裂开了，额上的汗水像河流一样汹涌地淌下来，把他黑色长袍的胸口打个透湿。但他心里却无比的松弛，这是一种从没有过的心情，这种心情有如一泄块垒，真是痛快极了。

现在，他可以率领大军踏上返回成都的道路了。

惨淡的夕阳照着将士们后背的甲片，寒光中映着点点血色。大家都默然垂首，各人想着各人的心事。

领头的杨仪也在想着，他想的是藏在怀中的另一个锦囊。丞相临去之前对他说了，这个锦囊一定要等见到后主之后才能打开。

为什么一定要等见到后主之后？

杨仪的心里刚刚闪过一丝的疑问，立刻就被丞相如神的谋略说服了。

想必丞相自然有丞相的安排吧。诛斩魏延，不就在临阵打开的第一个锦囊中吗？

不用说，这只神秘的锦囊里，定然写着此后由谁来接替丞相。

魏延死了，多年的对头，最大的劲敌，心头的隐患，今日总算给除去了。遍数左右，不是资历短浅，功勋不卓，便是处事平庸，才干不济，接替者还能有谁呢？

哦，还有一个文武双全的姜维姜伯约！

不过丞相临终之时，将自己平生所学精心著成十万四千一百一十二字，内分五惧、六恐、七戒、八务的二十四卷兵书，传给了姜维，要他以后领兵打仗，好生应用。当着围在榻前的众人，丞相是把姜维作为一员可造就的武将来安排的。

那么，蜀中当今之势，丞相舍吾其谁？

回去的心情犹如山间的小路，感觉比来时要好得多。万紫千红的野花开在一汪青碧的草叶之间，惹得蝴蝶翩飞，蜻蜓点水。山风穿过银白如链的飞瀑，夹着异香，含着粉雾，迎面吹在杨仪的脸上，把他舒服得就像走入了仙境。他的身体随着马蹄的轻踏而放松地摆动着，灵魂都快要飘飞起来。

后主披麻戴孝，扶着丞相的灵柩痛哭流涕。祭罢了相父，毕竟还要上朝理政，神圣的一刻就要到来，杨仪双手把锦囊递给后主的时候，心里就像战鼓擂动一般。

居然大出意外，接任丞相的竟是蒋琬！

蒋琬为丞相大将军，姜维为辅汉将军平襄侯，费祎为尚书令，而他只是一个中军师！

杨仪脸色顿时惨白如纸，一团黑云铺天盖地向他涌来，一阵晕眩，几乎就要栽倒在地了。

万万也想不到是他！我做先主尚书的时候，他只是一个尚书郎，后来虽然同时升为丞相参军长史，我的宦龄却比他长，排名也在他先，尤其这次率军回都，又斩魏延，功劳自然在他之上，丞相这是怎么搞的？

莫不是人到死时，脑子糊涂了吧？

不，别人糊涂，丞相是不会糊涂的，他一定是早已有了这个安排，无非是至死还秘而不宣罢了！

那么他是什么时候开始对我不信任的？莫非如对魏延一样，他也早已对我心怀警觉？

早知如此，我何必迂腐守信，何必不当天就把锦囊打开，然后心明眼亮，带领队伍走上截然相反的那一条道路！

不过与这一模一样的锦囊想必还有，费祎司马手里也许就有一只，假如提前打开，带兵投魏，说不定他还另有一条密计！

孔明啊孔明，你这个深不可测的妖人！

杨仪不由得"嗖"地打了一个寒噤。

后主加封完毕，众人也都谢过，当后主的眼睛转向他时，目光就变得有些异样了。

后主说，杨长史，哦不，从今以后是中军师了，我看你脸色不好，你这是怎么了？

杨仪慌忙掩饰，没，没怎么，也许是想着丞相，心里难受，再加上连日来奔走操劳，身上有一些不舒服……

后主说，既然不舒服，那就早些休息去吧。

回到家中，果然一下就病倒了。

除了自己的妻子，竟没有一人来慰问他。那些平日亲近的同僚，友人，属下，一下都到哪里去了？是因我杀了魏延而觉得心寒，还是因我没任丞相而冷眼视之呢？

对了，这些人一定都争先恐后地涌到蒋府，去恭贺那位新拜的丞相大将军了！原来这世上到处都是狗眼看人的势利小人！

房门到底被人推开了，仰卧在病榻上的他侧眼望去，想不到走进门来的竟是费祎。

费祎走到他的榻前坐下，从被子里拉出他的手说，威公兄，你的病只有我一个人能够明白，也只有我一个人能够医治。

杨仪说，先生请讲。

费祎伸出一根食指，在他的手掌里轻轻写了一个"心"字，然后含笑望他。

杨仪脸红了一下，默然点头，请教先生如何治法？

费祎说，医家讲究的是望、闻、问、切四法，刚才我已望过问过，脉也切过，只差一样闻了，威公兄心里有病要实话说给我听啊！

心中有万语千言的杨仪再也忍不住了，两汪泪水夺眶而出，从病榻上挣起身子，紧紧拉着费祎的手说，相处多年，今天才知道你是我唯一的知己，人说相见恨晚，你我却是相知恨晚！我真是悔呀，孔明死的时候如果我率军投了魏国，也不会落得身在蒋琬之下！

费祎霍然起身，从他手中抽出自己的手说，威公兄这样想就是你的不对了，大丈夫忍辱负重而不叛国，你骂魏延谋反，我觉得证据不足，我若骂你谋反，你却是亲口所言。

窗外蓦然传来几声雷鸣，杨仪用惊呆的两眼死瞪着费祎，觉得那轰隆之声好像是发自他的脑内，震得他浑身发抖，连嘴唇也一下变得纸白。

好你个望闻问切的先生，我不怕你向后主告密！

费祎的背影挡住了他的这声无力的呼喊，房门复开，尚书令早已走了出去。

身后追来放声的痛哭，凄厉而悲切，好像暗夜里孤狼的长嚎。

啊啊，身为丈夫，当做的没做已经悔之不及，不当说的说了更是悔上加悔。原来世上还有比魏延还要可怕的人，我真是瞎了双眼，错认知己啊！

突然他抬起右手，张开两指，朝着自己的双眼猛力刺去。

两只血淋淋的眼珠落在地上，向他那张痛苦的脸最后回望了一刻，接着就像两星萤火一样黯然熄灭了。

后主的圣旨果然传了下来，中军师杨仪心存反意，罪在当斩。念其能遵丞相遗命，率军回都，免其斩刑，废为庶民，携同妻室，遣返老家四川嘉郡。

杨仪拒不接旨，把一双血糊糊的瞎眼对着墙壁，卧在榻上破口大骂费祎不止。

又一道圣旨下来，杨仪抗旨，打入监狱。

狱中的杨仪依然大骂，骂声穿墙透壁，在一间间阴森森的监房里刺耳地回响着。

骂声由嘹亮渐渐变得喑哑而又微弱，终于在一个清晨停止了。

狱卒打着呵欠打开铁锁，发现瘦骨嶙峋的杨仪前额着墙，脑浆和鲜血流了一地。

收拾遗体的狱卒在他长而蓬乱的披发下面，无意中触到脑后的一个肿物，大如蛋卵，硬如铁石。

对他的死后主表现得出奇的平静，感兴趣的是狱卒禀告的那个肿物。是被人击打留下的痕迹吗？自入监后似乎从没有人探视过他；是自绝时在墙上撞出的吗？现场观察触墙的却是他的前额！

翌日早朝，把这件怪事说给众臣，费祎愣道，是吗，那不是他说的反骨吗？

此时的众臣想起魏延，各自在心里叹了一声。

血雨

　　怪事不断地传来，首先是城南一位老妇人清晨起床，用新谷饲那只三年不肯下蛋的雌鸡时，却被它昂首一嘴啄吃了右眼，又一嘴啄吃了左眼，然后飞身跃上老妇人的天灵盖，击鼓一般猛啄。早饭时候老叟从野外放猪回来，死在地上的老妇头颅已成了一只空壳，老叟伏尸大号，那哭声入了头内，呜咽凄厉竟像吹一只埙，啄吃了老妇人的那只雌鸡正单脚站立在屋梁上，和着埙声，公公啊公公啊地唱个不休。接着，西城门上的铁锁夜间开出了一朵白花，那花瓣硬似鱼鳞，如三千年后这里方才出现的塑料花朵一样，却从蕊里放出一股奇香，守城的军士先后有两人像喝醉了酒，若不是手中有长枪拄地且及时地倚住城门，软绵绵的身子就会瘫倒在城墙根下。再接着，八月十五过后的第四个夜晚，城东的上穹突然红霞漫天，一颗硕大的火球宛若从炉中拔出的锻铁，发出一种火器入水的嘶嘶声响，冉冉升起，光芒万丈，将一轮将残的秋月和万颗朗星照映得了无亮色。火球飞速向北坠去，到了中途却又定住，颜色由金红渐变为银白，哗啷一响碎成无数，银珠如雨降下，这奇景转瞬即逝，天地万物复又归于此前的昏暗。

庸的城土本就不大，城中无论发生什么事情，打个喷嚏的工夫就可以传得家喻户晓，更何况那颗奇异的火球是全城百姓有目共睹的，除了家中出现鸡妖的老叟一连数日悲不出户，上至乌山侯，下至守城军士，都为那亲眼所见的怪事吃了一惊。一向息事宁人，树叶掉下来都怕打破头的乌山侯在惊恐之余，脸上又布满深深的忧虑，这不由得使他身边的人在暗中互递了一个眼色。

咳咳，一人未曾开言先咳两声，然后说道，天生异相，地产怪物，这都是神的意思，想必是又有谁要遭到神的惩罚了，我庸国一向民风淳朴，本分自守，尤其是您带头耕田，以农为乐，比起其他的诸侯不知要好多少倍，神是不会怪怨庸的。

又一人接了话说，连月来无论风雨，您每日都在骑牛山下训练军队，演兵习武，就连新婚娶了竹娘，也没顾得休息一天，如再为这些无稽怪事煞费猜疑，只怕会伤了身体，真的就于庸不利了啊！

众人正纷纷解说着，忽见一名军士进来禀报，说是城门外来了一位披发瞽者，自称善解天地异相，精通八卦之术，可卜人世间万种凶吉祸福。乌山侯一直紧锁着的双眉这时候然一展，对那禀报的军士道，还不快去把他请来！

瞽者手持两根龙头竹棍，一步一搗，随军士来到乌山侯的帐前，侯见他一头长垂的苍发掩住了半个脸孔，露出的另半边脸上皱纹密如蛛网，想必已年过七十，一双瞎眼白茫茫地向天翻着，便起身请他在自己身边坐下，然后问道，老先生，你在城门外说的话守城军士都告诉我了，现在我就试你一试，鸡吃人脑主何吉凶？

瞽者张口即答，吉。

侯说，不妨把道理讲给我听。

瞽者道，鸡者，吉也。鸡吃人脑，是说事物的吉祥，胜过了人脑所想。

侯点了点头，又问，铁锁开花主何吉凶？

瞽者又张口即答，吉。

侯说，请你再讲。

瞽者道，锁者，枷者，皆镇人之物也；花者，化也。铁锁开花，是说那千年枷锁镇人之物将被一旦化去，从此天下随意，人民自由。

侯的心中不觉一喜，竟自笑道，真要如此，就是我庸国百姓的大福了！接着又问，请老先生再解一相，巨星北坠，银珠纷落，这又主何吉凶？

瞽者依然张口即答，吉，大吉。

侯这次却微微皱了一下眉头，惑然道，这我就有点不明白了，我曾听人说过天上一星，地下一丁，天星陨落即是人死的征兆，人死怎么会是好事呢？

瞽者泰然回答，星和星有区别，人和人有不同，昨夜我在老君寨山顶上教我两个儿子演练白云剑法，天上发生的事情虽然我的眼睛看不见，但却让我的儿子讲给我听了，他们说那星比月亮还大，坠到空中哗地碎裂，像一群鸟似的四散开去，我就知道要死的不是一个普通百姓，而是一个大人物了，你知道要死的那人他是谁吗？

侯身边的人忍不住问，谁？

瞽者那掩在苍发中的一双瞎眼，此时突然瞪大瞪圆，白生生好似两枚待发的石弹，一字一咬牙道，子辛！

这两个字只一出唇，四周霎时就寂无人声，气氛紧张如昨晚巨星坠裂在天空的时候。这样只过了一刻，一人率先觉醒过来，厉声喝道，好你个瞎了眼的老匹夫，竟敢直呼商天子的名字！

瞽者抬起头颅，仰天大笑道，什么天子，一个荒淫无道的暴君，我不仅要喊他子辛，我还要喊他子灭！他就要灭啦！昨晚那比月亮还大的火球就是他，他烧毁了整个天下，万民受尽了倒悬火热之苦，他向北而坠，散飞如鸟，那是天意说他不日即死，助纣为虐的奸党佞臣马上就要作鸟兽散了，等着看吧，好日子就要来啦，武王会集的八百诸侯正在向盟津进发，伐纣的鼓声就要擂响了！

四周所有人的眼光都纷纷从瞽者的脸上转移到侯的脸上，乌山侯脸色阴沉，默然无语。却听瞽者又说，庸虽小国，地僻人稀，路遥山高，但它也是天下之土，万夫之域，可惜呀可惜，你身为一国之侯，正义之君，不去与诸侯一道锄恶除暴，血洒疆场，却好像缩头乌龟一样，躲在山圪崂里苟等改朝换代，你算是什么英雄豪杰啊！

乌山侯阴沉着的脸上终于泛起一抹赧红，蓦地一拍案道，你竟敢以乌龟激我，大胆煽动我做叛臣，就不怕我杀了你的头吗？

瞽者将一头白发摇得左右飘飞，含笑而答，来此见你之前，我已为你我各自卜过一卦，知我死期未到，谅你也不会杀我，不仅不杀，日后还将请我做你的军师，因此我才敢直言无忌，我知道你今生要杀只杀一个人的头。

众人听到日后将请他做军师一语，不禁望了他的两只瞎眼大笑，并侧眼去看乌山侯的脸色，未想侯听了这话倏然一怔，复又坐下，换了声调问道，你到底是什么人？

瞽者说，我本无名无姓，无字无号，十年前有人把我叫明，自从我在一次庙会上细观了妖后妲己一眼，被那无道暴君命人刺瞎双目之后，我就只能叫瞽了，申公豹是我师弟，姜子牙是我师兄，我真是好悔呀，当年未听姜尚之言，同助武王共举大业，如今却连看他们一眼也不能了！

所有的人都大吃了一惊，刮目看那瞽者，眼里变换着犹信又疑的神色，却听乌山侯说，这么说来，你倒是一位隐士了，隐而复出，想必是要报那刺目之仇。我再问你，刚才你说我今生要杀只杀一个人的头，那人是谁？

瞽者说，天机不可泄露，三天之后自然可见分晓！好吧，要问的你已问了，要说的我已说了，我还得早些回到老君寨山，打点行装准备出一次远门。临别前我再告你一言，你且记好，自现在起你将夜夜惊恐，日日不安，直到决然付诸行动，到时候如想起我这个老瞎子，可遣人到老君寨山上找我，三天之内我在山上教我二子演练白云剑法，迟一刻我便走了。说罢，仰脸对天，捣动两根龙头竹棍就走，如入无人之境，军士跨前一步想要挡住他的去路，却被乌山侯摇手制止了。

侯用眼送走了他一步一捣跟跄而去的背影，沉思地说，此人相貌怪异，出言不凡，或许真有一些来历，让他去吧。

是夜回到家中，侯将白天的事情说给新婚夫人竹娘听了，竹娘骇然道，这可是诛灭九族抄斩满门的大事啊，当年塔儿湾竹人竹马举兵谋朝惹下的大祸，难道你小时没听前辈们讲过吗？千万不要听那瞎子胡说，他要谋反他去谋吧，君王无道天下遭殃，又不是你一人遭殃，我可不想刚嫁给你就为你守寡，陪你去死啊！说罢眼里就流下两汪泪来。

侯便长叹一声，闭口不再提起这事，沉静一刻，忽然双手把她搂在怀里，转而说些温存的话，让她慢慢止住哭泣。但侯的心里总也挥不去瞽者那苍苍白发下的一双瞎眼，一边任由竹娘为他脱衣，一边仍苦苦想着瞽者的临别之言，直到半夜过后方才昏昏沉沉睡去。然而刚一合眼，却见一个老翁手里牵了一个童子，两人都只有一条腿着地，一跳一跳地蹦着行走，怀里各自抱着一截东西，长短粗细都似妇人下河洗衣的棒槌，奋力跳到他的面前，两双眼里垂下四行泪来，老翁拉童子在他床前跪下，嘤嘤而哭。侯问，你们的腿怎么了？老翁回道，我爷孙二人冬日蹚河，一疾一缓，妲己娘娘在摘星楼上见了，和纣王打赌说我的老腿里骨髓已枯，而我孙子却是满的，那纣王便命军士把我一老一小捉去，一人剁下一腿，敲开骨头察看里面的髓油，可怜我爷孙二人从此成了废人！侯又问，你们怀里抱的是什么？老翁回道，正是被剁下的腿啊！

侯大骂一声暴君，突然醒来，翻身坐起在床上发呆，怀里的竹娘也被吓醒，娇喘喘拍着胸口直叫，你怎么了？你怎么了？

侯说，我自己倒没什么，只是有人向我托梦，已过去了，睡吧。

于是倒下又睡，刚一睡着，眼前又走来一个赤裸着上身的年轻妇人，那妇人披头散发，浑身血污，双手高高举着一个婴儿，走近床前正要屈膝跪下，侯说，你手里有孩子就不要跪了，我问你，孩子为什么不抱在怀中，而要举在手上，掉下来不就摔死了吗？妇人回道，早已死了。侯说，既然早已死了，为什么不把他葬掉？妇人又回道，只因我儿与众不同，世上所有婴儿生下地时双目紧闭，唯有我儿两眼大睁，想他是不肯入土，而要昭然于世。侯说，有此奇事，抱来我看。妇人便将死婴抱到他的面前，双眼果然未闭。侯问，难道婴儿也有什么冤情？妇人突然大放悲声道，我儿冤啊，那千刀万剐的纣王和他那该天杀的妖后妲己闲得无事，见我挺着一个大肚子从城下经过，两人就猜我肚里怀的是男是女，猜不出个结果，纣王命人把我肚子划开，看胎儿有没有小鸡鸡，可怜我儿还未到出世之日，便随母一道惨死在他们的手里！

侯又被自己骂声惊醒，起来痴痴坐着不动，只怕惊动了竹娘，不想竹娘却仍醒了，双手紧紧抱了他问，又有人给你托梦了吗？

侯说，今夜真是奇怪，一睡着就有人来，想必吓着你了，我不妨换一头再睡，可能就不会有人来了。说着松开竹娘，调头挪到床的那一头，倒下再睡。睡不一刻，却见屋中一片银色，月光照进来了一般，房门不响自开，一人峨冠博带，飘然而入，进到门内就不走了，两手护在胸前，掌心向上似乎托有一物，朗声问道，乌山侯别来无恙？侯觉此人有些面熟，只是一时记不起来是谁，正犹豫着，那人又说，我是当朝少师比干，那年纣王召见天下群臣，我们不是见过一面吗？侯方一下想起，翻身下床，赤脚就去相迎，比干却大声喝道，不要近我！我今前来只是告诉你，我已是一个没有良心的人了！侯惑然惊问，少师是当朝有名的贤臣，忧国忧民，舍生忘死，为什么却说没有良心？比干说，正是因为这样，纣王才说我以圣人自居，让人剖开我的胸膛，挖出我的心来，看它有没有七窍！说完一手将掌中之物举给侯看，一手便把胸口撩开。侯趁着屋中月光似的银白，认出那掌中果然是一颗心，红艳艳正滴着鲜血，还在一蹦一蹦地跳动着，而那撩开的胸中，却是红彤彤的一腔空洞。侯愤然大叫，暴君啊，暴君啊！

便又一下叫醒过来，发现屋里昏黑一片，自己光着两只脚站在地上，慌忙喊起侍女，点灯来看，房门还紧插着，门内比干站过的地方，却留着几点酱红，弯腰用手指蘸了一滴，正是将干未干的鲜血。

冷汗泉水一般从侯的身上滚了出来，侯不能再睡，就穿好衣袍鞋袜坐在灯下，凝视那比干大夫曾经推开过的房门。睡梦中再次吓醒的竹娘满脸惨白，惊恐地依偎在侯的身边，呼唤侍女不要离去，在房里再添上一盏大灯。此时窗外夜色正退，有熹微的白光透进窗棂，侯木然坐着，摇摇头说，不用添了，天快亮了，比干少师是当今贤臣，他不会吓我们的，今夜前来，必是有话要对我说。

侯忽然想起日间瞀者对他说过的话来，回忆这夜一连三次，梦见五人，相貌行为都和真的一样，说出的话至今仍在耳边回响，觉得实在奇异，莫非应了瞀者所言，从此便没有安宁之日了？又想那纣王实在是罕见的残暴，过去只是听人谣传，未料今夜居然梦中亲自见到，真是触目惊心，今夜算是过去，不知明夜还有哪些冤鬼又来诉说！暗自这样想着，天亮以后带兵到骑牛山下操练，一路上余悸未消，心里总像是压着一块石头。

第二晚依然如此，被纣王诛杀的九侯轮番前来，其中鄂侯和梅伯是乌山侯很是崇敬的大臣，听说都已含冤死去，侯心中的惊恐和悲愤超过了昨夜，不禁由此联想，真是伴君如伴猛虎，要不是庸国远离朝廷，自己也如九侯一样守在纣王身边，为了百姓疾苦，凭着良心去说真话，或许也逃不出像他们一样的命运了。这样梦里梦外备受煎熬，一夜长于一年，侯恨不能天色快些发亮。然而时光如梭，天亮以后转眼又到夜晚，第三晚的景象比前两晚更要凄惨，整整一夜阴风飒飒，泣声呜呜，侯再也受不住了，勃然坐起，点灯坐待天明，心想那苍发盖面的瞽者不愧是姜子牙的师弟，真是字字如神！

明日正是三天中的最后一天，乌山侯清早升殿，遣一名军士速上老君寨山，将那天为他卜过吉凶的瞽者请来。军士奉命来到山上，见那巨石砌就的寨中空无一房，仅在寨后有一孔磨盘大小的石洞，洞口横卧着一方黑石，石上新凿了四个怪字：三日必来。军士心中便知这洞必是瞽者的家了，弯腰进去，果然看见一个老瞎子一手握了两根竹棍，另一手正往肩上背一只破口袋，两位壮士一左一右站在他的身后，背上各自插着一把长剑。军士慌忙叫道，老先生慢走一步，我今奉命请您来了！

瞽者大笑，也不推让，就带了两人随着军士下山。乌山侯早已在城门外等候，正担心瞽者已走，这时远远见一人白发飘飘而来，慌忙迎上去道，多谢老先生的点化，我已恭候军师多时了！

瞽者说，不要客气，快去和你的竹娘辞别，八百诸侯的先头队伍已于昨日到了牧野，我们不能再去晚了！又将身后两位壮士拉上前来，对乌山侯说，这是我的两个儿子，他们也愿意随你一道去除那暴君！

乌山侯喜道，好啊！好啊！

庸国是一个弹丸之国，为了减免百姓税赋，军队本就不多，除去四疆的边卡哨所，城中守军不过一千余众，侯从中分出五百人马随他东征，打出一面"庸"字大旗，又命军士牵来他的坐骑乌牛，正要回去告知竹娘出征的消息，劝她以天下大义为重，万不可因妇人之情拖他后腿，这时却猛听得背后有人呼他，回头看时，恰是竹娘，手里托着一觞酒，向他径直走来，两眼红红地望着他道，不要说了，你们的决定我已听见了，反正在家夜夜闹鬼，日日不宁，从你每夜梦中的大叫大骂中，我知道那纣王是个该天杀的东西！我不再阻拦你了，你就去吧，愿你饮了这一觥酒，早日得胜，平安归来，我在万佛山上天天盼你！

侯接过觥来一饮而尽，两行热泪涌了出来，对竹娘说，你说的话我都记住了，我的话你也记着，此去伐纣成败未定，园后竹子开花的时候如果我还不能回来，那就是也死在暴君之手了！

说罢不再缠绵，纵身跨上乌牛，带领五百人马，向着太阳升起的正东方向疾行而去。队伍刚出城门，来到离城二里的九里岗下，忽然阴风四起，雷鸣电闪，满天涌来一浪一浪洪涛似的怪云，那云不黑不灰，却是凝血般的乌红，霎时间从那云中垂下万点红雨，落在地上就成了斑斑血迹。乌山侯慌忙问随行的瞽者道，好端端的大晴天，怎么就突然下起雷阵雨来，而且红得像血，我是从来没有见过这样的天气，不知主何吉凶？

几点血雨滴落在仰面向天的瞽者的脸上，他沉吟一刻，低声说，凶。

侯蓦然心惊，急问，这是什么道理？

瞽者说，天降红雨，是说将有一场血战，红雨落在我们的头上，是说遭到血光之灾的将是我们，遇此恶兆，人马是前进还是后退？

侯长叹一声说，既是天意，何必违拗？接着回顾身后的五百军士，大声问，军师说了，我们将面临一场血战，生死未卜，大家怕是不怕？

五百军士齐声回答，讨伐暴君，我们愿意战死沙场！

瞽者想想又说，到了牧野，如果天降白雪，我们还有回来的希望，雪血同韵而色相克，事物走向反面，那又是我们的吉兆了。

　　队伍向东前进，一场血雨过后，天气又晴起来，但出山的路窄狭而且险陡，好像羊肠缠附在猛兽的身上，经雨一淋又湿又滑，时而听到失足军士摔下山谷的叫声。再往前走，连那一线险路也没有了，侯便从乌牛背上翻身跳下，拔出刀来，一手牵牛一手挥刀砍路，军士也都纷纷下马，紧随了他翻山越岭，跳涧涉河，穿过乱藤荆棘缠绕的林莽，饥餐渴饮，昼夜兼程，一上大路便将行速加快。这时大家已能隐隐约约地听到前方人喊马嘶的声音，不断有逃难的百姓从对面仓皇奔来，侯向他们打探那边的消息，逃难的百姓告诉他说，纣王已经带兵出城，在牧野挡住了武王和各路应召的诸侯，大战三天以前就开始了。

　　由于攀山穿林，打头军士手中的"庸"字大旗还没举到中途，就被荆棘挂破了好几处，乌山侯命他暂且将旗子收卷起来，装在甲衣里面，肩上只扛一根竹竿前进，等着走出山林奔上大路，再把旗帜穿上竹竿，高举而行。大旗重又在阳光下迎风招展，队伍的士气立刻又高昂了，沿途逃难的百姓见到他们，有的高声欢呼道，又一支讨伐纣王的人马来啦！有的却为这支短小的队伍担心说，就这么几百个人，能够对抗朝廷的十万大军吗？

　　乌山侯率兵赶到牧野的时候，那里一片杀声夹着如雷的战鼓，震得脚下的土地发出一阵一阵的颤抖，尘土如烟，从旋转踢踏的马蹄下飞扬起来，遮蔽了天上的太阳和四周的群山，两军鏖战的将领在烟尘中时隐时现。远远地，侯只一眼就认了出来，那身披金甲高高骑在一匹红鬃宝马上的正是纣王，日日在肉林酒池醉饮，夜夜与妖后妲己淫乐，也不知吃了什么神药，这该死的暴君还如此威猛，战不几个回合，便手起刀落将对方一将砍下马去，接着拍马再上一将，时间不长，又被他挥刀斩了。

太阳挣破烟尘，升上高空，射下万道白色的光芒，丝毫也没有下雪的征兆。一丝悲哀爬上侯的心头，覆盖了他一路之上在暗中对上苍怀着的乞求，侯觉得自己的心随着那丝悲哀冷冷地直向丹田沉落下去，忽然又狂跳起来，像是要蹦出胸口以外，侯知道最后的时刻已经到来了，转过头去想和一直骑马随在身边的瞽者交流一个眼色，但却想起他的眼睛原来是看不见的，于是用手轻轻碰了瞽者一下。瞽者并不转身面他，皱如蛛网的无眼的老脸上布满了沉沉阴气，像似一尊历经千年的岩石，风中的白发枪缨一样在脸前飞扬，很久以后方才见他嘴唇动了一下，低声说道，几天来我们人马无日无夜，连续赶路，都已经很累了，不妨先扎下营寨，休息一天，明日再来。

侯说，先生莫非是想等着天上下雪？可是现在又不是冬天，恐怕难了！

瞽者摇头说，一切自有天意，人不可料，然而这只是其一。其二是我想让诸侯们先和纣王交战，把他战得疲软以后，那时你再出马战他，急取一鼓而胜，不然依你的武艺，我看远不是他的对手。

侯点点头，正要转身，却听到阵前又响起一阵震天的鼓声，原来又有一人的头颅落在了纣王刀下，咕噜噜和先他一步落下的马头滚到一起。纣王在红鬃马上巍然挺起身子，好像平地竖起一座山岗，一声虎啸道，叛臣贼子，你们谁敢再来？

那一声吼震天动地，四山回音，诸侯的队伍纷纷向后退了一步，有几骑战马同时发出恐怖的嘶鸣，扬蹄不肯向前，两军之间那遮天蔽日的尘土渐渐落了下来，在几声马嘶过后，一时间阵前寂无人声。纣王又是一声吼，既然不敢再来，那就快快回去，我今只斩姬发姜尚二贼，并不怪罪你们，但若再听二贼蛊惑，我必生擒，剖腹剜心！

侯听到剖腹剜心一句，眼前突然出现比干的影子，将一颗鲜红跳动的心脏托给他看，接着那捧着断腿的老翁和童子，举着死婴的年轻妇人，以及鄂侯、梅伯等人一齐向他走来，泣声骂声嘈杂一片，侯觉得自己的脑袋发胀，身上躁得厉害，一股热血从心底涌起，瞬间就在他的周身上下燃烧起来。突然他从军士手中取过刀来，骑着乌牛直奔纣王，嘴里大喊，暴君，让我来剖你的腹，剜你的心！

瞽者看不见眼前发生的一切，听到侯的喊声方才大吃一惊，唤他回来已经晚了，急忙对身后的两个儿子喝道，还不快去助他！

纣王立在阵前，忽见一人骑着一头牛迎面奔来，嘴里的喊声不小，但出来的话却听不大懂，想必是方言土语，又见那人身材五短，骑在牛背上还够不到他的下巴颏儿，便哈哈大笑道，你是哪里的山野农夫，不好好在家种田，却来这里撵什么热闹，这里难道是庙会吗？

乌山侯说，我是庸国的首领乌山侯，因你荒淫残暴，死在你手的冤魂屈鬼都向我托梦，庸国虽小，军队虽弱，惩暴除恶的正义和责任却与天下人是一样的，今天我带领五百人马讨你来了！

纣王这次听懂了一半，居高临下俯视他道，原来是大山里的一个野人部落，我是商朝天子，怎么不记得还封过你这山巴佬小矮子的侯？你那五百人马，还不够我一个打猎的马队，还是回去长高个子再来！

乌山侯说，我个子比你矮，道德却高过你一万八千倍，山大地僻，住着却比你那豪华的宫殿安全自在多了，至少没有人咒我死，纣者，咒也，你的阳寿已经到了！

纣王勃然大怒道，天子也是人，人不可不死，但活着时能让百官惧我，万民恐我，唱我的万岁歌，跳我的忠心舞，供我的神圣之像，我就是放个臭屁也是至高圣谕，举国同庆，半夜欢呼，天下唯我独尊，连你胯下的那个畜生见了我也直打后退！我就是被咒而死，死前也必杀你这个土得连马都不会骑的山巴佬儿！你也想学骑牛的太上老君吗？可你这是一条只会耕田的山里蠢牛，我要你把它骑到阴曹地府里去吧！

热血再一次涌上乌山侯的全身，他低头看了一眼胯下的乌牛，对它说道，听到了吗？这个蔑视天下人的狂徒，连我庸国的牛也极尽羞辱，说你是一条只会耕田的蠢牛！乌牛长哞一声，突然奋蹄狂奔，攒头去抵那纣王的红鬃宝马，此时瞽者的两个儿子也各持一把长剑，从身后追来相助，三人将纣王围在垓心，如烟的尘土重又飞扬起来，烟尘中渐渐看不见了闪烁的刀光，只能听到一片兵刃互砍的清脆之声。

坐在马上屏息听阵的瞽者，在如雷的鼓声中蓦地听到一声嘶喊，军师啊，我乌山侯不是缩头的乌龟！那喊声急促而又猛烈，分明爆发于撕心裂肺的生命的最后一刻，接着便和那鼓声一道戛然而止。瞽者的眼前是一片永远的黑暗，而他背后的军士却看见一颗张开大嘴的熟悉的人头，带着喊声在空中划了一道弧线之后，落在滚滚尘土中了。弥天的黄色烟尘徐徐降下，当纣王的军士用四根长枪挑起四颗血淋淋的头颅，在一片骄狂的欢呼中跳起舞蹈时，庸国的队伍终于确认出了倒在地上的无头的乌山侯，和瞽者的两个儿子以及他们首领的坐骑乌牛，一时间阵脚大乱。

瞽者从两军的声音里听到了征战的结果，也闻着了一股无比亲切的血腥气味，他知道这气味来自儿子们被利刃砍断的身体，一切便都应验了他心中早有的预想。他两眼空茫，仰望苍天，忽然间他像狂人一般，举着两手高高地站上马背，面对武王和八百诸侯的千军万马大声喊道，发誓与暴君不共戴天的武士们哪，难道乌山侯和我两个儿子的血就这样白流了吗？难道你们能够忍受这种骄狂的欢呼吗？难道你们从四面八方赶来就是为了观看暴君脸上胜利的笑容吗？姜尚，姜尚，我的子牙师兄，今天正逢甲子之日，暴君死期到了，我当年没听你的劝告已是悔恨终生，你若再不挥军将那暴君连同他的摘星楼灭为飞灰，天下第二个终生悔恨的人难道不是你吗？

他的声音似哭似笑，凄厉而又激烈，好像冬日的寒风在旷野里尖啸。首先稳住的是庸国的五百军士，接着诸侯的队伍开始骚动起来，有人举起刀枪，发出怒吼，这时只见剑光一闪，瞽者的身躯噗地栽下马背，满头苍发垂散在地上，宛如盛开了一朵凄艳的白花。姜尚在马上向他遥遥拜了三拜，然后一挥马鞭，列成扇形的队伍立刻呐喊着，潮水一般向前涌去。

瞽者的推算是对的，这一天正逢甲子，纣王奋力战到天黑，终于抵挡不住，带着残军逃回城内，脱下金甲换上天子的锦袍，直奔那曾和妲己一道戏弄城下百姓的摘星楼，端端正正坐好在楼的最高一层，然后点火自焚。武王拥军进城，将他那已烧得稀烂的脑袋一剑砍下，学他用长枪挑着乌山侯头颅的样子，把他的头颅高高地悬挂在太白旗上。

跟随乌山侯东征的五百军士，在血战中无一生还。日日等待消息的庸国臣民，是从武王登基分封列侯的喜讯中得知这一噩耗的。哀恸的国人没有一个敢去告诉竹娘，因为竹娘自从与夫君离别的那一日起，每天都要登上万佛山顶，从早到晚翘首东望，苦苦盼着他的归来。直到武王新封的国侯继位，一边派人去牧野迎回乌山侯的尸身和首级，一边亲自带人上山寻找竹娘的时候，方才发现她已化为一尊石像。

新侯潸然泪下，掩面叹道，夫妻情深如此，天地也该有个见证，从此以后，万佛山就叫望夫山吧，那是我庸国痴情女子的一座无字碑啊！

十天以后，乌山侯的尸首从牧野运回，举国痛悼，以最高的殡仪厚葬在望夫山下。

庸国重振山川，建新都于上庸。

观柳

1

清明过后，端午以前，这段日子北方的天气格外得好。

早晨起来，太后照例先要走到窗前，记着那个美国小姐教她的健身之法，与其说做了一个扩胸的动作，还不如说伸了一个懒腰。不想耳边却噗地一响，惊飞了一只正探头探脑向窗内窥视的黄鹂，那翠鸟一翅子飞到墙边一棵垂杨柳上，脚爪儿跳了两跳就站定了。

太后的目光循鸟而去，发现那柳树映着红色的宫墙，已呈现出一蓬淡淡的新绿。

宫里的柳树尚且发青，河边的柳树还不知道绿成什么样子了呢，太后不禁这样想到。

近些年一到这个时候，她就会带着宫里的皇后、嫔妃和格格，以及她们各自豢养的狗儿，去宫墙外面踏一踏春，她最喜欢的四只小狗，大郎、二郎、呆儿和黑宝玉，每逢那天总比嫔妃格格们都显得高兴，它们互相追逐着，在草地上打着滚地撒欢。小母狗黑宝玉因为一身黑毛光润可人，自然成了三只公狗争相求爱的对象，稍不留神，腰上就被其中的一只搭上前腿。它已经分别给大郎和二郎生过一胎，目前的肚子里又怀上了呆儿的，用隆裕皇后的话说，这个小骚货够对得起它的三个野男人了！

皇后说这话时似乎无心，太后听了心里却隐隐一疼，悄悄看一眼她亲侄女儿的脸色，竟从那上面看出了三分的妒忌，七分的感伤。

自从珍妃死后，皇上再也没到皇后那里去过一次了。过去唯一的那次宠幸，她也是屈尊用了珍妃的名义，让太监用毡子背到漪澜堂内，黑夜里皇上一时不辨真伪，中途发现不对劲儿时，龙体已经伏在赤条条的风身上了。

悲哀的皇后一定是想，她竟比不上一只母狗！

不过太后的确是偏爱黑宝玉的，因为这只身怀有孕的小母狗不能随行的缘故，这次踏春她决定不带那三只公狗，所有的狗儿都不许带。女的在家吃苦受罪，男的出外寻欢作乐，这世界还有什么公道可言吗？

雪吉葛！她对着窗格外面唤了一声。

漂亮的宫女头目一阵风似的出现在她的面前，奴婢在，老佛爷！

你告诉皇后、嫔妃和格格们，谁愿意去长河湾看柳树，谁就跟我去，只是这次不许带狗。

大郎二郎和呆儿也不带吗？雪吉葛小心翼翼地问。

等着黑宝玉满月之后，再让这几个狗杂种出来！太后愤愤不平地说。

雪吉葛吓得偷看了老佛爷一眼，不明白她清早起来还好好的，为什么突然间生起气来。

要不要还带上卡尔……雪吉葛想起她昨天说过的话。

卡尔，哪有叫这名字的狗儿？太后的两条弯眉轻轻皱了一下。

雪吉葛笑着提醒她说，老佛爷总记不住人家的名字，就是那个从美国来给老佛爷画像的女画家，昨天画完了像，老佛爷不是亲口对她说了，以后到哪里去玩儿都带上她吗？

噢，你说的是卡姑娘，太后恍然记了起来，你说带她还是不带她呢？

雪吉葛回道，老佛爷是金口玉言，不能让美国人认为您说话不算话，再说让她多看几处我们中国的美景，以后回到美国也好有个念想儿。

你说得很对，太后点了一下头说，很多场合她都是听这位贴身宫女的。那就让裕庚的那两个宝贝丫头也一同随驾。

雪吉葛说，老佛爷说的是那位驻法大使的女儿，德龄小姐和蓉龄小姐吗？

不是她们两个，谁能听得懂那洋丫头说的什么？若是都像你们那样哑巴似的比画，岂不失了我大国威仪？太后翻了她一眼说，况且卡姑娘又是她俩死乞白赖介绍给我的！

奴婢知道了，老佛爷，雪吉葛退着下去说。

2

去长河湾实可谓故地重游。上至皇后，下至宫女，谁也猜不透太后年年春上都去那里，心里究竟是悲是喜，抑或喜中有多少悲，悲何以从喜中来。

屈指算来已四年了，四年以前，光绪二十六年的七月十八日，八个国家的洋毛子们占了通州，太后同样是带着这一干子女眷，多的只是一个皇上和几个大臣，仓仓皇皇逃往居庸关外，自颐和园一路奔西，经过的就是这道长河湾。那时的这道河里死水半涸，衰草浮面，乱石碎瓦铺满了河床，两行败柳在西风残阳之下，憔悴凄凉，简直像一群拄杖的弃妇。

往事虽然如烟，时过而境未迁，也许在她们的记忆里早已淡了，那旧日的惨象却深深地刻在太后的骨子里，今生今世也难以忘怀。

依照旧例要等春天过去，太后才会移居到湖光山色的颐和园里，因此从宫中出发到长河湾，还有一段长长的路程。每年走这段路，太后多数乘轿，少数坐车，而坐车也喜欢坐人拉的两轮车，四轮大马车她是不大愿意坐的，那牲口不像人会克制自己，有时走着走着，冷不丁儿地放出一个臭屁，熏得她直想命人揍它一顿。然而它毕竟是个牲口，人怎么能跟牲口一般见识，何况她是太后！

更何况当年仓皇出逃，坐的不也是四轮大马车嘛，当时只顾得奔命，哪里还顾得它放没放屁。如今不坐就是了，打它干什么呢？

小李子去年就曾向她建议，让她试着坐一次汽车，近些年驻欧美各国的大使，回国时作为贡礼送给太后的汽车，总共不下十几辆，至今统统都闲置着。她一次也不肯坐，大臣们都闹不清这里是什么原因，连聪明过人的小李子也猜不出其中的谜。

老佛爷，您是不是闻不惯那洋油味儿？小李子琢磨着问。

洋油味儿挺好闻的，罗斯福能闻我就能闻，太后闭着眼睛回答。

您要是觉得坐在里面憋闷，还可以叫人把车窗打开，小李子又说。

这个我自然懂，大粪还需用屎来浇（教）吗？太后一下子生了气说，自从虚岁进入七十以后，她经常会无缘无故地生起气来。

小李子不由得打了一个哆嗦，但他忠臣死谏，总想让这享尽天下荣华的女人，生前再尝一次汽车的滋味。

老佛爷，那开车的司机都是经过层层审查，送到国外去学习的，不会有半点……

我说小李子，你是想把我塞进那个铁家伙里，你就不必陪在我身边走路了吧？太后打断他的话说。

奴才哪儿敢哪！小李子赶快打了自己一个耳巴子。

老实告诉你吧，我是不能容忍一个开车的奴才坐在我的前面！太后终于把她藏在心里的不满说了出来，平起平坐也不行！

老佛爷要是坐在司机的前面，不是变成皇太后给奴才开车了吗？小李子实话实说道。

所以我就不坐汽车，我情愿坐人拉车，情愿坐轿！太后赌着一口气说。

坐人拉车和坐轿，不也有人在老佛爷前面？小李子斗胆又说了一句。

可那是他在下面，我在上面，最起码的尊卑还是有的！太后不耐烦地挥了一挥手道，你赶快给我安排大轿，还有随行的皇家卫队，当然还有膳车。

禀老佛爷，这一切奴才早就给您安排好了，小李子几十年来已经摸透了太后的心思，做什么事都有两套以上的方案，这样就好应付太后的心血来潮，突发奇想。方才他提到汽车，原是防备她忽然对轿子和銮车失去了兴趣。

那你还跟我瞎白话什么？太后带笑地骂了他一句，你这个没有鸡巴的男人！

我要有那物件儿这辈子还能在宫里吗？小李子嘴上不敢这么顶撞，心里却嘀咕了一句，转身正要退下，太后又在背后叫住了他。

今天有雪吉葛随驾，我看你就不必去了，你留在宫里，白天可以去一趟漪澜堂，就说是替我探望皇上的病，注意一下那边的动静。太后说着又叹了口气，唉，这人总是让我有些放心不下。

是，老佛爷，小李子答应着。

还有，太后又想起一件事来，黑宝玉不是快生了嘛……

老佛爷放心，奴才一定让它们母子平安！小李子这次并没有等她把话说完。

从背后传来一阵鸟叫似的笑声，太后回头一看，雪吉葛带着一群宫女走在两侧，簇拥着打扮得花枝招展的皇后、嫔妃和格格们，五彩云霞一般飘了过来，而德龄、蓉龄和卡姑娘却身穿白色的西装，头戴白色的遮阳帽，宛若从天上降下的三朵白云。

要是能再回去五十年，我也去做套这个式样的衣服穿穿，太后下意识地想着，觉得自己这会儿的心情竟有些像皇后了。

3

说是去长河湾观柳，其实那柳树一路上都能看到，只不过大多依山傍石，平地里偶有几株，或浓或淡一抹葱绿，点缀在灰褐色的村舍之间，形成一道冬日里没有的景致。北方的旷野缺少水流，柳树长得威武剽悍，春风拂来虽也学着摇来摆去，枝条却总是显得生硬，像是一只只男人的爪子。

然而这已经够卡尔新奇的了，她和德龄、蓉龄一起坐在太后轿后的一辆马车上，身上背了一个大的画夹，冷不丁儿从马车上跳下来，把掌车的太监吓一大跳。慌忙吆马停车，卡尔却已跑到车后去了，脚下两只锥子似的鞋底扎进黄泥筑成的路面，害她偶尔打个趔趄，拔出来却又跑着，直跑到一棵柳树前面，卸下画夹就去写生。坐在马车上一摇一晃，景色又不断地移动着，她想画也画不成的。

标特佛！标特佛！卡尔一边画一边嚷着。

听得身后一阵喧哗，太后以为有人发现刺客，大着胆子掀开轿帘，试着往后看了一眼，却见卡尔一人蹲在路边，车上人远远地望着她直笑，以为那洋丫头是在出恭，心里正犯着嘀咕，美国人怎么这样不守规矩，这时又听得卡尔嘴里嚷了一声，并且起身挪了一处地方。

太后这才松了口气，对坐在车上的德龄、蓉龄问道，这个洋丫头叽里哇啦地在说什么？

老佛爷，卡尔小姐说这柳树真美！蓉龄抢先告诉她说。

真是没见过大世面的！太后得意地笑了说，你告诉她，叫她上车，现在还不"标特佛"，到了长河湾那才"标特佛"呢！

接着又嘱咐雪吉葛道，下次出来时记着给她换一双鞋，穿那古里怪气的玩意儿，还不把脚脖子给崴了！

卡尔小姐才不会穿老佛爷赐她的鞋呢，德龄咯儿咯儿地笑道。

德龄和蓉龄是随同新任驻法大使的父亲裕庚，在巴黎留学的时候认识的卡尔，两姊妹一个学习音乐，一个学习舞蹈，二哥勋龄学的则是摄影。这位学习绘画的美国小姐先是爱跟二哥在一起，讨论摄影与绘画的关系，接着又跟他的两个妹妹打得一团火热。正是有了这种友好，回国以后她们才极力地在太后面前鼓吹，说西方的油画跟中国的线条画如何不同，而卡尔用刮刀和油彩在画布上画出来的人像，简直就跟真人一模一样。

太后说，早些天有个名叫华士·胡博的洋人也写信给外务部，请求给我画一张你们刚才说的那种画，随信还寄了一张他画的一个名叫什么圣母玛丽亚的，可我觉得那画也没什么了不起，脸上半边白半边黑，连颜色也没抹匀！

蓉龄忍着笑说，老佛爷真逗，那叫明暗面，正是与中国画单线平涂的相异之处。

我管它异不异，太后为了证明自己是懂得画的，搬出另一位外国画家来说，我认为还是意大利人郎世宁画得要好一些，他用中国技法画的肖像那叫清爽，正是因为这个，乾隆爷才赏给他三品顶戴。

老佛爷您就试一次嘛，德龄和蓉龄在太后面前一齐撒娇说，人家卡尔小姐今年才二十多岁，画到郎世宁那把年纪，画里的老佛爷还不会从画上下来主持朝纲，御驾亲征了哇……

这两个死丫头，两张小嘴巴就跟八哥儿似的！太后被这句话说高兴了，伸出戴了甲套的手指头一人点了她们一下说，我看你们搞的是假公肥私的把戏，明里给皇太后画像，实际是想你们几个好探亲访友，连这一点小心眼子我还看不出来，我也白当一场皇太后了！要你老爹给算一算，从美国一去一来要花我多少银子哪！

话是说穿了，嘴上也骂了，太后却已被姊妹二人说得心旌摇动起来，当即就让美国驻华使节康格尔夫人给卡尔写一封信，邀她到中国来给自己画一幅像。不过高兴罢了，忽然想起两人说的卡尔今年才二十多岁，在心里又冷笑了一声道，二十多岁还算小吗？想当年八旗选送秀女，自己年方十七就被封为兰贵人，已经把咸丰皇帝迷得神魂颠倒啦！

队伍说说笑笑，走走停停，来到长河湾已是早膳时分。由于说到卡尔的高底皮鞋，一路上看见一扭一扭行走迟缓的汉家女子，太后总免不了要取笑一阵她们的小脚。

我看卡姑娘穿那玩意儿走路，跟这些女人的小脚也差不多了！

一条清波粼粼的河水，被两岸蓬松的垂杨柳染成绿汪汪的一片，天空从那绿荫间透出一道亮白，边缘处如烛光穿过一排排竖琴，嫩柳的柔丝在无风的晴日里静如琴弦，一颗鸭蛋黄似的圆球悬浮于白的天空与绿的河水之中，使水面上倒映着的垂柳的影子，一汪碧绿的平静里又有了一抹血红的涌动。那长河湾实在是长，原本似乎是想笔直地通向天际，但它毕竟是一道湾，流至中途腰身向两边一扭，河竟分成两条，从中闪出一片小小的绿洲，那小洲上长的仍是倒垂的杨柳。又有一座白色的石拱桥，横架在河水与绿洲之间，柳映水里，水流桥下，那一道柳色水光中的美丽的弧形，把两岸的景色衬得实在是太迷人了。

几只大雁长叫一声，从河水的上空翩然飞过。

那句话是怎么说的来着，太后似乎自问自答，轻轻叹了一口气说，此景只应天上有啊！

歪瑞歪瑞标特佛！卡尔嘴里大嚷大叫着，披头散发地跑上河堤，这一次皮鞋的高底敲击在坚硬的青石块上，再也不会扎进土里去了。

这洋丫头又在说些什么？太后忍不住问德龄和蓉龄。

她说长河湾非常非常的美！两姊妹一同回答。

你们问她，她们美国有这么美的地方吗？太后朝着卡尔努了一下嘴说。

4

早膳是宫女们随车带过来的，虽不如宫廷里那样奢华，但皇后、嫔妃和格格们却都吃得还算满意。太后不觉又想起四年以前，这一干人逃出居庸关，奔到怀来小县城外的榆林堡，宿在一座破庙里时，大家不是嚼着秫秸秆解渴，又把秫秸秆折断作为筷子，在一只破碗里扒拉咸菜和小米粥吗？太后想起往事，忆苦思甜，居然胃口大开，比平时在宫里更多吃了几口，吃罢还打了一个嗝儿。

看着日照长河，风摆柳丝，这里的景色美如天堂，皇后那郁闷已久的心情此时已好了许多，用膳之际竟生出少有的雅兴，提议以今日的长河观柳为题，一人即景吟一首诗，谁作的好太后有赏，若是有谁作不出来，就罚她喝一杯酒。

大家立刻你推我搡，一片声地叫好，连卡尔都莫名其妙地鼓起掌来。

好倒是好，只是从哪里开始……太后的眼睛看来看去，最后停在一肚子学问的德龄脸上。

当然是从老佛爷这里开始，听说老佛爷的诗能跟陆放翁媲美呢！德龄却笑嘻嘻地抢先说了。

岂止是陆放翁，蓉龄补一句说，连什么李青莲杜工部之类的也不在话下！

死丫头片子，我可不行！太后慌忙摇着手说，要不我从这边点起，点到谁就是谁，你们都听好，点兵点将，点到和尚，和尚不吃米，点的就是——你！

太后用她戴着甲套的手指头点来点去，正好点中了蓉龄的鼻子，不由得抚掌大笑。

蓉龄吓得尖声叫着，老佛爷饶了我吧，我可是不懂什么诗呀词的，平时我只喜欢读些通俗小说。

那你就跳个芭蕾舞吧，皇后想起蓉龄在法国学习的专业，转而提议说，至今我还没有看过一次芭蕾舞呢。

胡说，那年几个小洋毛子进宫献艺你没看吗？太后呵斥着皇后说，她是为了证明自己虽然人到古稀，记性却比年轻人还好。

哎呀，就是一个光着屁股的男人，抱着一个只穿一点裤衩的丫头转呀转的？皇后惊叫着说。

可惜我没带舞鞋，再说这身衣服穿着又笨，脱了又冷……蓉龄可怜兮兮地比画着。

这倒也是，太后设身处地地体谅她道，逼着这丫头在河边转圈儿，万一转晕了滚进河里，淹死了谁个负责！

谢谢老佛爷！蓉龄恨不得趴在地上给她磕一个响头。

慢着，我的话还没完呢，太后接着却又说道，你这二丫头不会作诗，就让大丫头替你作一首！

德龄见蓉龄难逃此劫，便咳了一声说，既然老佛爷存心难为我们姊妹，那我就只好替妹妹献丑了，诗曰：清明时节杏花天，岸柳轻垂漠漠烟……

太后听着纳了闷儿道，我怎么觉得这两句像是乾隆爷题在一幅画上的，后面就是荡秋千了，念出来你可要给我荡个秋千来着……

德龄忍着笑说，怪不得念着这样顺口，难得老佛爷好记性，我可不敢荡那玩意儿，就只好再吟一首，老佛爷这回听好了：绿荫深处是蓬莱……

太后骂道，你这个死丫头尽想蒙我不是？这句也是乾隆爷的，而且又不是首句……

德龄到底笑出声说，我就知道老佛爷精通诗文，过目不忘，才故意跟老佛爷开开玩笑。我还听说老佛爷爱对对联，我就不作诗了，给老佛爷出个上联，请老佛爷对出下联如何？

一听说对对联，太后的眼睛倏地一亮，这游戏终于玩到她的长项上来了。

那就快些给我出吧，出得好有赏，出得不好我就叫人打你的屁股！

老佛爷听着，德龄开口说道：长河河长长长弯弯弯长长长弯长弯弯长弯长故称长河湾。

听着这句绕口令一样绕来绕去的话，上至皇后，下至宫女，所有的人都为太后捏了一把冷汗。

太后沉思片刻，忽然问道，这长河湾过去还叫什么名字来着？

因为河上有座桥，因此又叫高梁桥，当年宋太宗攻打幽州，还在这里有过一场大战……皇后好不容易才想出这个典故，这事不还是老佛爷告诉我们的吗？

太后瞑目向天，长长的指甲套在掌心轻轻击打着，嘴里念念有词，俄顷猛地睁开眼道，有了，死丫头你给我听着：高梁梁高高高……不对，这后面怎么对不上了呢？

5

直到红日西斜，柳色转暗，浓荫间的河面上散出一丝微微的寒气，在石堤上欢蹦乱跳的鸟儿三五成伙地飞进岸柳丛中，长河湾渐渐地显得寂静下来，兴犹未尽的太后方才说了一声起驾回宫。

这支队伍便又说说笑笑地往回走着。

卡尔今天的收获最多，蓉龄和皇后说芭蕾舞，德龄和太后吟诗作对，她一概听不懂，于是也就一概不去听，只是怀里抱着画夹到处乱跑，跑到哪里画到哪里，长河暗柳，芳洲草堤，小桥流水，远处人家。她总共画了六六三十六张速写，还趁太后瞑目向天构思下联的时候，给她画了一张中国皇太后慈禧女士苦吟图。

太后坐在轿中看了这张苦吟图，她不认识画上的洋文，只认识那个老太婆，两道眉毛不经意地皱了一下，但她脸上仍然笑着，对坐在后面车里的卡尔说，卡姑娘，你要是把我的那张肖像也画成这副德性，我可是饶不了你的！

卡尔问蓉龄道，她说什么？

蓉龄说，老佛爷说，她不希望在你的那张正在进行的油画中，看到她是这样的一副形象。

卡尔笑道，请老佛爷放心，那幅即将完成的油画不仅是一位伟大的中国皇太后的肖像，同时也是我一生中最重要的作品之一，如果可能的话，我很希望通过你们中国的外交大臣，把它送到我们美国的圣路易赛会展出，而且我还希望展出后能送给我们的总统西奥罗·罗斯福先生，留作中美两国和平友好的永久纪念，因此我会争取把它画得就像真的一样！

听蓉龄一字一句翻译了这一段话，太后的脸上正要绽开笑容，忽然从这"和平友好"四字，想起四年前那一场屈辱的战争，一下子却又布上了阴霾。

要说像真的，那还不如照一张相，她从心里嘟哝了一句。

说到照相，太后忽然又想起裕庚大使的儿子，那个戴着一副近视眼镜的宫中摄影师勋龄，一扭头对德龄和蓉龄说，今天怎么忘了叫上你们二哥，让他也随驾来给我们照一照相？

蓉龄说，二哥可不敢再给老佛爷照相了，上次在昆明湖的荷花船上，老佛爷扮观音菩萨，李公公扮韦驮，皇后嫔妃和格格们扮仙女，二哥端着照相机站在船尾上，老佛爷要他取全景，人一个也不能少，他的眼睛又近视得很，为照这张相差点退进湖里去了！

太后笑道，那是怪他人太老实，他就不能上到岸上再照？

德龄说，明年再来长河湾，我一定把二哥也叫上。

回到宫里，已是薄暮时分，留守宫中值班的宫女和太监们为了迎接出行的太后，早早地就点亮所有的灯笼，将宫廷内外照得一片辉煌。小李子带着一群宫监蜜蜂一般拥到太后轿前，扶着她去后殿洗漱更衣，却听太后扭着脖子问了一句道，晚膳备好了吗？

下午四点半钟就备好了，老佛爷先去洗一个澡，出来就可以……小李子说。

不洗澡了，洗个手就用膳吧，太后说。

是，老佛爷！小李子知道太后是玩饿了，今天要破一回例，只好先送太后去西膳房用晚膳，吃罢饭再送回后殿给她洗澡不迟。皇后、嫔妃和格格们先吃还是先洗，一切自便。鉴于自从卡尔小姐去年八月进宫画像以来，太后总喜欢让这位卡姑娘跟她在一起逗乐，就让卡尔小姐和德龄、蓉龄姊妹一道陪太后用膳好了。

趁着一群小宫女给太后洗手的时候，小李子小声地问雪吉葛说，你们在长河湾的那顿早膳，老佛爷吃得好吗？

比在宫里时吃得还多！雪吉葛说。

能吃就好！小李子说，我看老佛爷最少能活一百五十岁！

打嘴！雪吉葛说，老佛爷是万岁万岁万万岁！

小李子真的伸出手来，在自己的嘴上打了一下，脸上却带着古怪的笑说，奴才该死，你和我都是一辈子伺候老佛爷的，老佛爷万寿无疆，我俩不也跟着万寿无疆吗？

像你这样的男人，活得再久又有什么意思！雪吉葛在心里讥讽了一句，就回到太后身边去了。

太后用罢晚膳，嗝儿地打了一个饱嗝儿，忽然想起一件事来，一边用牙签剔着牙缝里的鱼刺，一边起身问小李子道，皇上那边的情况怎么样？

回老佛爷，还跟往常差不多的，小李子说，太医又给皇上开了两服药，眼下正在慢慢吃着。

唔，太后从鼻子里哼了一声，还有我的黑宝玉呢？

恭喜老佛爷，贺喜老佛爷，小李子早就等着她问这句话了，老佛爷真是料事如神，您刚走不到一个时辰它就生了，一胎四个，母子平安，就等着老佛爷去看一眼，好给它们一个一个地赐名儿呢！

今天累了，不去看了，太后随手将牙签丢给雪吉葛说，这名儿嘛倒是可以赐的，你说它们四个长得都是些什么模样？

回老佛爷，因为是狗，所以不外乎都是狗的模样，小李子憋着心里的好笑说，只是四条狗四种颜色，一条深棕，一条浅黄，一条乌紫，还有一条颜色怪怪的，黄里透着红，红上又有点粉，就像是秋天树上霜打过的柿子。

这么说它还不是跟呆儿一个生的，难道是一窝杂种不成？太后愣了一下，一时间竟然对黑宝玉的印象有了改变。

杂种不杂种奴才不敢说，小李子小心地看了看太后的脸色说，不过这也怪不着黑宝玉的，别个要来找它，叫它一个弱女子有什么办法？老佛爷也别生气，还是给它们赐个名儿吧。

太后嘴里哼了一声，似乎原谅了黑宝玉说，那么这四个小杂种的名字就这样定了，深棕的一条叫秋叶，浅黄的一条叫琥珀，乌紫的一条叫紫烟，黄里透红红上带粉的那一条，我看就叫霜柿吧！

奴才替黑宝玉谢老佛爷了！小李子从丹田那里抽出一口长气，然后悄然地吐了出来。

再去伺候太后洗一个澡，今天的日子就算又结束了。

红泥

　　一岗子的红泥。一岗子的一个姓的人。有外乡人上得岗去，迷失于红泥之中，偶遇着一位好像住在当地的人，请教罢了，得知了前途，道谢时随口附一句问：大爷您贵姓？大爷说：免贵姓陈。问：大哥您贵姓？大哥说：免贵姓陈。问：大姐您贵姓？大姐那一双美目略低一低，两颊染一抹淡淡红泥的颜色，说：娘屋免贵姓王，夫家姓陈，您应喊我大嫂呢。缘此，红泥岗又让人叫成了陈家岗，这也是可以的，方圆数百里，都晓得是一码子事。

　　岗子上住着的无非六七十户，三四百口，从那木门土窗中冒出的，一张一张也尽是极贫贱的苍颜，但自出过一个名叫陈世美的人后，于整整一县的人们的眼底，便视这里为精彩的地区了。衙门里召画匠进去，描出一方地图，将那红泥岗的面积作了若许的扩大，精确了位置，墨笔写下名字，朱笔点出记号。那年代，岗子是光荣的。

　　后来是一班外地戏子，生生将个好的名声唱坏。一个据说姓秦的女人，在戏台上用惨凄凄的调门唱：

　　　　我身上穿的是公婆孝，

你身上穿的是蟒龙袍，

恨你不过剐尔的目……

于是那黑脸包文拯，竟当着公主和皇太后的面，摘了头上乌纱，喝令王朝马汉，抬出龙头铡，把当朝驸马陈世美的脑壳塞进去，咔嚓一响。此前陈驸马那一头黑缎子似的长发，在空中一圈儿一圈儿地甩。

红泥岗的人起初一怔，觉得情况似乎不对，继而便集体性地愤怒了，不是这样的啊！不是这样的啊！怎么可以这样唱呢？再继而就听得人群之中一声呐喊：

"给我上去捶他些狗日的东西！"

应声便有一位勇敢的少年，两脚腾空上了台子，劈头吼道：我们陈家的祖宗有你这样一个婆娘吗？一个巴掌扇去。秦香莲的嘴流血了，不能唱了。少年又是一个扫堂腿，包文拯也倒在了台上，忽然不念京白了，用土话哎哟大叫，王朝马汉却只顾自己逃命，这时又跳几个壮汉上去，七手八脚，将龙头铡边的陈驸马扶起，检查一遍，脑壳还在，不过隐在紫绒大幕后面而已。为他重新整了衣冠，好生慰问一番。陈世美却笑道，何必呢？何必呢？这是唱戏！这是唱戏！立场仍在戏班子那边。领头的少年又生了气，兜屁股一脚，也踢他娘的下了台。

此后，红泥岗人的口中，除却本来的一个陈世美，又多了一个人物，后岗的红薯娃子好生的英雄啊，听了老子陈老五的召唤，杨七郎打擂一般，飞脚上台，打跑了持刀的武士，保卫了祖宗的声誉。

岗子上的人家凑了足够的盘缠，让那名叫红薯娃子的少年一包袱包了，沿戏班子撤退的路线，去寻访戏的来历。一月之后，少年回来，包袱没了，却背回一个故事。

——那一回，与世美爷一路上京赶考的，还有岗子那边的三个秀才，三秀才殿试未第，还乡时对世美爷说，等老兄做了官儿，咱哥们儿再来找口饭吃，同窗之谊，并且只隔一座岗子呢。第二年世美爷做了官儿，一个好大的官儿，三个秀才真就去了，世美爷说，这样不好的，这样不好的，你们还是回去秉烛苦读，明年再考。袖里取出三锭银子，一人一锭，作为回乡的盘缠。三个秀才将银子揣了，转脸大骂，好个无情无义的陈世美！一秀才说，我要写一本戏，唱他不认同窗。二秀才说，不认同窗不足以激起平民之愤，要写不认爹娘。三秀才说，不认爹娘也不足以，不若写成不认前妻，以及前妻所生一双儿女。一秀才说，走时尚未成亲，前妻何来？二秀才说，何况儿女？王秀才说，塑造。戏就这样塑造成了。爷奶伯娘们，我们的世美祖太爷比包文拯晚生一百多年呢，他包黑子铡得着吗？

岗上的人掐指一算，群情激愤了：烧了它！烧了它！——比画着三秀才写的那个鸟剧本。然而烧是烧不着的，鸟剧本已经广泛地流传于民间，变成唱念做打的绝妙戏文，令几多受害的女人哭，几多忠诚的男人骂，几多为婚姻负责的女人男人将那男主人公作为反面的教材，恨人时咬碎钢牙，从齿缝中一个字一个字地吐出三响，犹似三粒子弹，希望把那道德沦丧的得志小人射倒在地，永世不得翻身。

少年是能武又能文的。他却用了别样的手法，以他在先生处读得的诗书，习得的文墨，将寻来的三秀才的故事，也写成一本戏，与那外地戏班子演个作对，唱词念白，融进感情，同样够演一个时辰。这本戏写成的时候，少年也有了一个著者的名字，从此不再是红薯娃子，将那红泥岗上可当饭吃的农作物头上拔去一棵草，磊磊落落一个署名的署，全名叫作陈宏署。

红泥岗上赤诚地热爱着自己的祖宗，且一腔正义在胸中燃烧的陈氏的后裔们，自己成立了一个戏班子，有钱出钱，有人出人，没钱没人的便出好主意，以高价和诚恳，请了一位唱红远近的姓周的老艺人上岗传艺，练习讲演陈宏署所作的新戏。陈宏署本人就亲自扮演那因刚正无私而落千古骂名的陈世美。新科状元陈世美是没做驸马爷的，他只是娶了朝廷一位长他十岁的臣子的小女为妻，那女子并不绝色，却知书达礼，是一个好媳妇儿。岗上人就一边看戏，一边唏嘘，黑压压一场院肥肥瘦瘦的脑壳点点摇摇，心中一口怨气出了。嘿，这才像是我们的祖宗奶奶！乳名唤作柳花的聪明小姑娘，演那与公主不同的陈妻。柳花天生有尾梢斜斜向上的一双凤眼，尖下颏，小嘴巴，稍一着妆便像戏台上走过多年的名角儿，演得妙极，与陈宏署胶漆恩爱，且支持他婉言劝回求官的三秀才。台下看戏的人莫不圆了眼，更有人识得他们是出自岗前岗后某一人家的子女，掐了手指来做算学，心里默说，一个十八，一个十六，咳咳咳，若不是一个掰不破的陈字，倒真是天设地造的一双！

戏班子一场一场地演着，身负着还原历史的正义，演罢了自己岗上，又演下岗去，踏着那外地戏班子撤退的路线，已演遍了几百里的地域，还在继续前进。宏署就做了这班子的班主。他们演得逼真，唱得动情，且每场仅向看客收极少的钱。散了场，若有人问及他们的戏为何与别家班子的说法不同，他们来不及卸装，便不辞劳苦地争着向人诉说本来面目。于是听者大为惊讶，对过去所知一切方才生出怀疑，宁可信了他们，与人议论的时候，将他们的这个戏班子叫陈家班，对扮演清官陈世美的小班主，以及那戏中的陈妻津津乐道是尤其的一致。

终有一日，叹息宏署和柳花是天设地造一对儿的传言，也进入了他们的耳里，这似乎是一个启蒙，抑或是将一个正在朦胧中的事情作了公布，使他们两人大吃一惊。然而在吃惊之余，把自己每个夜晚的心情一想，体内便着了火，脸红心跳起来，从此对人们的眼睛，真是又恨又怕。而他们再于戏台上面眉目传情，就变得十分的不自在了。同是宏署过去念的词句，但一声娘子尚未叫够节拍，心一慌，音就断了。而柳花眼里的一汪秋波，则几乎更不敢再闪向宏署。他们的心，随着他们日渐饱满的身体，也渐渐地长大了，突然变得敏感而狂妄，有时候很想做一件事情，于是古戏中许多男女的生生死死，死死生生，他们也就开始懂得了。

他们终于也没有做下犯规的事体。戏台上的言语动作，搂也罢，娘子也罢，都是假的，下得台来，洗去脂粉，脱下袍裙，便仍是哥哥妹子地叫。

"宏署哥。"

"嗯？"

"那一句你唱错了呢！"

"晓得，唱到中途就觉出来了。"

"柳花妹。"

"呃？"

"今儿你可累坏了吧！"

"是的，如今心里还慌慌地乱跳呢。"

说到心慌，说到乱跳，任有多少戏台上的感觉都一下子说不出来了，双双不约而同想到别种的内容，相对只照一眼，刚刚褪去戏装的脸自己却有了红，便由柳花抢先，腰肢儿扭扭地隐没到人群里去，故意高了嗓子说笑，这样她就好过得多了。

每一次可能发生的危险，都是这样被克服的。小班主陈宏署觉得他的日子难过起来。在他心灵的荒野上，入夜便被两匹狼所占领。一匹狼说，弃下这个班子，你一个人滚吧。另一匹狼说，弃下这个班子，偷了柳花逃吧。两匹狼在荒野上撕咬惨嗥，它们一天比一天长大，因而一天比一天惨烈。陈宏署在它们的搏斗中苗壮的肉体开始消瘦。他已经无能为力，他希望有一种外来的力量救他出苦海。

救他的人是他的老爹陈老五。如同当年对儿子一声喊：给我上去捶他些狗日的东西！陈宏署这回听到的召唤是：赶快给我回来！他以为老爹要死了，星夜奔回，却原来比他还活得健壮。陈老五说，你爷爷奶奶昨晚给我托了一梦，说是我们陈家的后人，在你们这一代上，就要做下兄妹通奸的丑事。一觉醒，再困不着，想你整天在外和柳花演夫妻，直怕做出真的来，柳花和你可是一个祖宗啊！托人把你叫回，就为这个，明晨上地种麦子吧！陈宏署暗吃一惊，信了托梦，便不再下岗，将一根思念狠心斩断。

陈家班从此解散。柳花是被那姓周的艺人师傅带走的。周艺人弃了妻小，惯走江湖，已是将知天命的人。陈宏署听得此信，想象立刻把一副冰雪玉体与一架骷髅合成一处，闭了眼，万物都已死去，只听见自己一颗好疼好悔的心，颤得如一丝将断的琴弦。

陈宏署的亲事，是岗上人眼里最顺利的一个。由于正义而又勇敢的名气，由于会编戏还会演戏，而且虽然演得那般的好却并不许自己成了戏子，远近人家都极肯把女子送他做媳妇。陈老五替他择了一个，就忙忙地娶来，与他同拜天地父母。媳妇娘家姓汪，过门以后，被夫家陈姓的后生喊作汪姐，据说娘家是极有钱的，虽然当头上那方红绸掀开的时候，脸上现出十几粒麻子窝儿，但颜色和深度都不太厉害。有人担心地看陈宏署，却见这新郎官出奇的安静，两只僵直的眼睛，几乎对一切都视而不见，好像觉得除了柳花，世上女子全是一样。在那一夜的新床上，根据汪姐的诱导，他也做事，但就是一边在她的身上做着，一边却顽强地假设下面的人是那上了粉装的柳花。汪姐的情绪很高涨，对比着曾经遭受过的动作，觉得这一个是很斯文的，毕竟是编戏演戏的人才，要给些鼓励。却听上面的人口中已起了微鼾，嘴里并夹有呓语：

"柳花……咋儿要是……一个姓呢……"

汪姐听不懂，笑一笑，自己擦干净了身子，后半夜搂着他的后背困觉。

陈家班虽已散去，但外地的戏班子自那挨打之后，也不见再来了。红泥岗的人，觉得日子寂寞，有时还很想有一场戏看。时间过了很久，有一年的冬天，将要过年的时候，来了一队人，说是夜里有戏，岗上人便沸腾了，晚饭只一吃罢，就把厚衣大袍纷纷往身上加，且一手提了短凳，一手挽了燃着黑炭的竹篾烘笼，成群结队奔大稻场来。大稻场上早已摆开阵势，没有戏台，只有一方白布晾于两棵柳树之间，距白布丈把远处，架一八仙桌，桌上坐一机器，酷似一台大机关枪。人们围了那桌，说笑指定，那物件只是按兵不动。挨到天黑，忽然亮出一盏白灯，直射白布，机器开始转动，白布上凭空生出一些古装的人物，有说有笑，且配着动作。人们哗然，继而哑得出奇，伸长颈子看上一阵，名堂就看出来了，竟是当年被他们打跑的那个戏班子演过的黑老包怒铡陈世美！原来活人不敢来演，却换了死机器来作代替，真是一个好阴险的诡计！

参差坐满稻场的人，由喜到怒，蓦地想起少年陈宏署的榜样，没有地方捉拿演员，也无戏台可跳，便在脚边捡起石头砖块，集体发一阵吼：

"给我捶那狗日的东西！"

石头砖块便纷纷落向嘎嘎直转的机器。有慷慨的汉子索性从屁股底下抽出短凳，怒吼着去打那放机器的人头，接着还有因气愤而丧失了理智的鲁莽人，从空中扔出烘笼，使燃烧着的红红的炭火满场飞溅。火与石的战争使满场大乱，一位裤腰带上别了旱烟口袋的老汉子，颠颠奔到白布底下，兜里摸出白色的火石与黑铁镰，叮地打出一朵火来，用黄表纸媒子点了，颤着瘦手去烧那白布。白布上姓秦的女人还搂着一双儿女在哭，下面的裤脚已经冒起浓烟。放机器的一男一女，出于对本职工作的负责，大声疾呼着，但石头、短凳和灰火红红黑黑地迎面射来，他们终于寡不敌众，捂着血脸仓皇逃了。这一场战斗结束，岗上人刚刚学得了一个名词儿：放电影儿。

一岗人余怒未息地回去困觉了。在床上，仍愤愤地骂那白布上的戏。

这场战斗不是陈宏署指挥的，但他也扔了一条油光光的短凳。半夜，他那脸上麻得不太厉害的汪姐，为了一条短凳的损失，摇着他的身子问：

"你们咋法儿要那样子做吗？人家又没有惹你们嘛！"

梦中的陈宏署，正搂着柳花叫她娘子，后来猛被摇醒，一嗓子吼道：

"惹我们的老祖宗还不算惹吗？"

吼罢复又闭眼，去追那梦里的事情。

汪姐直到很久以后，才从后岗的一个敞嘴婆娘口中，晓得了原委。自己的男人，现成的典故却不说与她听，白做了几年的夫妻。汪姐有时想来，觉得她这个媳妇当得实在冤枉。不过怨怨也就罢了，并不往深处记着。

汪姐过门三年，肚子里面没有动静，姑嫂婶娘偶或嬉笑问起，汪姐全无年少媳妇的羞怯，实话诉与人家，说她的男人陈宏署一个月也难得弄她一回，便是弄，也本着敷衍的态度，懒汉种地似的，打不起一个精神。姑嫂婶娘听了，笑得不能伸腰，用手捣她，却忽地发现，汪姐竟挂了一脸的泪，方才晓得她是真苦。其实还有苦的，那便是公公陈老五，陈老五稍有空闲，立刻屈了手指，盘算自己的年岁，越算越没有怀抱孙儿的把握，起初是后悔自己没有眼力，择错了不会下蛋的媳妇，后来辗转从他人的口中，获得了真的情报，就在心里为媳妇昭雪，反而对儿子表示着莫大的轻蔑，恨不能替他完成了大事。

陈老五含恨而去的下一个月，汪姐身戴重孝，回了一趟娘家，再归来时，人显黄瘦了，厨房里正做着饭，转身就夺门而出，随后传来哇的一声。后来就吩咐陈宏署，买些梅子杏子一类的山果，拿给她吃。七个月后，终于生下一胎，黑红肥大，哭声震野，红泥岗上未曾有过的那种。有贴己的人问陈宏署：

"是你的吗？"

陈宏署笑笑，摇头。人又问：

"你不揍她？"

陈宏署仍是笑笑，摇头。人便不问了，也摇头。

解放初年，很多乡下人干革命干进了城，红泥岗陈家一族也有代表。人劝陈宏署，你一肚子极好的文墨，也去吧。陈宏署想去，但还没来得及，岗上岗下连成了片，一片为一乡，乡成立了剧团，住在岗下的一个乡长请他来当团长，领导一些男女去演戏，不种地了，一家大小饭有吃的。陈宏署就去了。他去排的第一个戏，还是陈世美不给三个秀才安排工作。

却说进城的乡下人，虽然里面的肉还是乡下的肉，但是从外部看，衣服上边补了四个兜，两大两小，左上边的一个还挂一杆大公牌钢笔，抄腰裤的前面开了一道口子，腰上捆了一根皮带，原本的老婆就无论如何也跟不上形势了，于是全国开展了大淘汰。红泥岗乡所属的这个县，第一任县长却是一个极为难得的天良人，他以身作则，坚持将原配挽留着，让那两个粽子小脚在他身前身后扭动如初。又派出县剧团，于县辖各地宣传陈世美不认前妻，最后鸡飞蛋打，不仅驸马没有了，连脑壳也没有了，以此进行作风的教育，道德的审判。县剧团负了使命，同样要上红泥岗，但团里的演员，有一部分是吸收的过去旧戏班子的戏子，一听红泥岗便觉胆寒，将那一回遭到的袭击诉予第一任县长，第一任县长便为他们派了两杆枪，武装保卫演出。

县剧团上了红泥岗的大稻场，陈氏传人紧急集合。明知石头战不过枪了，便火速报予乡剧团，要陈宏署拉自己的班子出来，在同一个大稻场上，一方在这边搭台，一方在那边搭台，各演各的一套，唱它一个对台戏。乡剧团的戏本子是那个老戏本子，只是角儿全部变了。当年柳花的一个娘家侄女儿，替她扮了陈世美的贤妻，那状元郎则由她的侄儿扮着。陈宏署虽不亲自上台，却为他们说戏，督阵，那一场戏赛罢，乡剧团居然大胜。看者本也多是岗上岗下的人，于是大半聚在了他们的台下，由欢呼喝彩，而发展到合唱，威震全岗。有枪保卫的县剧团未及剧终，自行散了，两杆枪怏怏地断后。

红泥岗乡剧团是被第一任县长亲自下令撤去的。陈宏署后来险乎儿进了右派的队伍。他能平安无事回岗种地，还亏了汪姐背着那来路不明的娃娃，徒步进城去给县长磕头。陈宏署所编的戏本，从此是不许再唱的了。有几个已经进城谋了文化工作的人，因对此事提出异议，先后被部门退回了红泥岗。陈氏一族祖宗的清白，眼看再一次地保不住了，精诚团结的子孙们纷纷仰天长叹，说是气数尽了，是非混淆，人妖颠倒。县剧团此后又来了一回，任凭锣鼓喧天，唢呐动地，满场却并不见一个人来，只在那路口上，有三个八九岁的男女娃娃在慌慌张张地探头，但马上又被他们家的大人凶凶地捉了回去。你们唱吧，我们不听，还不行吗？红泥岗的人想。

从此再也没有哪里的剧团上岗来了。来了白来，没人看戏也罢，还没人给他们烧水洗脚做饭吃。

以后岗上安了广播，广播里别的东西都好，唯有唱那戏时，便有人抢着扳闸。又有了收音机，听着听着，一听那戏来了，便赶忙调台。又有了电视机，屏幕上面如果有声有色地出现那戏，更是让人想起当年，于是不用串通，家家户户，噼噼啪啪，自家花钱买的舍不得砸，但是关了不看总可以吧，就关了机，拔掉线，蒙上一个紫红色的绒布罩子，熄灯困觉。

白驹过隙，在陈宏署四十有一的这一年，县里换到第七任县长。第七任县长是离过两次婚的人，大学毕业，戴副眼镜子，除了开会作报告，还喜欢写几笔文章，一看便是个风流才子，尤其有看戏的嗜好，县剧团排演的戏，场场必看。他不主张县剧团演那些电视里电影里，以及中央省市剧团演过的戏，认为那是绝对演不过人家的。他主张演自己创作的戏。县剧团没有会创作戏的人，甚至没有人懂得啥叫创作。第七任县长说，慢慢物色一个吧。

二十年前红泥岗乡剧团的团长陈宏署，是第七任县长不拘一格点名要去的——要去创作戏。这时候县剧团原班的人马，除去下放的，上调的，所剩仅两人，一个是打鼓的杨大师，一个是原来曾扮演过包文拯的刘黑头，现已升了团长。刘团长和陈宏署见面，本身就很有戏剧性，两人久久地对视，陈宏署抱拳说：

"刘团长，别来无恙？"

刘团长施一个半揖道：

"莫客气，莫客气，你也是团长嘛。"

陈宏署问：

"要我写戏，要我写哪方面的戏呢？"

刘团长说："写全国没有演过的戏，写县长没有看过的戏。"

陈宏署问："陈世美婉辞三秀才的戏全国没有演过，县长没有看过，我把本子再整一下，行不？"

刘团长望了一会儿自己的脚，居然回答："行。"

两人虚虚实实笑一阵，开始共事。

刘团长派人腾出一间放乐器的屋，给陈宏署安身。陈宏署住进去就不出来，也不回红泥岗的家。他睡觉也在那间屋，吃饭也在那间屋，写戏也在那间屋。那间屋的窗外，是剧团的排练场，而他的写字台，就是靠窗放着的。这天早晨，陈宏署正在写字台上修整他当年写的旧戏本子，偶一抬头，窗外一个练功的小姑娘，竟使他吃了一惊。那姑娘长了一双尾梢斜斜向上翘起的凤眼，尖下颏，小嘴巴，简直就是一个柳花！陈宏署干不下去了。

以后的每一天，他都从窗内看着窗外，偷偷看那姑娘，看得发呆。

终有一天，陈宏署下了一个决心，借着出外散步的机会，走到那个姑娘的面前，做着闲聊的样子，试问她说：

"你今年多大啦？"

"十八。"

"叫啥名字？"

"周小红。"

陈宏署立刻想到了二十年前，将柳花带走的老艺人，也姓周。

"你能对我说……你的妈妈叫啥名字吗？"

"陈老师您真有意思，这咋儿不能说呢？我的妈妈跟您是一个姓，她叫陈柳花。"

"她是红泥岗的人吗？"

"是呀是呀，莫非您也是那里的人？"

陈宏署呆了很久，想起要点一个头。

"你的妈妈，她如今在哪……"

"她死了。"

"死了？死了？……她咋儿还没活够四十？"

"您晓得她的年龄？"

"那时她也只有你这大，我是她那戏班子的小班主，我是演她夫君的宏署哥……可惜你不晓得这些。"

周小红蓦然仰脸，望他的一双凤眼泪光莹莹。陈宏署看见了那一年，她的妈妈陈柳花，跟这是一模一样的。

"我晓得，我晓得。"

在陈宏署大吃一惊的时候，周小红扭过身子，仓皇地逃走了。那纤纤背影，也似她的妈妈陈柳花。

陈宏署的戏整理出来了。戏中的角色都安排得当，只剩女主角儿陈妻迟迟不能定下。直到有一天，刘团长亲自领一个胖演员，到他和导演的面前，说叫郝素素，是文化局局长的小女儿。导演一看就笑了，用手围了嘴，低声跟陈宏署说，陈老师，角儿是您写的，您跟团长说句实话，说完拍一下屁股，上厕所去了。刘团长便当了郝素素的面，问陈宏署，合不合适？合不合适？陈宏署极尴尬地笑，后来摇摇头。

"不合适。"

"哪点儿不合适呢？"

"眼睛，嘴，下巴，腰，到处。"

"那么哪个合适呢？"

"周小红。"

郝素素放声大哭，捂着国字脸，疯狂地奔回宿舍。刘团长的心里，便对陈宏署发出一个疑问，你写戏，咋儿把女角儿的眼睛嘴巴脸也写进去了呢？难道，周小红是按照你写的样子长的不成？

第七任县长那夜怀里抱个紫砂壶，来看他们彩排，左边坐的是刘团长，右边坐的是陈宏署。第七任县长看着看着，额上的汗出来了；看着看着眼里的泪出来了；看着看着，喉间的牛喘之气不打一处来了，勃然立起，啪地将壶砸在地上，只见夜灯下紫砂四溅，汗泪满脸的第七任县长怒声道：

"遭了人恨，便从这方面来造谣，黄泥巴糊在裤裆里，不是屎也是屎！"

　　戏还在台上演着，台下气氛却已大变。陈宏署晓得自己的戏起了作用，感动之余，好生怪异，文绉绉戴副眼镜的县长，咋就气成这样，说出这样的粗话来呢？继而又想，真是至理名言！陈宏署以后又写了三出新戏，每次彩排，第七任县长都看，看罢提几条意见，然后到公演时又看，有的戏能连看三遍。陈宏署和第七任县长就戏论戏，好像很谈得来。他和导演也谈得来。三出新戏，周小红都是唱主角儿的花旦青衣，郝素素只扮了一回皇太后。

　　陈宏署自来县剧团后，再没回过红泥岗。从春到夏，从夏到秋，一直死守着他那间放乐器的小屋，无事并不出门。团里人以为他是光棍，无牵无挂，岂料冬天到来，大年临近，忽一日来了一个四十多岁的乡下女人，臂上挽一个蓝布包袱，自称姓汪，对剧团把门人说，要找她的男人陈宏署。把门人在食堂里将陈宏署寻着了，两人见面，脸上都悻悻的，也不发言，对望良久，陈宏署说，进屋坐？女人就进屋了。有年轻后生跟到窗下，想弄清他们之间的关系，却只听见屋里两人，一个嘤嘤地哭，一个唉唉地叹，此外没有一句内容。女人是次日天不亮时走的，剧团会计对人说，陈宏署头晚在她那里借了两百块钱。于是事情基本上明朗了。有人问听房的后生，陈宏署的老婆是个啥样，后生便小声唱一段西皮倒板：滚倒在豌豆地，翻过来石榴皮，包谷托掰了米，核桃壳是白的。听的人思考片刻，突然失声道：啊，原来是个麻子！此话免不了要进陈宏署的耳，陈宏署脸便一红，继而无所谓地笑笑，也不恨唱西皮倒板的人，自顾走了。

这件事情过去一个礼拜，团里有人说，陈宏署的小屋子里，到了晚上，常常有一个年轻女人进去，有时哭有时笑，像鬼一样。又有人说，那女人身段苗条，嗓音甜脆，好像是周小红。听的人便去问郝素素周小红晚上在宿舍吗？郝素素冷笑道，在她个鬼！案子简直快要破了，刘团长亲自出马，晚上潜到陈宏署的窗下，细听根苗。这一晚他听到了这样一句话："咋儿不行呢？我真不明白，你们是出了五服的啊！"

果然是周小红，但说完就戛然无声，死了一般。刘团长从窗下溜走，回去困不着了，五服是啥？啥是五服？想了一个通宵，此话仍是天书。

下一出新戏写好，第七任县长却不再来看彩排了，他调邻县任了副职，满县流传着一个说法，说他搞了一个女人。陈宏署知情太晚，未能送行，第七任县长那夜的勃然怒骂，总是重复在耳，竟怀疑那一介书生离任，莫非别有缘故？因而有些闷闷不乐，白天右眼猛跳，入夜不能成眠，且鬼使神差地感到，他的末日也将来了。

陈宏署的预感是有道理的，第七任县长离任的下个礼拜，文化局郝局长，即郝素素的老爹，下来整顿他的下属剧团，解决了两件事情：一是鉴于团里缺一名当家小生，让花旦周小红去省里转行学习；二是鉴于团里人员超编两个，决定裁去陈宏署和一个打鼓的，从哪里来，到哪里去。

陈宏署回红泥岗的头天晚上，想再见一次周小红，但是没见着。周小红被叫到刘团长的屋里谈话。陈宏署走后，周小红也走了。刘团长在会上说，郝局长真英明，不仅救了周小红，也救了那个麻女人。由郝素素带头，全团人都笑得咯儿哈儿响。

不能没有你

　　大约在凌晨四点半钟，也就是离老谋子平时起床还有一个小时的时候，他突然被一个声音给弄醒了。这个声音很轻，很短促，像是有人小着嗓子说了一句话，起初他以为这句话是枕头边的太太对他说的，告诫他清早起来应做的事情，比方说别忘了吃降压药之类，于是就闭着眼睛问她，你说什么？然而话问出去很久没人响应，这证明太太并没有说话，或者她说是说了却没有对他说，而是自顾自地说着梦话。

　　老谋子很想了解太太梦中的活动，便睁开眼睛，悄没声地把床头上的台灯打开，用胳膊肘撑起身子观察她的嘴形。他发现太太此时的睡姿非常难看，屁股朝天，脸孔朝下，两条肥腿叉得老开，一双胳膊弯曲成钳子形，从两个方向朝头部的上方靠拢，大半个乱蓬蓬的脑袋却埋在枕头里面，根本就看不见嘴巴在哪里，整个形状活像一只死了的蛤蟆，这样子不大可能说出话来。

　　更重要的还有，老谋子正在仔细观察她的当儿，他似乎又听到了那个声音。

　　这一次他把注意力转向了儿子，儿子正准备跟他的女朋友一道出国，是双方单位的公派，会不会天不亮就起来学习英文，刚才那个声音真像复读机里在念一个英语单词。他翻身坐起，挪到床边，轻轻打开房门朝外看了一眼，发现儿子的卧室门半开半掩，里面没有一丝灯光，倒听见黑暗深处儿子发出的鼾声。那鼾声抑扬顿挫，长进短出，均匀得就像从昨晚一直打到现在，看起来刚才那句轻轻说话的声音也不是儿子的。

老谋子接着想到了隔壁的邻居。邻居是一对刚刚再婚的壮年男女，据说他们两位都以漫长的时间和艰苦的努力，分别扔掉了自己此前的配偶，方才迎来这次渴望已久的苟合，因此一到晚上十点就开始牛一般地嚷叫，差不多跟每晚的《新闻联播》一样准时。有一次老谋子在电梯里遇见他们，装作抱怨大楼建筑质量的样子，眼睛望着电梯里的红灯自言自语了一句，这楼的隔音效果真差，还别说是电梯外边，墙外有人说话墙里都能听见！说完这话他正式看了他们一眼，电梯一停就先走了出去。果然，第二天晚上墙壁那边安静下来。是不是他们听懂了他的话，性交时改正了牛叫的不良习惯，学会小声交流意见了呢？

他把身子坐直了一些，希望能够听见他们彼此在交流一些什么，有没有议论他限制了他们叫嚷的权利。然而他又记起一件事情，昨天他再一次在电梯里遇见他们时，那条壮汉一手拉着他的新太太，一手拉着一只漂亮的拖包，对开电梯的小女孩儿说是要去桃花坞度假，一个星期以后才能回来。

这么说，刚才的这个声音也跟隔壁无关。

老谋子顿时觉得奇怪起来，小偷肯定是进不了屋的，这是一座壁垒森严的高层公寓，楼门外面有保安员，楼门里面有传达室，每层每户都装着公安局认证的安全防盗门。何况即便是有贼入室，贼也断然不会跟主人说话。

最后，老谋子只好怀疑上了自己的耳朵，他认为这可能是他的错觉，心理医生曾经告诉过他，说人常常会发生这种情况，总以为身边有什么东西，其实身边什么东西也没有，对待声音的感觉也是如此。这么一想他就放下心来，伸手扭熄了台灯，重新躺下身子睡觉。他还有一个小时的好觉要睡，天亮以后坐专车去单位，司机在车里等待着他，一天的会议和工作等待着他。

于是他放松自己的神经，计划再睡一个小时。但他刚刚做好准备，那个声音又出现了，很轻也很短促，的确像是有人小声说话，是五个字的一句话，说完就没有了。老谋子越发感到奇怪，他下决心要捕捉住这个声音，这次他不再起床开灯，四下张望，他像一只捕鼠的老猫，只不过他是仰躺在床上的，身子一动不动，鼻子里连大气也不出，一心等待着那个神秘的声音再次到来。

这么耐着性子等了五分多钟的样子，到底又等来了那个恍如说话的声音，他这下子可算是听清楚了，那个声音说的五个字是：不能没有你！

老谋子相信自己的耳朵听清楚了这句话的内容，确认这次不是错觉之后，竟感到一阵莫名的兴奋，他觉得这句话听起来有些熟悉，仿佛曾在哪里听到过，说这句话的这个声音也有些熟悉，细细回味似乎还是从女人的嗓子里发出来的。

不过他马上又感到了惊慌，甚至还有一丝隐隐的恐惧。这个人究竟是谁，为什么她要反复地说这句话，她是藏在哪里说的这句话呢？在找出这个答案之前，老谋子是不可能再安卧的了，他用自己的思想翻箱倒柜，四处搜索，居然想起某天他约进家来的一位小姐，怀疑她莫不是事毕之后，仍然潜藏在他的家里没走？这个突如其来的想法把他吓了一跳，他下意识地看了身边的太太一眼，微光中他看见她还是以那个难看的姿势，好像死蛤蟆一样趴在床上。

直到老谋子连自己也觉得这个想法的荒诞不经，他才偷偷地笑了一下，心情又回到此前的状态，重新静下心来捕捉那个声音。他相信那个打扰了他的声音不会轻易就消失了，它还会继续来打扰他。老谋子回忆着那个声音每次出现的间隔时间，大约都在五分钟左右，他调整了一下睡姿，翻了个身背对着太太，把自己挪到床的一侧，这样子距离门外就更近了一些。

又等了五分多钟，那个神秘的声音果然如期而至。然而这一次可把老谋子吓了个半死，他听见那个声音根本不是出于房里的任何一个地方，而是出于他的肚子，是的，是从他自己的肚子里面发出来的。千真万确，不容置疑，在他自己的肚子里面隐藏着一个差点把自己吓死的声音！

而且在这巨大的惊恐中，他不仅再次听清了那个声音说的是"不能没有你"，而且还听清了那个声音是似说似唱，那五个字的乐谱是"76753"，是一首颇为流行的通俗歌曲中的半句。有一次他作为一场大型歌舞晚会的特邀嘉宾，听一位嗓子沙哑身体暴露的女歌星唱过，当时他还鼓了掌，后排有人上台献花，女歌星深情地说了一声谢谢。

后来在很多次的歌舞晚会上，他再也没有见到那位女歌星，也没有听过那首歌了。有一天偶尔人传说，那位女歌星因为卷进一桩什么案子，已经香消玉殒，声断音绝了。

老谋子陷入了前所未有的恐惧，他怀疑是否有人利用现代高科技的手段，把那位女歌星的声音制成极其微型的磁带，连同极其微型的录放机一道，在昨晚的宴会上放进一只龙虾里，让他夹起来吃进肚子，然后用一只遥控器让它在他的肚子里面按时播放，以此戏弄他和嘲笑他，其实是对他进行一种戏剧性的折磨。

他的上半个身子在被子里颤抖了一下，如果真是像他所想，那么这必定是一位与他为敌的人，单位里的几个副手之一，或者他们几人联起手来亦未可知。老谋子读了很多的线装书，从"二十四史"到《孙子兵法》，从《资治通鉴》到"诸子谋略"，这些都使他多年来如一日地提高着警惕，擦亮眼睛，竖起耳朵，牢牢地守卫着自己的位置。

却没想到竖起耳朵的结果，是听到了装进自己肚子里面的声音，真是岂有此理！

当肚子里的这个声音又响了一次之后，老谋子就真真切切地意识到自己是受了暗算，他突然愤怒起来，长期憋在心里的那股情绪像火一样烧得他浑身难受。同时他可以料定，从此以后每过五分钟，他的肚子里面就会按时响起那个声音。不能没有你，这到底是什么意思？五分钟没有我就不行了吗？这明明是一种恶毒的反讽！

他想了一个办法，假定说这个声音真是吃进肚子去的，那么他就把它从肚子里拉出来，拉出来后他还别急着冲水，坚决要看清它到底是个什么东西。老谋子既然打定主意，他就决定不再睡了，提前起床去上一个厕所。他轻轻地开灯，轻轻地下地，尽量不要惊动了床上的太太。

然而他白白地坐了很久，什么也没有拉出来，这期间肚子里的声音间隔着唱了三次，听上去一次比一次亲切，一次比一次温柔，不能没有你。

老谋子不得已提上裤子，劝自己千万冷静，不要惊慌更不要害怕，等他慢慢再图良策，相信办法总会是有的。大不了今天不去单位了，而让司机开车把他送到医院，让医生给他好好地检查一下，看看声源出在哪个脏器，那又究竟是个什么玩意儿。

折腾一阵就快到五点半，快到平时起床的时间了，床上的太太终于睡醒过来，翻一个身问老谋子道，今天你干吗起这么早，吃药了吗？

睡不着，老谋子犹豫了一下，把真相告诉了太太说，肚子里有人又像说话，又像唱歌。

撞见你的鬼了！太太嘎嘎地笑着骂他，男人怀孩子也不至于说话呀！

我没骗你，我说的是真话，老谋子一本正经地绷着脸说，不信等会儿你来听听。

他的太太嬉皮笑脸地看着他，觉得自己多年的丈夫怎么突然变得幽默起来。

快要来了！老谋子突然向她招个手说。

太太仍然笑着，趿拉着一双拖鞋奔了过去，煞有介事地把耳朵贴在他的肚皮上面。

听到没有？听到没有？老谋子问，听到它说"不能没有你"吗？

胡扯什么呀，都是你自己瞎编的！太太的笑声大了起来，好像屋里跑进来一只高兴的鸭子，我只听到咕噜一响，说不定你是昨晚在外面吃多了，肚子疼不是病，三泡狗屎没拉净……你肚子疼不疼？

可问题是我的肚子不疼呀，老谋子满脸委屈地说，刚才我在厕所坐了足有半个小时，什么也没有拉出来。它不是别的，它就是在说话唱歌！

真是撞见你的鬼了！要不我再听一次，太太发现他说这件事情的时候是严肃的，接着又把耳朵贴在他的肚皮上面。

过了一会儿，她听到里面又咕噜响了一声。

听到没有？听到没有？老谋子逼问她说，这次你该听到了吧？是不是"不能没有你"？

我的耳朵背了，听不到你说的那个玩意儿，太太翻了他一眼说，我听到的就是咕噜一响，你肯定是昨晚在外面吃多了！

走吧走吧，你别给我听了！老谋子彻底失望了，像赶鸭子一样对她挥着手说，你根本就不是耳朵背了，你根本就是一个从来都只知道吃的蠢女人！

太太见他是真的生了气，这才觉得情况有些不对，一路嘟哝着去上厕所，中途又回过头来，好心地提醒他一句说，你不蠢你就别忘了吃药！

老谋子仿佛是跟她赌气道，今天我就不吃药，我什么东西都不吃，我要到医院去做一个胃镜，我坚决要把在肚子里面唱歌的家伙揪出来！

说完他匆匆地刷牙洗脸，真的什么东西也不吃，穿上外衣就下楼去了。直到车子上了大马路，老谋子才对司机说了声，先送我去医院。

他挂了一个内科专家号，对一位佩着教授胸牌的大夫简要地谈了一下自己病情，大夫一听就微笑了，站起身去把门关上。

老同志，最近您的工作压力是不是很大？大夫问他。

我的工作压力一直都很大，老谋子认为这位号称专家的大夫提的问题相当幼稚，工作压力大与不大，跟"不能没有你"之间应该是毫无关系的。但他还是认真地回答着大夫的话，可我过去从来没有出现过这样的状况。

大夫要他解开外面的衣服，把贴身的内衣从皮带里扯出来，然后放进一只冰凉的听诊器，从心脏部位下滑直到肚脐，其间还屈起两根手指用关节在他腹部敲了几敲。

我没有听到任何异常声音，请把衣服扎好以免感冒。大夫把听诊器从耳朵上摘了下来，武断地告诉他说。

这是不可能的，老谋子反对道，他说话的声音比大夫还要武断。就在你刚才听我腹部的时候里面又唱了一句，而且司机送我来医院的路上，它一共唱了三遍。

二十一世纪以来，人类的确出现了一些过去从来没有的疾病，这一次大夫并没有露出微笑，而是直视着他的眼睛说。如果您认定腹内的确有个可以发声的异体，我同意您做一次胃镜检查，不过您得空腹，憋尿，大量喝水，经受一点小小的折磨。

我来时就做好了这个准备，老谋子大义凛然地说。

他拿着大夫开的化验单去找胃镜室，一出门就听到肚子里面又唱了一句，不能没有你。

虽然在精神上已经做好了准备，事到临头老谋子还是差点儿招架不住，大量喝水使他腹胀如鼓，不许撒尿使他两脚直弹，但一想到马上就要在这只照妖镜下把他肚子照个水落石出，让那个暗藏的家伙原形毕露，然后从他的肚子里取出来，交给公安部门立案侦查，他就咬紧牙关坚持着，有时假装跟身边的病友聊几句闲话，以此分散自己的注意力。他还想起来散一散步，身体刚一挪动膀胱里的水分就直线下坠，吓得他赶快坐回原处，连脚也不敢再动弹了。

这期间每过五分多钟，肚子里的声音自然就要响上一次，老谋子已经顾不得听了，他一心想着喝下去的水能快速达标，使照胃镜的医生早些叫出他的名字。不料这样吃苦受罪的结果，却让他又一次大失所望，该死的胃镜并没有照出他肚子里的任何异体，他拿着盖了方戳的单子首先进了一趟厕所，出来后再次回到专家大夫的门诊室里。

我求你了大夫，老谋子居然用了这个"求"字，过去除了在上级面前，他从来没有求过谁的，我求你无论如何想个办法，帮我把肚子里的那个声音给查出来！

我也求您了老同志，大夫反过来求着他说，仪器无法查出的东西大夫同样无法查出，我只是一名身体的医生，要么你去看看心理的医生？

老谋子很想亮出自己的身份，以期引起大夫的重视，然而他冷静了一下没这样做。上帝让世上所有的人都生老病死，来这所医院看病的什么官员都有，他担心见多识广的大夫会笑话他。

那好，那我只好再看一家医院！他的声音突然强硬起来，威胁性地说完这句话，他一转身就走了出去。

老谋子当天并没有再去第二家医院，他让司机开车把他送到单位，料理了一些非他不可的事务，然后中饭也没有吃又提前回到家里。肚子里的声音继续按时响着，他担心次数一多，总会有人像他一样听出那个唱歌的声音，单位里的精明人可不少，他不想让他们知道他肚子里的秘密。因为一旦知道了他们会在背后说他的风凉话，不能没有你，不能没有你，这世界没有你又怎么啦？

太太比早晨起床的时候老实多了，她已经知道了事情的严重性，叫她来听她就来听，叫她表态她就表态，虽然听出来的仍旧是那咕噜一声，但她小心翼翼地回答着他的提问，再也不敢嬉皮笑脸。晚饭到来以前，她把冰柜里储藏的最好东西都拿了出来，化冻切片，配上佐料，做成美味佳肴给老谋子吃。然而老谋子什么也吃不下去了，肚子里的声音扰乱了他的思想，破坏了他的神经，阻挡了他的食欲，每响一次都使他胆战心惊。

第二天他照样饿着肚子，让司机开车把他送到一家中医院。他认为所有的西医都是那一套，喝水灌肠，照镜扫描，把好好的一个人整得要死，到头来什么东西都发现不了。而他应该尝试一下中医，神秘的问题理当用神秘的方法进行解决，望闻问切的中医恰好是一门神秘的学问。

鹤须童颜的老中医听了他的倾诉，果然不像那位西医大夫一般狂妄，双目炯然直射，偶尔点动白发，似乎相信这世上真有其事。又要他长长地吐出舌头，仔细辨别舌苔的色泽，接着伸出一只鸡爪子似的瘦手，用三根指尖搭在他的左腕内侧，瞑目屏息地拿捏了一阵，缓缓睁开眼睛，嘴里说了一些气血和脉象之类的话，提笔给他开了一张处方，吩咐他先煎服一周的中药，吃完再看效果如何。

老谋子当天回家就开始服药，服后躺在床上细细地体验着药效，他觉得肚子里面似乎有了动静，随后动静渐大，有一种东西在上下翻腾，并且发出哗哗的响声，这响声达到高潮时有如雷鸣，把原来那个按时唱歌的声音覆盖在下面，使他分辨不出目前是不是还在唱了。他不由得感到一阵窃喜，知道了下一步的事情是上厕所，把那个可怕的声音排泄出来，然后一切生活都恢复正常。

问题并不像他想象的那么简单，他在厕所里翻江倒海地泄了又泄，开始是粪便后来是水，眼看着肚子迅速地瘪下去，里面什么内容都没有了之后，那个声音却乘机又响了起来，不能没有你。

老谋子真是拿它没办法了，他怀疑那个会发声的东西莫非是粘在他的腹壁上，或者是粘在他十二指肠的某个转弯处，让老中医的神药也无能为力。这么想着他苦笑了一声，心里做好了七天以后还是无效，只好去外科医院做剖腹手术的准备，虽然那样将要付出流血的代价，但是除恶务尽，可以一次性地解决问题。

这七天他跟中药一道受着煎熬，他不得已给单位打了电话，说是因病需要在家吃药休息。他仍然没说是什么病，只说也许一周过去就会痊愈。单位派人提着鲜花和水果，前来家里看他的时候，还没走近就吓了一跳，他们发现昔日这位大腹便便的老人现在皮松肉垮，像是一只被人掏空货物的麻袋，苍白干瘪地扔在床上，猛一看就是一个死人。

单位，单位的情况怎样？……他挣扎着坐起来问，指挥太太给他们削苹果吃。

一切都好，他们回答他说，您到底是什么病，怎么一下子瘦成了这样？

是肚子，肚子里的毛病……他用颤巍巍的手指头点了一下自己的肚子，正这时他听得肚子里面恰好又唱了一句，不能没有你。老谋子便试着问他们道，你们听到什么声音没有？

是门外的汽车在响，对了，还有司机在鸣喇叭，他们回答他说。我们得回单位去了，需要什么再打电话，祝您早日康复！

老谋子没有能力送他们出去，他连床也下不来了，太太替他把单位来人送上电梯。

一周过去，他肚子里的声音不仅没有消失，相反因为吃药狂泄腹内空虚，听起来越发清晰，不能没有你，它唱得就像出自一位真正的歌星。老谋子决定孤注一掷了，这天清早他在太太的帮助下，扶着床沿爬下床来，打电话要司机马上开车过来，送他到第三家医院，这家医院开颅和剖腹的水平驰名中外。

请你们务必把我肚子里的声音取出来，他用力地拨开着挡路的病人，一直来到手术室的门口，对一排戴口罩的医生护士说，它每隔五分钟就唱一次，不能没有你！

没有腹内肿瘤的诊断证明，谁也无权给您进行手术！主刀医生和助手们一致拒绝了他的要求，觉得这是一件建院以来最荒唐的事情，简直荒唐到了极点，他们用奇怪的眼光把他看了又看，仿佛是看一个不懂地球规矩的天外来客。

老谋子愤怒地大声嚷道，你们无视病人的痛苦，一点也不施行革命的人道主义！

他的声音由大而小，渐渐地只看见嘴唇的翻动，听不到嚷的是什么了。

我们医院无法治好您的病，我们建议您到真安医院看看，医生们互相交换了一下眼神，最后这样告诉他说。

真安医院是一所全国著名的精神病医院，平均每天有十名精神病人走出这里，以崭新的面貌回到自己的亲人中间。

真是岂有此理，你们才应该到那里去！他走出医院大门的时候无声地嚷道。

他没有去那所医院，此后他再也没有去任何一所医院。一天下午他拖着沉重的病体下楼散步，无意中在水泥墙上看到一张小广告，说是市郊某地有一个土法堕胎的诊所，怀孕在三个月内，体长不超过五厘米的胎儿，诊所都可以安全打下。他立刻联想到自己肚子里的异物，想了想它的时间和体长，觉得正好属于这个安全打下的范围。

老谋子拄着一根拐杖，按照小广告上标明的路线乘车找了去，谎称自己的儿媳妇害怕破坏计划生育，需要打下肚子里多余的孩子，本人又不好意思抛头露面，就请他这个当公公的前来代劳。

他成功地举着一包草药回到家里，瞒着太太自己用水煎服了，当天晚上肚子里开始剧烈地疼痛，他怀着痛苦而又喜悦的心情，等待着一个时刻的到来。不过他很快就坚持不住了，临死的时候，他听见肚子里又唱了一声，不能没有你。

突围

屈指数来，已经是三九二十七天了，新的首领王山大和他统率的蓝衣军，还没有发现他们一直在苦苦寻觅的路径。这是无比英勇，无比顽强的一支队伍，在此前经历的一场又一场与白衣军，以及与其他异党的恶战中，他们有九人战死，一人幸存，而这幸存的一个人也一定是九次从死尸堆里爬出来的。现在，连同山大和他的三位副首领，只剩下了最后的四十个人。他们走进一条狭长的山谷，不知道究竟向何处去了。有消息传来，再过九天，将有数支队伍来把他们包围，如何从山谷中活着走出去，已是他们的当务之急。然而这支队伍的新的首领面对三十九个部下，决不承认他已迷失了路途。

所幸这是一条奇妙的山谷，谷地上到处都可见到从刺球中滚落而出的棕红色栗子，外壳腐烂的山核桃。纯洁而美丽的野百合，亭亭玉立在如茵的浅草丛中，每一朵喇叭形状的白色花下，都埋藏着一块香甜的根茎。这都是队伍的天然食物。谷底还有一条绿色小溪，艳若桃花的阵阵小鱼，在水中毫无防人之心地悠然嬉戏。山谷两侧的森林高深得可蔽日月，时而从林间奔出一对欢叫求偶的野鹿，正好便栽倒在饥饿着的某个神枪手的枪下，香喷喷的鹿肉使倒卧在谷地上的人们再一次昂奋起来。

只要有火，这支队伍的人在短时期内是有东西可吃的。

然而他们不能为吃而吃，为活而活，信念之火时刻燃烧在他们的心中，况且将陷他们于围困之中的队伍就要来了。新首领山大的怀中藏着蓝衣军最早的首领，亦即他的义父生前写下的遗书，自从队伍进入这条山谷，每当临睡之前解下衣服，他必须要把它掏出来，和他的三个副手在燃烧的松明下研究上一个时辰，一次次憧憬遗书中所说的那座迷人的城堡。二十七天以来，这已成了一条军中的常规。城堡的美妙远景无数次地激起他热血沸腾，他统率着他的队伍一边与白衣军殊死血战，一边寻找着可以通往城堡的山路。他坚信这条路是会有的，如同坚信深谋远虑的义父。

山大怀中的遗书已被鲜血浸透，那是白衣军一位独眼人的鲜血。当他们的大头目隐于一尊石后举枪对准山大，却死于飞步赶来的蓝衣军一位副首领的刀下以后，是这独眼人从溃败的乱军中挺身而出，大声呼喊着复仇的口号，替代他们的大头目跳到了山大的面前。这人的名字作为十个头目其中的一个，与城堡一道写进了义父的遗书。山大是在与那骁勇无比的独眼人宣布徒手决斗以后，突然拔出暗藏在腿下的匕首一下刺中了他的裸露的心窝，随着那独眼人倒地时向他射来的轻蔑而仇恨的最后一眼，同时一腔热血宛如彩虹，也飘然溅红了他的前胸。

义父的遗言是用他的战刀蘸着松脂，写在蓝色战旗的一角上的，那松脂写成的文字一染上白衣军副首领滚烫的鲜血，居然就被稀释溶化，蓝旗上开始出现一团团朦胧晕糊的，由文字和热血混合而成的乌红。山大从胸前一把掏出它来，围在身边的众人立刻发出一片惊呼，但他却没有将它扔在脚下，而是异常冷静地手捧着它，身子快如一支响箭，嗖的一声就飞到谷底的那条溪边，将血染的遗书丢进水中。

紧紧跟随在他身后的人再一次惊呼起来，他这是干什么？他是想洗去死去的老首领留下的遗言吗？

身后的队伍里突然发出一声金属的轻响，血战者可以听出那是刀与刀鞘摩擦的声音。众人侧脸惊望，见是他们三位副首领中的一位，那条曾经孤身一人砍落敌军三十六颗头颅，且劈死了他们的大头目的彪形大汉，一张被临死的大头目枪弹击飞一块皮肉的紫红脸上，此时是一片怒容。

六月的天气似乎在这一瞬间进入了严冬，连人们的喘气声都被冻结了。

山大却手捧在水中浸湿的蓝旗一角，一步一步走了回来，迎着人们纷纷向他射来的质询的目光，把水淋淋的遗书展开在众人的眼前。遗书的血迹已在溪水中淡化为一片芙蓉花般的浅红，上面虽有几字的笔画没有了，变成几个乌红色的斑团，但是山间冷凉的溪水却及时阻住了周围更多文字的溶化，整张遗书仍有着九分的清晰，那几个模糊斑团的大致含义，是可以联结上下左右的字句考证出来的。

人们感佩于新首领的机智和速断，满心的疑虑犹如风吹云散。一声轻响，脸带枪伤的副首领手中的大刀复又落回那把血迹斑斑的刀鞘。

这先后两次从刀鞘发出的声音，自然也听进了山大的耳中，他的心里不禁暗暗一抖。不用巡视，他也知道这拔刀人是谁。但他走上前去，与看其他两位副首领一样，也微笑着把这位脸带枪伤的副首领看了一眼。

众人也都如他一样笑着，且长长吐出一口气来。

为了预防血战再次发生，山大决计将遗书中失去的几个文字详加考证，亲自用松脂补写上后，让队伍中的每一个人早晚各自读上一遍，由他领头，争取人人都能够背诵如流，使它成为蓝衣军人生命的一部分，使他们大脑的记忆成为四十份活的遗书。自从成为新的首领以来，山大一直都是说一不二，雷厉风行的，这作风取决于他烈如狮虎的性情，和百兽之王雄起此山的急切欲望，一旦他想要做的事情不仅必不可改，而且只争朝夕。于是当天晚上，野餐毕了在山溪中洗澡的这支队伍，军纪中就又增加了这样一条。

走出山谷的路是有的，或穿森林，或越荆丛，或沿着溪水曲曲折折流去的方向，或逆水而上走到它的上游。从山溪之源重寻出路是人们几乎众口一词的意愿，因为他们正是从那里同白衣军一道杀进山谷的，凭着不算太久的记忆，出路很快就可找到。那里朝向西南，从天空的西南角上出现的美丽霞光看来，城堡极有可能就在那片霞光之下，抑或那霞光就是城堡在太阳下的折光，如同沙漠中的海市蜃楼。况且在二十七天以前，若非突然遭遇白衣军，他们正是要直奔那里而去的。

然而现在，这句话一经说出，无论出自何人之口，立刻就会得到山大的一声冷笑，然后是他的断然否定。

咱们能甘愿接受敌人的羞辱吗？他用凛然的目光巡视大家，脸上一派硬如钢铁不可动摇的尊严。

主张向西南方向行进的人悄然住嘴，之后是一片死一般的静寂。

白衣军从这里溃退的时候，在沿途的树木和石头上，用自己的刀尖和死者的血浆刻写下了这样的话，道是后来者必须踏上他们的道路，方可寻到可以休养生息的庄园，因为他们也正是要去那片美好的地方。白衣军无从得知他们的敌人心中藏下的城堡，存心要激对手背道而驰时却用了庄园一语。那语气是尖利而刻毒的，如同刻下这些文字的尖刀，一把把刺向人的心窝。

山大是第一个被激怒了，他从腿下拔出那把曾经刺死他们副首领的匕首，扬手一下，将一棵栗树上留下此言的树皮劈落在地。身后立刻跃上一人再补两刀，那棵碗粗的栗树便齐腰断了。山大以不共戴天的决心，发出三声冷笑道，便是困死山谷，也休想看我走上你们的路!

坐卧在谷地上的人们看看眼前那条豁然直达的白路，又看看山谷两侧的森林和荆丛，不由在心里打了一个寒噤。

在一马当先的山大的身后，队伍毕竟从谷地上一跃而起，跨过溪水，开始向左侧的深山行进了。这里树大林密，遍地是交织的枯藤和腐败的落叶，人的腿脚一踩在上面，往往就被紧紧缠住，抑或深深陷进，再不就遭到毒虫的无情袭击。人们以刀枪替代打草的棍棒，不停地砍断前面的藤草，使其闪出一条间隙，艰难地迈步在这无路的路上。他们坚信脚下走过的地方，就是后人前进的大道。

走了两个白天一个夜晚，当走在最先的一人穿过树林，已经攀爬到了山顶的时候，队伍终究以略短一些的时间，又从原地退了回来。他们未曾预料到的是密林深处的猛虎和毒蛇，远远胜过了白衣军的枪弹，它们是第一次遭遇到人，绝不懂得什么叫作畏惧和退避，往往看准一个目标就一扑而上，不把对方咬死咬伤绝不收兵。又有几个人倒下了，倒在他们本不该倒下的地方。

但这并不是队伍后退的原因。退到原地的原因是走在最先的一人突然发现，树林的尽头就是山顶，山顶的后面就是悬崖，而那刀劈般的悬崖的下边就是一道黑不见底的深渊，于是转身对后面的人发出一声几近绝望的呼喊。

若是逆水而上，很快就可以走出山谷，白衣军走去的方向，未必就成了白衣军的吗？一个蓄了短髯的副首领说。他是这支队伍里唯一说话既斯文又儒雅的人。他是亲眼所见身边两人在与猛虎的格斗中一死一伤之后，方才终于这样说的。

山大听了这话并不回头，从声音里他听出是副首领中最有学问的一位，冷冷说道，想不到你竟说出纸上谈兵的话来！说毕，又率先钻入了山谷右侧的荆丛。

此时夜晚又将来临，队伍为鼓舞自己而发一声喊，于从天而降的朦胧夜色中，转身又勇敢地随了他去。

这边的情况从目前看来，似乎比森林深处略好一些，脚下虽也有缠腿的枯藤和没脚的落叶，但没有突然间蹿出的猛虎和毒蛇。这是因为虎蛇也惧怕漫山遍地尖利的荆棘，方从这边移向了山谷对岸。荆棘最开始是一丛一丛的，疯狂的荆条上长满状如锯齿的利刺，在空中纷纷划着弧线，从四面八方垂落在它们的根下。穿行们须机警地弯了身子，将紧缩的两臂抱在胸前，背贴一丛弧形的刺条直钻过去，接着再进入下一丛。

又走了两个夜晚一个白天。然而再走下去，荆棘就不再是一丛又一丛了。它们丛与丛中已没有了间隙，彼此纠缠不清，成为一座蓬乱的荆山。穿过无数荆丛的队伍，是再也不能穿过无边也无隙的荆山了。连同山大和三位副首领在内，锯齿一般的荆条把他们的一层衣裤割得稀烂，又将三角形尖锐的刺钉深深扎进他们的肉里。在一片片一走一晃的碎布条下，一具具血肉模糊的身体暴露出来，有的则连荆刺挂碎的布条也被后来的荆刺继续挂掉，几乎成为裸身的野人了。

尽管有人已倒在荆根下面一动不动，无声地表示着不愿再前行了，但是山大仍是迟迟下不下后撤的决心。他用坚定的目光逐一检阅自己的部下，看见一个满身血污的汉子仰脸卧在荆条下面点火抽烟，那一红一红的火光照得他的心里豁然一亮。他的身子从利如锯齿的荆刺中蓦地竖起，大手用力一挥道，点火烧出一条道来！

一霎时四十朵火同时点燃。但是冲天而起的不是火光，而是乌黑的狼烟，那荆棘的刺条密不透风，蓬如乱麻，又似钢条一般坚固，火只点得着积存在它脚下的枯叶，向上要穿过荆条时就由火变烟，一团一团冒向天空，更为浓烈的则贴着荆根向四围涌去。点火者多数被火烧着了自己的身子，荆刺割破的衣裤的残片又遭火劫，就更所剩无几了。用手去扑燃向自身的火苗，眼睛和鼻孔又被浓烟呛得不能睁开，不能呼吸，混乱之中，又有三人倒在烟火与荆棘里了。

队伍不得已又返回原地，这次只用了进来时间的一半。奔命逃出的众人围住七窍生烟的山大，一边大声喘息，一边小声讲述此路不通的原因所在。当众人这样说着的时候，山大一直眼望白衣军败退而去的方向，心中想起那些刻写在树木石头上的留言，缄口不语。众人相互对视一眼，明知这位任性的新首领已快丧失了理智，待这阵子沉默之后，必又要率领他们向哪里献身了。

此时听得一阵粗重的鼻息传来，众人十有八九知道是那位在山溪边曾经拔刀的副首领了，转脸果见他大步来到山大的背后，拨开众人，那被枪弹击去一块皮肉的紫红脸膛，已成了一段烟火熏黑的树皮。他怒气冲冲对山大说道，你不可把四十条人命当作儿戏，以此证明你决不步人后尘，若要如此殉道，你自己一人去殉吧！

山大心中的愤恨和焦躁已到极点，满腔急火正无处可发，蓦然回首，一眼扫见了他那腰挂的大刀，便冷笑一声，直视他道，你这个疤脸，你想把我杀了升作首领吗？你想妖言惑众血溅此山吗？好吧，等着看你的吧！

满脸怒色的副首领听山大骂他疤脸，两眼瞪着不由得愣在了那里，心想我这脸上的枪伤不是因为救你而留下的吗？但是就在这一愣之际，王山大的手伸向了一条腿下，只见白光一闪，红脸副首领的胸口已涌出鲜血。他双手捧胸，踉跄后退，嘴里说着好你个王山大，你果然对老子下手了！便仰脸倒在山谷，不瞑的双目仰望苍天，大如铜铃。

众人都闭上眼睛，不可思议地呆立在原地，好像一具具冰冻的僵尸。两位副首领默默地走上前去，屈腿蹲下，那蓄着短髯的一位口中轻轻说了一句什么，伸手替他合上眼皮。另一位个子小些的却一动不动，嘴里也不发一语，只有两只眼睛异光闪闪。

山大背过身去，不让人看见他悲哀的脸上也有泪痕。就在方才的一出手间，他狂暴的心忽而冷静下来，但那支飞出的匕首已无法收回。而当红脸副首领仰脸倒下的这一瞬，他更加怀疑了自己刚才对他的怀疑。然而出于首领的尊严，他不可在人前有一丝声色的流露。在队伍进入这条山谷之前，每误杀一人，即令是一个小小号兵，他都会这样背过身去。

突然队伍里又起了一阵大的骚动，山大再次转脸去看，却见这次倒下的是那位有儒将之风的短髯副首领。他是和死去的军中好友说完那句无人听见的话后，就再也不能站起身来。森林里的毒虫和荆丛中的利刺在他身上留下了无数的伤口，尤其那把没有烧开道路的烟火，反烧回来直钻进他身体的好几处已经溃烂的肉中，他是拼了全身的余力方才支撑到此时的。不该发生的事业已发生，不该死去的人业已死去，他内心的伤口远远胜于身外，自知已走不出这条山谷了。

山大快步走到他的身边，蹲下身来握住他的一只正在腐烂的左手，刚要说声什么，却听他已抢先对他说了。他的声音依然斯文平静，他说，能够走到那座城堡的路，看来唯有那一条了，因敌人故意散布的激言而决然不走，实在是天大的愚蠢啊！

他的掩盖了一半嘴唇的短髯还在轻轻动着，里面的声音却没有了，唇上的血色正在迅速退去。山大感到自己手中的那只手已经凉得透心，他仍把它紧紧地握着，好像害怕失去一个支撑。但他万分悲伤的心中却又添加了一片失望和气愤，他听见他里面的一个声音在冷笑地说，原来你一直是这么认为的吗？

鉴于队伍连续受到的挫伤，山大重又决定顺着山谷，随同那条绿色小溪的流水向下游走去。现在副首领中只剩下一位小个子了，队伍也还剩下三十三人。虽然不再钻山越林，遭遇虫兽和荆棘，多日不见的太阳也直射下来，照耀着谷底的道路光明而又平坦，但是地势越来越低，山谷越来越狭，距离老首领遗书上所谓的城堡，分明是越来越远了。山谷中俯拾即是的栗子核桃和野百合，以及林中的野兽水中的游鱼，可以充塞队伍的辘辘饥肠，甚至还可在路边挖采几样草药，敷贴伤者在寻路时身受的各样创伤，聊以解毒和生肌。但是连日来的征战，使他们的身心都已疲怠之极。绵延的山谷，不尽的溪水，预示着他们疼痛难忍的双脚不知还要走多少路程，走到何时，走往何处。

时间已经是不多了，从最初得到的消息核算，减去当日至多还有三天，异党的数支队伍就要从多方赶到，占领山谷两侧的山峰，堵住上下两个谷口。上至首领，下至战士，无论谁的心里都异常明白，就像三十多天前他们大败白衣军一样，时间一到，这条山谷就将成为他们蓝衣军的葬身之地。

山大的心一刻比一刻急躁不安，尽管为了军心和士气，他决不愿在任何一个部下的面前露出马脚。当着他们的面，他永远都将是一位英明的首领，铁打的好汉，笑傲沙场，朝阳在胸。强掩着对未来的巨大忧虑，他不时还侧过脸去，故意和身边的小个子副首领说出一句幽默的话，甚至还吟出一首打油诗来，随后便仰天大笑，让豪迈的笑声回荡在山谷之间，传给队伍中的每一个人。但他直视前方的血红眼珠，催促加速赶路时几乎冒烟的喉嗓，笑罢吟罢接着就爆发了激烈咳嗽，然后吐出的大口鲜血，反而使众人从他的身上看到了内在的虚弱，看到了戏剧般夸张的表演，极力要鼓起观众激情的舞台艺术，因此越发感到某种危机马上就会到来。

人们终于明白，连山大本人也不知道沿着这条山谷向下，走出去是否能够找到老首领遗书上所谓的城堡。那是又走了一天之后，在暮色中他们看见他不时地要停下脚步，将身子蹲在一丛野草边，掏出怀中的遗书低头久久地看着，继而又把头抬起，茫然四顾。这次不经发笑和吟诗他就猛咳起来，大口的鲜血一涌而出，喷在脚下的野草丛中，犹如怒放了朵朵梅花。

自从两位副首领在同一日内先后死去，进入山谷以来始终伴随在山大身边的，唯一就是小个子的副首领了。这是一位貌不出奇的精壮汉子，但他两眼骤然闪动的异光，却露出埋藏在心中已久的，另两位副首领未必能有的深长思索。只一瞬间，那张平淡的脸上复又回到了几近麻木的温驯，这是他努力保持的一种表情。他既不能像刀劈白衣军大头目的红脸副首领那样因怒丧生，也不能像斯文儒雅的短髯副首领那样屈死中途，他要坚持留到最后。耳听山大的爽朗说笑，他不赔笑附和，也不沉默不理，每一次都只咧一咧嘴角，表示全都听了耳中，以至于山大误以为他这是因为身心的疲惫和悲哀，竟越发乐观地挥手一指前方，哈哈大笑道，看吧，那不是咱们梦中的城堡吗？

小个子的副首领蹲在山大捧胸倒下的野草丛中，如同山大昨天面对将死的短髯副首领。山大那双平素有力的大手居然颤如寒风中的枯枝，抖抖地解开衣扣，缓缓地掏出遗书，将它递给眼前的小个子副首领。待小个子副首领庄严接过之后，山大的一手并不松开，另一手却缩回胸前，将一根食指蘸了自己口吐的鲜血，闭目想了一想，在那曾经亲手洗淡血痕的遗书的下角，又用血指颤巍巍地补写道，继续向前走去。

写完这六个字，山大的头便随了那手一道，垂落在被鲜血喷红的野草中了。

三十二人分为数排，面对溘然长逝的首领肃立致哀，巨大的悲痛中似乎又隐含了巨大的希望，纪念他的生前却好像并不遗憾他的死去，人人心里竟是一种纠葛不清的痛苦和矛盾。这样过了很久，又几乎同时想起了活着的人此时身处的险境，便一齐将目光投向小个子的副首领，他们已公认他是这支队伍唯一的领袖了。

小个子的副首领慢慢从草地上站起身子，抬头四顾，目光如电，向着众人大声问道，咱们究竟向何处去？

好似是预先演练过了，也好似是心中早有此想，一声整齐的回答震动了这条长长的山谷，咱们跟着你走！

待这阵响亮的回音渐渐散去，新的首领泪眼模糊了。但他也振臂高喊一声，那么听我号令，向后转吧！

众人只有片刻的愕然，紧接着就齐齐向着山溪流水的源头转过身去。只有队伍最后的一人借着前面的掩体，困惑而胆怯地小声问道，山大他不是写着向前走吗？

不错，咱们现在就向前走吧！新的首领含笑答道，他脸上的神情坚定而又自信，两眼闪着奇亮的光芒，人们过去从没见过他有这样的气魄和风采。只要能够找到城堡，咱们就是忠诚的战士！

队伍中所有的人听到这一句话，立刻发出一阵欢呼。他们多日萎靡的精神此时空前地振作起来，高高昂起头颅，紧紧跟随着新的首领，苦战过后正趋寂静的山谷，复又响起了行军的声音。山谷中，这支残剩的、伤痕累累的队伍告别了身后下坡的道路，逆着山溪的流水，以前所未有的速度向着心仪已久的上游走去。

天色暗过一阵之后却又微微明了，那是天上出现了几点星光。在与天相接的西南群山的方向，人们的眼睛穿过被白衣军写下文字的树木和山石，仿佛看到了梦中所见的那片灿烂美景。只等天明，早在围兵到来之前，他们必将走出山谷，迷人的城堡就快到了。

大
火

　　秦三仕和刘老七原是一对义结金兰的弟兄，两人当年将白鸡
血滴进酒碗，跪对苍天一饮而尽的动人往事，至今还是镇上许多
同辈汉子的饭后美谈。不料三十年后，镇长秦三仕却一定要除掉
刘老七了。

　　这是因为秦三仕某日行夜路时，途中听了行人的一句闲言，
那夜行人对他的伙伴说道，刘老七的木楼必定要盖过秦三仕的石城
了，他的木楼门向顺了大河的流势，而那人的石门却是正逆着的。
他的伙伴听了立即就小声警告他说，不要瞎讲，俗话讲得好，墙里
说话墙外有人，路上说话草里有人，难道你不知道秦三仕那阴毒的
德性，是万万不能容人超过他的，小心别害了刘老七！

　　这一夜天上没有半点星光月色，地上是一片如墨的黑暗。夜
行人说完这句以后，还借着嘴角的烟光，向马路两边的草里各自扫
了一眼。两人便不再谈说这个话题，一路吸着旱烟默默走去，烟锅
上两朵一明一灭的红火好像鬼眼一般，很快就离秦三仕远去了。

　　其实秦三仕并没有蹲在草中，他就在他们身后一丈开外的
路上走着，耳听前面有人提说他的名字，他就故意放慢了一些脚
步。尽管他有五尺四寸高的魁伟身躯，但他走路的响动却小得如

同蚕吃桑叶，而且两脚在路上不断地、毫无规律地向左右方向移动，独自一人走夜路时更是如此，他的这一手绝技，无数次使埋伏在路边草中图谋射死他的异党暗箭落空。

夜行人旱烟锅上那两朵忽明忽灭的红火，反照在秦三仕的眼中，使它在如墨的夜色里也发出两星猩红的异光，一个除掉刘老七的念头在他心中闪了一下，就再也不能消失了。他甚至还想除掉那两个夜行人，可惜黑暗中未能识别他们的相貌，也不知他们那夜究竟向何处去了。

整整七夜未眠的秦三仕，第八日东方天色微明如乳的时候，听雄鸡刚刚引颈叫罢一声，他已倒背两手，悄然从镇头走到镇尾，在那条哗哗流淌的大河边上，他扎住脚跟，细看刘老七那座尚在建造之中的木楼。那木楼虽未落成，但形势已能看出八九，一旦耸立起来必将是美丽雄壮的一幢伟物，而自己那院号称石城的石头屋子，自然是无法与它相比的。

秦三仕觉得从自己的身体内部，陡地生出一股燥热，好像不经意间被他平生爱吃的辣椒呛了心肺，同时喉间的喘气也急切起来。终于他在河边发出一声冷笑，七个夜晚想了又否，否了又想的方针就算定了。

大河岸边白色的卵石缝里，长满着茂密且又深长的水草，随着卵石的铺排一蓬连着另一蓬，秋日过去，那石间的水草由青转黄，又由黄转白，此时正像是一竿竿挂起的尸布，在晨风中微微飘动。河岸与木楼间竖有一个大草垛，是秋收时打罢谷子的稻草，围一根栽在稻田中央的木杆堆成圆形。稻田的水已干了，闪亮的黑色泥土好像逆光下凝固的波涛，上面散放着一丛丛未被码上圆垛的零星稻草，那草棵从根到梢被太阳晒得粉黄，形似一片片跳石从泥田通向木楼的门前。

脚穿一双千层白底黑布鞋的秦三仕走下河岸，用步子丈量了一下水草与稻草的距离，又弯腰从田里拾起一根，长指甲掐成两截，喂一截进嘴里仔细嚼着，着实连草心也干透了。他面向木楼，心里叹了一声老七兄弟，眼中似有两汪老泪在热热地涌动。天色正一点一点地白亮起来，最后他倒背两手离了河岸。

一个早晨，在河岸观风的秦三仕看见河边的卵石上坐着两个牧童，面抵着面胳膊一伸一缩，似在做着剪刀锤子和布的游戏，两头小黄牛僵立在他们的身后，几乎瘦成了两条野狗，不吃尸布般的白色干草，也不饮河里的水，却饶有兴趣地呆看着他们的赢输，谁的主人获了胜利谁就发出一声哞叫。

秦三仕悠闲的时候是喜欢和孩子玩的，镇子里普遍传颂着秦三仕虽然威严但却慈祥的故事，有画匠曾经将他把一个男孩一个女孩搂在一左一右的情景，根据当时的记忆描画下来，作为对攻击秦三仕残忍暴戾的镇民的回驳。那有幸为他所搂的两个孩子，从此被称作金童玉女，十五年后结为了夫妻。现在秦三仕又向两个放牛的孩子走来，他先把自己的一只大手变作锤子或者剪刀，伸入他们的小手之间，故意装作计谋不周，一连输了三次，待两个放牛的孩子从左右两方将他按住，要对这位失败者进行惩罚时，一抬头方才认出他竟是威震一镇的秦镇长。

两只胜利了的小手就悬在空中，久久地不能动弹了，连两头观战的黄牛也停止哞叫，肃然而立他们的身后。

秦三仕哈哈笑道，我输给你们了，我给你们讲一个你们的牛儿为何长不大的秘密，作为你们对我的惩罚吧。

这一笑立刻使气氛变得轻松，孩子中一个长黄毛的率先放下了悬在空中的手，并用它们环抱住他的脖子，另一个嘴的上方亮着两根稀鼻涕的，两只手因为没了搂处，就伏在他的膝盖上面，两个孩子一齐叫道，那你就快给我们讲吧！

秦三仕将手一指前方的木楼说，在没有这个家伙之前，可记得你们的牛儿长得是个什么模样？

长黄毛的说，在没有木楼之前也没有我们这小牛呢。

那么生它的老牛是个什么模样？

流鼻涕的说，那可是一头肥母牛呢。

秦三仕听了就仰脸笑道，是了，是了，这里的秘密就出来了！

长黄毛的孩子困惑地把眼眨着，心中有一个问题实在不能明白，想问那漂亮的木楼与黄牛的肥瘦有什么关系，流鼻涕的这时却问出另一句话说，秦爷爷，镇上人都说您的名字好厉害，说是用两个桃子杀死了三个人，就叫三仕是吗？

秦三仕依然笑着说，何止三个人，要杀我就杀三百万呢。

两个孩子仰脸望着他慈祥的面孔，决不相信他说的话，缠住他还要继续问下去，秦三仕却伸手摸一摸他们的头颅，起身逆了河水的方向，倒背两手慢慢走回镇去。

一个黄昏，在城里的水码头上督运树木的刘老七闻知木楼失火，仓皇中弃了大批精良的木材，只身跳上一挂空空的马车就往回赶，在离镇子大约三里的途中，刘老七居然发现了秦三仕。秦三仕那高大的身子呆立在路边一株钻天杨下，漠然着脸，一副大悲大忧的样子，见了他的马车就像不认识了一样。

刘老七以为他已被这场大火烧得痴迷，从飞奔的马车上一个箭步跳下，双手拉住他道，秦哥，你的屋子烧着没有？

秦三仕眼睛混沌如两粒灰白的石子，直面刘老七却像没有看见他，也像是看不到天地万物，那神情就好似人已死了。

车把式也是镇中汉子，此时忧心着自家的房子和父母妻儿，回脸对刘老七催道，七哥你好糊涂，秦镇长的屋子是石头砌的，就是全镇烧光，还烧得着他吗？还不快快回去救火！

刘老七再叫一声秦哥，见秦三仕仍如死了一般，只好又纵身上车，飞奔回镇。

可是在离镇子还有半里的路上，刘老七和驾车的汉子就看见了前方越来越红的半边天空，像似一片灿烂的晚霞，几丝淡淡蓝云缭绕其间，随着晚霞的红光烈烈升腾，那缭绕的云丝逐渐由淡蓝变得乌黑，状如蘑菇扶摇而上，将通红的霞光覆在身下。车上的两人便张大了眼睛和嘴，站起身来鹭鸶一般伸颈前望，他们从那黑红了半个天空的烟霞中分明知道，在他们全力赶回镇子之前，那里必是一片火海。

这是一个有风的黄昏，火苗起源于大河边上一丛水草，然后蹿过泥田，一路呼啸着奔向木楼。镇里的汉子大都在晚饭后歇在家中，下棋打牌抑或聊着闲天，婆娘们则在厨房里面忙于涮洗，闻着烟火的呛味还以为是来自邻家的烟囱。最早发现起火的是那两个放牛的孩子，他们在赶牛回家的途中，看见一团冒烟的火球一跳一跳地蹿进了那座木楼的大门，立刻有几缕被青烟夹裹的火光从木楼的许多窗孔升腾起来。流鼻涕的孩子正要呼喊，长黄毛的孩子忽然记起了那天清早，在河边秦三仕对他们讲过的话来，用手堵了流鼻涕的孩子的嘴，对他说道，我们这死不肯长的黄牛不是正好要长大了吗？

于是两个放牛孩子弯下腰去，各自在稻田捡起一束干草，挽成两个细长的草把，冲到已被大火烧着的木楼门前，点上火分头去引燃尚未烧着的边角。一朵朵火光随在他们的身后形成两个半圆，在木楼的后门连为一根燃烧的项链，一瞬间把木楼包围在了核心。火光映红了孩子幼稚而又兴奋极了的脸，他们扔下马上就要把手烧着的火把头，用沾满黑灰的手去抹脸上的油汗，那脸顿时就变得肮脏一片了。

燃烧的木楼在噼噼啪啪的爆裂声中，将一团团火球抛在空中，又向四面飞溅开去，落在邻近的房顶上面，很快就蔓延到镇子的全部。当两个肮脏的放牛孩子看见自家的房顶也燃起火时，他们一下子大哭起来，扔下放着的牛儿就向家跑去。但是沿途都是着火的房屋，烧断的木头从房上纷纷落下，阻塞了镇中的街道，满街都是被砸死烧伤的人，大人小孩的悲呼惨叫和房屋的倒塌声混成一片，恐惧的镇民们怀了生的希望，在火海中盲目地奔跑着，顷刻间又倒退回去。两个放牛的孩子被狂奔的人群撞倒在地，火苗点燃了他们烤焦的衣服，他们哭喊着自己的爹娘，却已经找不见回家的路了。

大火烧了一夜，又烧了一天，到第二天的黄昏时候，火势终于弱了，但整个镇子已变成废墟，从大河岸边通过稻田再到木楼，大火燃过的黑色灰烬铺满一地，竟连河边原本麻白的卵石，也被尸布般干枯的水草烧成黑色。泥田中高高的草垛还在燃着，一缕青烟弯曲地伸向天空，向人间举报着这里刚刚发生的事情。尚未完成的木楼是彻底地没了，楼基上散乱地堆积着冒烟的木头和熏黑的石料。

刘老七被烧焦的尸体就横躺在楼基前，他的面目已烧得模糊不清，唯有一双不闭的眼睛可认出是刘老七的。在火中逃出的他的女儿伏在他的身上大哭，爹啊爹啊，您为何要飞蛾扑火一般扑进木楼啊！继而又喊，爹啊爹啊，您在火里最后还大叫秦哥秦哥，您是盼着秦镇长他来救您吗？

整个镇子唯有镇长秦三仕建造的石城安然无恙，它们真正如铜墙铁壁，阻断了呼啸而来的疯狂大火。望着那石条砌就的房顶上落满厚厚的一层飞灰，火后余生的人们无不惊叹秦三仕的英明决策。真是前算三百年后算三百年的神仙下界，早已预知今天的一场大火啊！人们直到这时方才听说，秦三仕的家人早在大火到来之前，就赶着猪羊离开镇子，到半里之外的亲戚家去避难了。

当这场烧毁了全镇的大火彻底熄灭以后，逃难的人们站在大河彼岸，看见秦三仕亲自驾了一挂马车，载着自己的妻儿回到石城。人们遥遥地注目他满脸悲天悯人的神情，简直是后悔莫及了，痛恨自己昨日未去这位德高望重的老镇长家拜访，因此也就未能躲掉这场大火。回想在火中死伤的至爱亲人，他们忍不住隔着一河悲鸣的水涛，对他大声哭诉起来。秦三仕闻到哭声，无须听他们说了什么，他的头慢慢转向镇尾的方向，凝望着那座木楼的遗址，老泪纵横，顿足叹道，老七啊老七，你可知道你那木楼给全镇招来的灾祸！

哭诉的人们眼见铁石心肠的秦三仕如此痛心，益发号啕大哭，一时间震耳的哭声大过了河水的十倍，覆盖在镇子的上空，哭声中时而冒出对刘老七的破口大骂和悔不该没有跟随秦三仕一道离开的沉痛自责。

蓦然有一个光着身子的孩子大声笑着，手里牵了另一个只穿半条破裤子的孩子，踏过废墟向秦三仕奔来，嘴里呼喊着秦爷万岁，接着就大笑不止。秦三仕心里略吃一惊，闪开一步定睛来看，却一下认不出这两个孩子是谁。这时候光身大笑的孩子丢下手里牵着的一个，径直冲到秦三仕的面前，鲜血淋淋的双脚差点儿要踩着秦三仕那千层白底的黑布鞋了，突然停止了大笑，向他问道，秦爷您见没见着我的牛儿，木楼烧了，我的牛儿可长大了？

经这一问，秦三仕便恍惚想起那天清晨在大河边放牛的孩子，他总算认出问他的一个是头上长黄毛的，但那一头的黄毛已被烧去，连额上的两根淡黄眉毛也烧没了，一颗脑袋大致成了有七个窟窿的小小秃瓢，伤痕处处的精光赤溜一身，糊满了暗红的血痂和乌黑的灰土，而他却快乐地大笑着，双手捧在胸前跳起舞来。在他的身子后面，被他牵来又丢手的只穿半条破裤子的孩子，又被秦三仕认出是那个流鼻涕的，可是他的鼻子已烧烂了，下面的一张嘴巴傻张着，一线口水从那红洞里直垂下来，在半空吊着一颗亮晶晶的珠子。

牛儿并没有长大，两条小黄牛在追逐它们的主人时，已被烧死在大火之中。

秦三仕的铁石心肠无论如何也感到了一阵酸软，他蹲下高大的身子，全不顾忌他们身体的肮脏，张开双手把两个孩子揽在怀中，再不忍看他们一眼，也不忍看身边的一切景物，却将漠然空洞的目光投向茫茫的远方，莫大悲哀的心中默默问自己道，一个疯了，一个傻了，这就是镇子的后一代吗？

这一场神秘的大火，几乎使每一条街道都有死者，每一个家庭都有伤员，除却秦三仕奇妙的石城完好如初，全镇的房屋连同房里的财产，全都被烧毁和砸烂了，某些大户人家还有一些值钱的文物家藏，则被不义之人在乱中卷走。直到大火过后一日，从火中逃出的镇民方才回到自己的家园。

秦三仕自从驾了马车最早归来，一直隐居在他的石屋子里，人们走到他的门前，希望镇长能和镇民一起对这场大火发出诅咒，以此告慰各自受伤的心灵，抑或还想听他说出大火的起源，以及他的观察和预感。但他那两扇被大火熏黑的石门关得死紧，仅从一孔窗中露出他半张睿智的老脸，梦呓一般，对着人们缓缓说道，这毕竟是一件大好的事情，每个人都学会了在火中跑步，我们的确已沉睡多年了。

他的话玄奥如凌空而来的天外之音，震惊了立在屋外的众人，大家讶然对视，却见一只大手伸出窗口，屋内的声音又说，明天这镇子不是更好，土地不是更肥了吗？

刘老七面目全非的尸体，本已被他的儿女草草掩埋在镇后那片松林深处，秦三仕却派了一干人去，刨出他来装进一口重棺，重新给予厚葬。在将要入土的时候，参加葬礼的人们忽听得身后传来一声凄厉的长嚎，声音恍如丧偶的孤狼，回脸惊望，只见秦三仕脚步踉跄地一路赶来，捶胸顿足，似哭似喊，老七啊老七，咱们兄弟不是约好同年同月同日死吗？你怎么要先我而去了！

在场所有的人都闻之落泪，齐声叫着秦镇长保重，心想刘老七虽说不幸死于这场大火，但能落得如此厚重的葬礼，也未尝不是一件大幸的事了。这样想过之后，心中的悲叹不觉化了一丝羡慕，暗暗替死者感到欣慰。

从此镇上再没人见到秦三仕了，不久石城里也传出了他的死讯。按照他们生前的盟约，秦三仕死后应和刘老七埋在一个山脚，与在世的时候一样亲密相邻。但是他的后人却根据他非凡的威望，将他抬上那座大山的尖顶，让他不朽的英灵高高地俯视全镇，也让全镇的人抬头即可景仰他那金字的墓碑。

翌年三月的一天晚上，在通往镇子的马路上，有人听到前面两个夜行人在谈说闲话。一个说，你明白年前的那场大火是谁点燃的吗？另一个说，除了这个镇子的人，谁不明白？不过咱们闲话少说，还是快快走自己的路吧。

教授与狗

　　事故发生在星期一的早晨，由于这一事故的发生，这一天成了丁教授一生中最难忘的日子。

　　丁教授临近退休才评上正教授，与此同时，他还在这幢住户混杂的居民楼里，分得了通明透亮的三居一室，卧室书房客厅都有了，当然还外带厨房和厕所。此前的三十年，他一直住在教室一样的筒子楼里，在楼道里做饭吃，在公共厕所大小便，洗澡得上集体澡堂。丁教授太满足了，搬家那天，他激动得夜不能寐，快天亮时好不容易才寐了，但是一会儿就醒了过来，他是被自己笑醒的。丁教授决定从此好好生活，好好享受退休以后的幸福时光，为了做到这一点，他嘱咐自己，一定要好好锻炼自己瘦弱的身体。他用毛笔写了一张类似课程表的东西，用胶水贴在门的背后，上面写着，清早几点打太极拳，傍晚几点散步，再忙也别忘了运动，在家读一小时的书，活动半小时的腿脚，然后再写一小时的文章。

　　这是一个春天的早晨，阳历四月，阴历三月，花坛里的花都开了，随风飘来阵阵芬芳，蝴蝶在花朵上跳舞，小鸟在树枝上歌唱。在这个花坛的外边，那排铁栏的里面，两者之间的一小块空地里，一个老头儿和一个老太太已经摆开架势，抬腿伸臂地练上拳了。老头儿和老太太不是并排站着的，而是面对着面，显然一个是另一个的教练。老头儿的脸正对着楼门口，也就是正对着从楼里走向楼外的丁教授，这使丁教授觉得老头儿是在用实际行动，向他发出友好的召唤。

丁教授认识这个老头儿，也认识这个老太太，他们似乎并不是一家子，只要不是清早练太极拳，两人都是分开着行动的。在他们共同使用这块空地的日子里，彼此间已经打过招呼了，有时候一方从外面回来，正遇上另一方从楼里出去，出去的都要对回来的问道，遛弯儿去了？回来的便会对出去的回答，遛完了，您也去遛遛？丁教授在心里认定，他们三个应该算是拳友了。他抖擞了一下精神，走出楼门，走下台阶，走到了空地中央，将身子立定在老头儿的对面，老太太的一侧，从丹田运一口气，随着他们做起了拉推的动作。正在这个时候，事故发生了，一条脖子上拴着铁链的大黄狗，从丁教授的背后向他扑来，完全是神不知鬼不觉的，对准他的屁股就是一口。

丁教授每天早晨练太极拳时，为了动作舒展，腾挪自如，特意穿着一套白色的运动服。这套白色的运动服，是丁教授任教的那所大学发给他的，那次是大学召开夏季运动会，全校师生每人一套。夏季运动会召开完毕，这套运动服就成了丁教授练太极拳的专用服装。运动服的好处是西服所没有的，上身的运动衫锁袖收襟，无肩无扣，穿起来只需用手一提尼龙拉链。这当然不会引起什么问题，问题出在下身的运动裤上。运动裤的裤腰没有裤环，大可不必系什么皮带，它靠一根埋藏在里面的橡皮筋，起着一松一紧的作用。丁教授的这条白色的运动裤，平时穿着非常合身，清早起床，轻轻往上一提就穿上了，练完了拳回家，轻轻往下一拽就脱下了，比系皮带的西裤方便得多。

然而，世上的事情是有一利必有一弊的，正因为如此方便，在这一个春天的早晨，运动裤的弊病终于展现了出来。当那条大黄狗对准丁教授的屁股一口咬去之后，它的牙齿并没有往里面深入，而是衔紧裤裆的中缝部分往下一拉，把那条白色的运动裤拉得下垂了一尺二寸左右，以至于两只裤腿都挨到了水泥地上，而裤腰却挂在大腿下面，露出丁教授贴身穿着的三角裤。幸亏丁教授无论在什么情况下，贴身都是穿着三角裤的，包括连饭也吃不饱的三年困难时期，也包括住"五七"干校和农民打成一片的年代。否则，眼前的事情将会更加糟糕。

丁教授的三角裤是红颜色的，不仅是今天，开春以来他一直穿的是红三角裤。这种颜色的三角裤他总共有两条，今春他就这么轮换地穿着。丁教授今年六十岁，今年正好是他的本命年，按照老北京人的说法，人在本命年里腰上要系一条红裤带，用以驱妖避邪，功能类似于护身符。丁教授的老伴儿虽然去世，但他还有一个很孝顺的女儿，孝顺女儿对他提出，也给他买一条红裤带系在腰上。女儿的建议丁教授自然没有采纳，丁教授是一名堂堂的教授，不说是名扬四海，却也算桃李满天下，他岂能如此庸俗，倘若和学生朋友聚在一起，不经意间露出了扎在腰上的红裤带，那还不成了他人的笑谈！丁教授的女儿表面上顺从了他，心里却矢志不移，换个方式达到了目的。她从超市买了一盒男式内裤，送给她的爸爸丁教授说，这是全棉内裤，全棉制品是绿色环保制品，穿绿色环保制品对皮肤是有好处的。丁教授接过礼品，打开一看，清一色两条全是红的。丁教授一眼就识破了女儿的阴谋，他说，这不也是红裤带吗？女儿扑哧一笑道，穿在里面，没人能看见的！

穿在里面没人能看见，看来这话说得不对，今天的情况就是明证。大黄狗把事情弄到了这个局面，它看了惊恐万状的丁教授一眼，毛乎乎的狗脸上露出一种奇怪的表情，那种表情有点儿像笑。狗的笑容远没有人的笑容复杂，它只是把嘴巴咧开，鼻子向上耸了一耸。这样笑过之后，大黄狗就毅然松口，转身向着楼门口的方向跑去。

在这座楼的门口，常年摆着一把油光发亮的藤椅，藤椅上此刻正坐着狗的主人，一个穿黑色金丝绒无袖旗袍的小女人。在大黄狗扑向丁教授的那一刹那，小女人惊愕地张了张嘴，丰满的屁股从藤椅上一弹而起，但当她看见了事情的结果，看见了她的大黄狗仅仅把丁教授的白色运动裤往下扯了一尺二寸左右，露出里面的红色三角裤的时候，她的脸上便由惊愕变得平静，接着突然一笑，再接着就及时地收起了笑容。

这件事发生得如此突然，如此神速，简直迅雷不及掩耳，丁教授嘴里的一个"啊"字还没有落音，全部过程都基本完毕。在空地上练拳的老头儿和老太太听到叫声，推出去的四只胳膊僵在空中，眼睛从两个方向朝丁教授看来时，这里已经恢复了平静。老头儿是和丁教授对面站着的，他看见了那条大黄狗，看见那条大黄狗在丁教授的屁股后面怎么鼓捣了一下，然后丁教授就大叫一声，双手提裤，成了目前的这个样子。老头儿的嘴巴本来是紧闭着的，他听见丁教授那么一叫，自己的嘴也受了影响，张开来露出几颗稀疏的牙齿。老太太和丁教授站在同一条线上，她看见的情况比老头儿要晚，也没有老头儿那么明确，等她把脖子扭过来时，只看见一道黄光从丁教授的身后闪过，余下就是丁教授惊魂未定地在那里站着。老太太脸上的肌肉又白又松，像块刚从包袱里面打开的豆腐，现在猛地一愣，就更像是一块冻豆腐了。

大黄狗俨然是一个出手不凡的侠客，不是出手，而是出口，雷厉风行地干完这件事情，转眼就消失在空地里了。丁教授在大黄狗看他一眼的同时，也火速扭过脸去看了大黄狗一眼，那张狗脸上的笑容令他毛骨悚然。出于本能，丁教授的双手及时抓住裤腰，将它提回到本来的位置。无论是对面的老头儿，还是侧身的老太太，都看见了丁教授这个提裤的姿势，他们觉得这个姿势是太极拳里所没有的，它一定和刚才的那道黄光有些关系。不过老头儿和老太太分别发现，丁教授很快就恢复了镇静，想必问题并不严重，于是都打消了问他的念头，僵在空中的胳膊重新启动，接下去又开始练起拳来。

丁教授也发现了他们的眼光，他同样不想打扰他们。既然事情已经过去，他就不必大惊小怪，反正自己的肉体并没有受到伤害，一根毫毛都没失去。他的手从裤腰那里放了下来，扭头看看被狗咬过的地方，又不放心地伸出手去摸摸。非常庆幸，他这条白色的运动裤完好无损，那地方竟连狗的牙印也没有留下一个，看来大黄狗并不想咬他，而只是想当着众人的面，对他发出一个警告，或者对他进行一番羞辱。如果不是这样，别说是一条运动裤，就是再加上贴身穿着的三角裤，它也能够一口咬透，而把锋利的牙齿落在他屁股的肉上。丁教授想到这里，不由得浑身打了一个寒噤。

丁教授自从搬进新居，正式开始生活的第一天起，就注意到了这条大黄狗。那天是个下午，他下楼去买晚报，刚走到楼门口，就看见一道黄光一闪，一样东西箭一样地向前射去。它的前方有一条小哈巴狗，正和主人玩着一只足球，小哈巴狗的主人在地上蹲着，模样像个农村来的小保姆。黄光径直射到小哈巴狗的面前，把小保姆吓得身子往后一仰坐在了地上，随后那道黄光就凝固在那里，变成了一条大黄狗。它呼哧呼哧地喘着，好像渴了，急切需要喝水，往前一蹿扑倒了小哈巴狗，一根红红的东西从它的两只后腿之间伸出来，直要放进小哈巴狗同样的位置。小哈巴狗挣扎着，发出凄厉的尖叫，大概是呼喊它的小主人快来救它。农村来的小保姆没有经历过这样的事情，慌乱中不知道怎么办才好，她冲上去又退回来，再冲上去再退回来。小保姆急得快要哭了，后来忽然想起地上的足球，就捡起足球向大黄狗的脑袋砸去。大黄狗嗷嗷叫着，一边躲着足球，一边继续向小哈巴狗发起进攻。在这样的形势下，瘦得像根手杖的丁教授突然大喝了一声：狗东西！紧接着他又大喝了一声：这是谁家养的大狗！

一个小女人脚上穿着拖鞋，从楼门口里走了出来，她对着大黄狗喊了一声"小和尚"，大黄狗的一切动作就戛然而止，回头向她望着。那眼光似是抱怨，又似哀求，见小女人的脸上依然是板着的，便痛苦地耷拉着脑袋，喉咙里发出小声的哼唧，然后放弃了翻倒在地的小哈巴狗，摇头摆尾回到小女人的身边。丁教授看见，大黄狗向楼门口走去的时候，那张狗脸正朝向他，恶狠狠地看着他。丁教授当时就意识到了，他得罪了这条狗，说不定以后的某一个日子，这条狗会对他进行报复。不过丁教授做梦也没想到，它会如此阴险，采用这种卑鄙的方式。

丁教授提好裤子，火速看了一眼练太极拳的老头儿和老太太，见他们在短暂的愕然之后，又重新开始练拳，丁教授的心里感到了一丝安慰。因为不管怎么说，被狗咬掉裤子的事情，毕竟不是一件光彩的事情，他不愿意让人看到这不光彩的一幕。然而这种心理很快就处了下风，从他的心底深处，突然又生出另一种截然不同的想法，他希望有人知道事情的真相。他恨这条大黄狗，进而恨对大黄狗管教不严的小女人，他需要有人为他作证，帮他讨伐这个污辱人格的可恶的畜生。丁教授又看了小女人一眼，小女人在藤椅上坐下去了，正把一个剥了壳的雪白的鸡蛋，往大黄狗的嘴巴里喂，那景象就像大黄狗咬人屁股有功，应该得到犒赏似的。

丁教授真正地愤怒了，就在这一瞬间，他决定停止练太极拳，他要和小女人谈谈这条狗的问题。

丁教授转身向楼门口走去，越是接近小女人，越是把脚步走得响些，目的是要引起她的注意，心想她的眼睛一旦向他看来，他就乘机和她打个招呼，然后把话切入正题。但是小女人根本就没有注意丁教授，直到他快走到她的面前，再走就要走进楼里面了，她还在低头和狗玩着。大黄狗吃完了那个白鸡蛋，狗嘴上还巴着一些细碎的鸡蛋黄，一双狗眼本来是感激地望着小女人的，看见丁教授迎面走来，就转过来向他看着，狗脸上又露出那种笑的表情。大黄狗的颈子上套着的那根链子，现在一头握在小女人的手里，刚才它脱缰而出，或许是因为小女人上了厕所，让它钻了一会儿空子，而就在这一会儿的工夫，它就干下了这桩坏事。

丁教授这样设身处地地想着，细细观察小女人的神态，觉得小女人不可能没有意识到他在向她走来，除非她是一个聋子。她是故意不抬起头来，故意不搭理他。这么说小女人一定是明察秋毫，已经看见她的大黄狗刚才咬掉他的白色运动裤，拽出他的红色三角裤了。丁教授的愤怒又增了一分，并且还外加了一丝羞恼，她是它的主人，她完全应该代表她的畜生，向他赔礼道歉，她怎么可以这样假装糊涂，坐视不理！

丁教授的脚步终于停在了小女人的面前，他轻轻地咳了一声，想的是先客气地叫她一个什么，然后就开门见山谈她的狗。他的心里一切都已准备就绪，不过临到要开口时，却突然觉得对她的尊称还没想好，是应该叫她小姐，还是叫她女士呢？丁教授犹豫了一下，后来他听见自己念出这样的开幕词道，请问这位太太，这是您养的狗吗……

小女人这下就只好抬起头来，把眼光迎向他了。是呀，小女人答道，口气轻松得像是等着和人聊天，答着话她还咧嘴笑了一下，是我的狗，我的小和尚。然后她又低下头去，用手摸了摸大黄狗的脸，是吗？你是叫小和尚吗？

刚才我在练拳的时候，它从后面跑来咬了我一口，不知道您看见了没有……丁教授努力把话说得和风细雨，他不能让小女人觉得他有半点儿失理的地方。他要让她明白，错误完全是在她们一方，也就是在她的小和尚身上。他把后面的那句话拖得很长，目的是先看看她的反应，看她对于这事是个什么态度。

是吗？小女人惊讶地睁大了眼睛，她的眼睛是动过手术的，由先天的单眼皮改成了后天的双眼皮，边缘地带有一些碎小的肉泡泡，看着像是两只肚脐。它咬了您哪儿啦？小女人用两只肚脐从上到下地检查着他。

难道你真的没有看见？丁教授显然对小女人的"是吗"表示怀疑。但他仍然保持着和风细雨，他也不想把那个部位说出来，或者用手指给她看。不管怎么说，这都是一件不雅的事情，他希望问题能够和平解决，不必那么直露，反正被狗咬了哪里，性质都是一样。您的小和尚咬了我一口后，就直接跑到您这里来了。丁教授说，这句话是他的判断，他相信他的判断是正确的，他分析过大黄狗跑过的路线，如果出动警方，仪器会证实他的说法。

我看见什么了？小女人的声音比刚才尖利了一些，像有人撕破了一匹结实的好布。它一直都在我的手里牵着，哪儿也没有去，刚才我还喂个鸡蛋给它吃了，您看它的嘴上还巴着鸡蛋黄呢，真是好笑，您怕是看花了眼，把别人家的猫当成是我们的小和尚了吧？小女人说到"真是好笑"的时候，自己也忍不住笑了一下。

您不可能没看见的，丁教授觉得她脸上的笑很是险恶，几乎可以和大黄狗脸上的笑相提并论。他实在想不到她会这样，然而他还在克制着自己。即便说您没有看见，那么也还有其他的人看见。丁教授冷静地说，要不要请他们为我作证？

行哪，小女人又用撕布样的声音尖叫道，为了表明她半点儿也不害怕有人作证，这次她笑得有些夸张。您就是请一百二十个人为您作证，我也得看看您究竟哪儿被它咬了，您给我看看，您倒要给我看看是哪儿呀！

丁教授的脸在她的逼问下变得通红，一半是气的，一半是急的。他明知小女人是抓住了他的弱点，欺他一个老教授说不出口，这时他居然横下心来，用手把被狗咬过的裤裆往前拉了拉，同时侧过身子，让小女人能够看到那个部位。他说，咬的就是这里，是我的臀部，这下您该看清楚了吧！

我怎么没有看到您臀部上有它咬的印子，您说它咬了您的臀部，那它就是不把你的臀部咬破，至少也得把您臀部外面的裤子咬破，怎么裤子上连它咬过的印子也没有呢？小女人运用逻辑推理，一步一步把丁教授逼向死角。她一口一个臀部，分明是对丁教授发出嘲笑，嘲笑丁教授至今不肯采用通俗的说法，说出自己的屁股。她还弓下身子，双手撑着自己的两个膝盖，把眼睛贴在丁教授的裤裆前面，左边瞅瞅，右边瞅瞅，仔细寻找着被狗咬过的痕迹。您是欺负我们的小和尚不会说话，没咬也硬说是它咬了，冤枉它，栽它的赃是吗？老先生您就明说您这是什么目的，说出来让我也考虑考虑！

丁教授没料到事情会发展到这个地步，而既然到了这个地步，他就是想退也不能退了，就像是项羽被逼到了乌江边上。我没有什么目的，丁教授说，他索性豁出来了。我既不想要您赔钱，也不想要您赔物，我就是要您好好管教一下您这条狗，最好是下个决心，不要再养它了！

哟，小女人一下子叫了起来，她把又细又长的嗓子拐了个弯，听着就像京剧里的韵白一样。您怎么这么恨我的小和尚，它到底怎么了您哪？

即便是今天它不咬我，我也早就想对您说了，丁教授说，它的确是影响了社会治安，不仅对人，对别的动物，对它的同类也构成了威胁，就比方说那天的一条小哈巴狗……丁教授又把话提示给小女人，他相信响鼓不用重锤，明人不用细说，后面的事情不必再讲出来了。

我知道您说的是哪回事了，小女人扬起两叶拔过的弯眉毛，做出一副大梦初觉的样子说。你是说那天它和小哈巴狗做爱的事，对吧？

小女人嘴里吐出的"做爱"两字，像嗖嗖出膛的两颗子弹，把丁教授给镇住了。他没想到小女人会说出这两个字来，他小看了小女人，这时他才想到她在家一定也看过外国的电视剧，由此她学会了用这个词。恐怕它这不能叫……叫做爱吧，丁教授迟疑了一下才下决心说道，它这应该叫强奸幼女，当时我吼了它一声狗东西，我觉得它是一个流氓！

您怎么能这么说呢？小女人嘻嘻地笑了起来。狗也和人一样，有七情六欲，应该有正常的性生活嘛。

丁教授又想不到她会说出这样的话来。他看了她一眼，接着又把眼光转移开了，看在她背后的藤椅上说，可是，即便它和人一样，或者，即便它就是个人吧，发乎情，止乎礼义，起码在公共场所……丁教授大概是教古代文论的教授，他对小女人引了一句典，后面的话他又省过去了，他实在说不出那个"做爱"。

什么之乎者也的，小女人笑得更响了。我看您是有点儿性变态，因为您夫人不在了，长时间受到压抑，把自己封闭成了这个样子，连动物做爱都看不惯，要是换了人，那不更加看不惯了！小女人又说了一个"做爱"，而且由动物说到了人。她站在人性的高度，把话说得柔软而又温和，充满着人情味，又略带有挑逗性。说这话的时候她的身子直起来了，要不然她仍然弓着腰，在丁教授的裤裆前面左瞅右瞅，那就实在不成名堂了。

丁教授吃了一惊。他自从搬进着这幢楼以后，从来没有和这小女人说过话，她却居然知道他的夫人不在了。看来她的工作还不仅是养狗，那么她还知道他些什么？女儿给他买红裤带他不同意，最后给他买红三角裤的事她也知道吗？丁教授不打算和她讨论关于性的问题，他知道讨论这个问题对他不利，讨论这个问题等于上了她的当。是的，他的夫人不在了，他的性生活肯定是不正常，而她和大黄狗的性生活肯定是正常的。丁教授必须悬崖勒马，把话题勒回到大黄狗咬他的臀部上来。

大黄狗此时像一个乖男孩，依偎在它女主人的怀里，听着她和丁教授唇枪舌剑地辩论。它一会儿看看小女人心平气和又白又胖的脸，一会儿看看丁教授慷慨激昂又黑又瘦的脸，它看得出从双方交战的第一个回合到现在，小女人就没有输给丁教授，甚至还明显地占有优势。因此它的那张狗脸始终是笑着的，有时候它还伸出舌头，对着丁教授嘿嘿地来上两下。

丁教授和小女人已经僵持快半个小时了。这期间，在空地里练太极拳的老头儿老太太晨练已毕，他们准备回到楼里，回到自己的房中做事去了。站在楼门口的丁教授和小女人，都期待着他们经过这里的时候，从他们嘴里掏取对自己有利的证词。大黄狗也笑着看了他们一眼，狗眼里透出一种世事洞明的经验和智慧。它已经是一条老狗了，现在就预知了作证会是怎样的结果，而只有新来的丁教授一个人还蒙在鼓里。大黄狗了解住在这幢楼里的人，如同练太极拳一样，个个练就了一种绝活，大家是朝夕相处的邻居，不会偏袒这一个，也不会指责那一个，如果不是这样，它的末日恐怕早就到了。

你们来得正好，丁教授用眼光迎接着老头儿和老太太，像在法庭的原告席上迎接一对迟到的证人。刚才我在练太极拳的时候，这条大黄狗是不是咬了我，你们可以如实地告诉她。丁教授用手指了小女人一下，心里非常有把握地静候回答。他不敢对他们有过多的热情，害怕在小女人的眼里有拉拢之嫌。

你们真是来得正好，小女人几乎用同样的话欢迎着他们。这位老先生一口咬定我家小和尚咬了他的臀部，我说没咬他的臀部他偏说咬了，大伯大妈，现在只有请你们说说，我家小和尚到底咬了他的臀部没有？她又反复强调着那个臀部，并且对老头儿和老太太嘻嘻一笑。

她这一招真灵，老头儿和老太太立刻被逗笑了。

都是一个楼里的人，早不见晚见，狗嘛，它又不是人，只要是没咬着……老头儿嘴里的牙齿所剩无几，说出话来不大关风。他轻轻回避了这个问题，小女人刚才叫的那句大伯大妈起了作用，老头儿巧妙地偷换概念，把咬了没有变成咬着没有，一字之差，性质可就不一样了。

老头儿虽然这样说了，但若是认真去听他的话意，他还是证明大黄狗咬了丁教授的臀部，无非是没有咬着而已。然而小女人可不能让丁教授钻了这个空子，然后乘机再做文章，也不能让老太太根据老头儿的态度，进而证明大黄狗对丁教授咬而未逞这个事实。她紧接着又问老太太说，大妈您再说说，我家小和尚到底咬了他的臀部没有？

这老头儿说得也对，都是住在一个楼里的人，有事好说好商量的。不出小女人所料，老太太果然参考了她教练的作风，她的冻豆腐脸上有了一丝血色，那是刚才练太极拳练的。我看就不要较个什么真了，横竖它就是想咬也没咬着，要是真咬着了，那就又是另一回事了。

应该说老头儿和老太太两人的回答，丁教授和小女人两人都不能感到满意。不过他们的回答毕竟对小女人有利，因为至少他们有一点儿是肯定的，那就是积极倡导大事化小，小事化了，把大事小事尽量都说成本来就没有事。

丁教授首先不同意以上的说法了。他简直受了打击，绝没想到这两个练太极拳的老人，会不约而同地都这么说。大黄狗咬他臀部是一个铁的事实，他们两人怎么会撇开事实本身不谈，却转而去谈事实以外的空话。丁教授黑瘦的脸又变得通红了，这次的生气是因为老头儿和老太太。

你们这样说是不对的，丁教授明确露出了他的不满，他的话里带有一种谴责的味道。我们问的是咬了没有，你们明明看见咬了，把我外面的裤子都咬下去了，里面的裤子都咬出来了，你们却顾左右而言他，去谈邻居之间的团结问题！如果连最基本的事实都没有澄清，都不想澄清，团结的问题何从谈起！

您看您看，小女人身子往后一仰说，是您提出的请人作证，人家如实地作了证了，可您又说人家说得不对！小女人嘴里这么说着，肚脐似的眼睛又把老头儿和老太太各自扫了一眼，意思是帮两位老人打抱不平。

是呀，您要我们怎么说才算对呢？牙齿稀疏的老头儿问，他对丁教授的不满本来就感到不满了，再加上小女人这一眼起了作用，如果说他刚才还站在中间的立场上，准备用和稀泥的办法来对付他们的矛盾，那么经丁教授这一谴责，小女人这一挑拨，现在他的身子就开始往一边倒了。您要我说大黄狗把您咬着了，裤裆也咬破了，屁股也咬了一个大洞，血咕嘟咕嘟地直往出冒，一会儿就在地上流了一大摊？可是您的伤在哪儿呢？我总不能睁着眼睛说瞎话呀！

这个嘴巴不关风的老头儿，竟一鼓作气说出这多话来，而且还很幽默，用的是驳论的方法。毫无准备的丁教授一下子感到措手不及。小女人率先笑了起来，这一次笑的幅度很大，胸脯上的两个乳房向上一弹又一弹的，像是有人托着篮球跃跃欲试要去投篮。大黄狗两只色眯眯的狗眼盯着篮球，狗嘴里呼哧呼哧的喘气声，快要赶上那天去追小哈巴狗的时候了。

丁教授一时说不出来话了，他又把眼光转向了老太太，希望老太太明白他的痛苦心情，最终能够仗义执言。他在老太太的冻豆腐脸上判断着她的年龄，略略思考一下之后，居然叫了她一声老嫂子。老嫂子您说句实话……

我说句实话，我什么都没看见，老太太把眼睛避开了丁教授，却直直地向小女人那里看着。她说的显然是句气话，可能是觉得这声老嫂子未免叫晚了一步，刚才为什么不叫，刚才为什么要说他们说得不对呢？老太太的心路历程和教她练拳的老头儿如出一辙，丁教授把他们推了一把，小女人又把他们拉了一把，她已决定不再为丁教授作证了。我只顾着跟这老头儿练拳，哪还能看到什么狗哇猫哇，再说了，就是看见它把您裤子怎么的了，大家都是老头儿老太太的，又不是年轻的男孩女孩，看见了有什么了不起呀？

老太太再一次偷换了概念，这简直使丁教授又气又急，却拿她没有一点儿办法。小女人笑得更厉害了，边笑边看丁教授的脸，看他的脸红了没有。丁教授的脸果然红了，这使小女人十分得意，感谢老太太帮了她的大忙。她想趁此机会再打击丁教授一下，笑了笑说，您这位老嫂子说得对，如今社会开放着呢，就是年轻的男孩女孩，看见了也没有什么了不起的。更何况，我家小和尚怎么可能去咬人呢？他们在这楼里都住好些年了，您问他们，我家小和尚咬没咬过他们？它怎么谁都不咬，却偏偏要咬您呢？

就是的，老头儿和老太太几乎异口同声地说。这次他们实事求是，大黄狗的确没有咬过他们，他们人狗之间关系友好，人不管狗拉屎撒尿，狗也不管人随地吐痰，因此长期以来相安无事，就像签订了一项互不干涉内政的和平条约。老太太接着又补了一句，只要您不惹它，它惹您干什么？

老太太说完这话，决定马上离开这个是非之地，她嘴里嘀咕着快些回去准备做饭，等会儿孙子就要放学回来，边说边转身走了。老头儿抓住这个机会，也跟着她进了楼门。丁教授望着他们的背影，听他们一路还在小声商量着什么，他的目光有些发呆，心里真是后悔，不该请他们为自己作证，他不了解他们，他把自己害了，害得自己下不来台了。

现在，楼门口又只剩下丁教授和小女人了，此外还有一条大黄狗。小女人和狗站在门的这边，丁教授一个人站在门的那边，两军对垒，丁教授显得有些势单力薄。小女人和大黄狗双双看着他，两张脸上的笑容差不多是一样的。我说的是吧？小女人挑衅地说，我说谁都没看见我家小和尚咬了您的臀部吧？

丁教授突然觉得自己是个无人支持的诬告者，失道寡助，理尽词穷，一句话也没有可说的了。他不知道自己下一步该怎么处理，是像个赖皮一样继续待在这里，还是转身灰溜溜地走掉。小女人一眼看破了他的心理，好像是同情他，帮他下台，低下头去对着大黄狗说，小和尚，咱们也去活动活动吧！

大黄狗摆了一下尾巴，言听计从地跟随着她，向大楼一侧的马路走去，为了表达高兴的心情，大黄狗用三条腿跳跃着前进，跑到半途还回过头来，狗脸得意地笑着，用那条节省下来的前腿向丁教授招手。接下去它又追上了小女人，在她靠着的一棵小树边上，抬起后腿撒了一泡狗尿。

丁教授垂头丧气地回到家中，整个一天的情绪都坏透了，书也看不下去，文章也写不出来，吃饭无味，晚上觉都没有睡好。

不过第二天清早起来，他走到门后看看用胶水贴着的表，觉得太极拳还得要练的。于是，丁教授和昨天一样来到空地，老头儿和老太太也和昨天一样早练上了，由于那场不愉快的作证事件，他们两人都装作没有看到他的样子，板着个脸一心练拳，而不理他。丁教授明知他和他们之间的友谊已经完了，硬着头皮在老太太的侧面站了一会儿，做了一个拉推的动作，后来感到实在没有意思，就独自一人去找别的地方。

可以练拳的地方并不好找，楼的左右两侧是两条马路，车来人往，后面是一片不许践踏的草地，除了楼前的这块空地，再就是铁栏外面的人行道了。丁教授在人行道边找了一棵大树，蹲腿展臂，好歹在树下开始了操练。可是他猛地想到一个问题，如果大黄狗又悄悄地从背后跑来，咬下他的裤腰，人行道上看他的行人可就多了。丁教授惶恐起来，自从脑子里闪出这个念头，他身上立刻不自然了，不时要回过头去，看看背后有没有大黄狗。有一次他觉得眼角出现了一道黄光，转身一看，还真是大黄狗坐在他的身后，不过它并没有采取行动，只是静静地看着他。

丁教授不敢大意，匆匆收兵。第三天他又选择了人行道边的另一棵大树，并且把那条白色运动裤换了下去，改穿一条牛皮带系着的西裤，这当然是用来防御大黄狗的。但是他仍然不能好好地练下去，那道黄光永远在他的眼角晃动，脑子里则装满了那张笑着的狗脸。丁教授知道，他从此以后再也练不好太极拳了。

而实际上，问题远比练不好拳要严重得多。丁教授在楼里的人际关系已遭到巨大的破坏，这种破坏不仅是毁灭性的，而且是传染性的。老头儿或老太太和他在楼前遇见，对方远远就转过脸去，装作观赏身边的景色。有几次在楼道里窄路相逢，彼此身子快要挨着了，脖子却硬硬地扭向旁处。楼里一些和老头儿老太太熟悉的人，多数也不问青红皂白，采取了和他们一样的策略。丁教授和小女人的关系更是不妙，每次他从楼门口经过，小女人都故意紧盯着他的脸，卧在她身边的大黄狗更是狗视眈眈。有天傍晚他从超市购物回来，人已经走进楼道了，却听得背后的小女人嘻嘻地笑着，对楼里的另一个女人说了一个"臀部"，然后两个女人一同笑个不停。

一个美好的春天就这样尴尬地过去了。天气渐渐热了起来，当盛夏正式到来的时候，丁教授给大学房管科打了一个换房报告，要求换回他过去住的筒子楼。科长看了报告一愣，对他的副科长说，真是世风日下，连丁教授这样的人都学会耍花招了，明知道新楼快盖好了，他想换住新楼不好开口，却假意要换回破筒子楼，破筒子楼都已经分给食堂的朱师傅了，他这不是故意捣乱吗？

副科长微微一笑说，我们不妨来个将计就计，同意他换回筒子楼，再看他下一步又要什么花招？

谁知丁教授一听到这个消息，很快就和朱师傅取得联系，速战速决，换了住房，让朱师傅捡了一个大的便宜。丁教授从楼里搬出去的那一天，小女人和大黄狗都坐在楼门口乘凉。小女人对他笑了一下，大黄狗也对他笑了一下。丁教授从大黄狗面前走过的时候，警惕地侧过身子，尽可能让裤子离它远些。小女人在丁教授身子一侧之际，发现他的裤裆后面沾了一块灰土，就对她的大黄狗说，哟，小和尚你看见没有，他的臀部上面有块灰呢。

大黄狗两爪撑地，身子猛地往上一耸，丁教授慌忙把双手挡在背后，逃也似的离开了这里。

死去活来

二十一世纪初春的某个中午，毕仿我先生突然醒了，他睁开眼睛看看窗外，一小朵细碎的白云正好从斜面飞来，噗地一响贴在了窗纱上，随之他便闻到一丝新生柳叶的淡淡香气。他掀开被子想翻身坐起，却感到身子有点儿疲软，但他到底还是坐起来了，只是接着要下地的时候，没看见床下有他的拖鞋。靠近床头柜的地方有双拖鞋小巧而又红艳，想必那是夫人穿的，他可从来没见夫人穿过这样漂亮的拖鞋。毕仿我先生试着伸出自己的大脚，分两次插入那双红拖鞋里，结果仍有二分之一的部位悬在鞋子外面。他暗自觉得好笑，却觉得脸上的肌肉僵巴巴的，像是人工揉出的死面团子，结果没有笑成。同时两脚移动起来也有些飘飘忽忽，就跟在舞台上走太空步的年轻人差不多。总之，他对自己熟悉的身体突然感到了陌生。

夫人梅芳低头坐在厨房的门口，一手拿着一根青笋，另一手握着菜刀在上面削去老皮，听到厅里有扑嗒扑嗒的脚步声，吓得抬头一看，一个身穿白色内衣的男人正在向她走来，梅芳吓得大叫一声，仓皇中青笋掉在了地上，她本能地举起菜刀，对着迎面走来的男人比画了一个自卫的动作。这时她一下子惊呆了，认出这个男人居然是睡在床上的丈夫老毕，脸上正对她僵巴巴地笑着，并且还问了一声，梅芳你在做什么？

他的话音还没有落，梅芳举着菜刀的手就垂了下来，身子同时向墙角那里退了一步，好像他是一个可怕的怪物。毕仿我先生发现梅芳的脸上什么时候出现了那么多的皱纹，门口的亮光照在她的头上，那一头齐鬓的头发怎么竟变得斑白，过去它可是黑油油的。梅芳退到墙角愣愣地看了他一会儿，终于开口说道，天哪，你到底醒过来了，你这一觉可是睡了十年！

毕仿我先生傻子一般地看她，又摸着自己的头皮说，有这样的事吗？难怪我看你老了不少。这么说着，他听见自己的肚子里面咕噜一响，于是就对梅芳说，我饿了，你给我做点儿饭吃吧。

梅芳这时才感到了惊喜，眼泪一下就滚了出来。想着他有十年没有吃饭了，忙动手给他煮了一碗面条，又打了两个鸡蛋卧在面条里。毕仿我先生把一碗鸡蛋和面条一口气吃完了，根本没有吃饱，催着梅芳再煮一碗，梅芳记得他过去就只有一碗的饭量，担心他吃出事来，笑着不肯再煮，却把眼睛死死地盯在他的脸上。

毕仿我先生喉咙里"呃"地抽了一个嗝儿说，明天我要去研究院上班，我的那辆自行车还有气吧？

梅芳擦了一把眼泪，忍不住笑了说，都是哪个年代的事了，你那辆破车一直扔在地下车库里，恐怕如今早没有了！接着又说，好不容易醒过来了，你不在家休息几天，急着上班去干什么，待会儿我就给你们院长打个电话。

毕仿我先生不让梅芳去打，坚持明天亲自上一趟院里，有一件事情他要急着去做，这件事他耽搁的时间太长了。

第二天清早起来，刷牙洗脸，吃过早点，毕仿我先生从居委会主任手里要到一把地下室的钥匙，真的进到车库里去找他的车了，在一屋子挤挤挨挨的自行车里，他居然找到了他的那一辆。自行车上落了厚厚的一层灰土，证明是很久没有人骑过的。毕仿我先生在黑暗的地下室里找了一块肮脏的抹布，把自行车从头到尾擦了一遍，上面有很多锈迹是擦不掉的，又用手按按车轱辘，的确是早就没有一丝气了。他把它推了出来，推到楼前一个修车打气的老头儿摊子前，兜里摸出一枚镍币递给他说，打两下气吧。

老头儿的眼睛盯着他手里的镍币，认出是一枚五分的，就龇咧着脸上的肉，怪样子地对他一挥手说，你这是干吗呀，没钱就不给了吧！

毕仿我先生反应了好一会儿，好像才反应过来说，是不是……涨钱了？

老头儿生气道，我涨你什么钱了？两毛钱打一次气我都收了好几年了，五分钱的事还是十年前吧？

毕仿我先生听到一个"十年前"，旋即想起夫人同样的话来，怔了一怔，把五分镍币收回兜里，依照老头儿的开价，重新掏出一张两毛的纸币递给他，两毛就两毛，唉，我这脑子是有些糊涂了。

老头儿朝地上的小木箱子努一下，示意他让纸币自己落进里面。接着一边给他车轱辘吱吱地打气，一边扭过脖子，自下而上地考察着他说，我看你不像是这楼里的人！

毕仿我先生火速地摇头，又火速地点头道，我怎么不是这楼里的人，我倒是觉得你这摊子是近些年才摆到我们楼前来的。

老头儿似乎明白了说，那就是你这些年来连楼门也没有出过。

毕仿我先生口中啊啊地敷衍着，等老头儿给他车轱辘打足

了气，就接过车把，用脚踢开后轮的支架，两臂使力地往下撅了两撅，然后推着上了自行车道。毕仿我先生想不到自己要骑上车子，竟会出现困难，过去他可是熟练得很的，左边的一只脚直接踩住左边的一只踏板，右边的一只脚高抬起来，咔地一下落在右边的一只踏板上，双脚一起蹬动，前后两个车轱辘就像是一对听话的儿子，稳稳当当地驭着他前进了。可是今天仍旧是这套动作，他却一连试了五次也没成功，引起了路人极大的关注，最后他担心这样下去会造成交通的堵塞，就把车子推到自行车道的最边缘上，利用右侧那高出半尺的人行便道，先把身子在座包上安排好了，双脚这才踩动踏板，在车道上运行起来。

清晨凉爽的天气，他却已是满身大汗了。一路上他真是小心至极，好像胯下骑着的是一只老虎，尽管路边的新楼他几乎一幢也不认识，路上的男男女女服装和发式又起了一些变化，但他也只敢匆匆地瞟上一眼，又火烫似的紧盯着自己眼前的路。

花了一小时零十五分钟，他才把自己运到了研究院的楼前，这时间简直比十年前多出了一倍。

而且，研究院的大楼外层因为重贴了红色的大理石，看上去仿佛是在原址上新盖的一幢，要不是楼门口打出一块金字招牌，毕仿我先生绝对是不会认出它了。

毕仿我先生像过去一样把车锁在楼前的一棵树下，树和楼是不一样的，虽然已经是很老了，树上的皮死去了一层，粗细枝干也不大够数，但没有人去疯狂地包装它，至今他还能大体认出它的模型。然后他空手向楼里走去，一只脚正要迈进门口，身边却噗地伸出一只灰色的胳膊，一个全副武装的门卫挡住了他的去路。

请问先生找谁？

我找我自己，我就是这里的院士，我叫毕仿我。

因为旅途劳顿再加生气，毕仿我先生说话的时候都有些喘了。然而门卫并不知道什么院士和毕仿我，这是一个年纪很轻的门卫，十年前估计他还不满十岁。他只知道遵守门卫的纪律，只知道让人出示工作证。

请先生出示您的工作证。

毕仿我先生浑身上下地摸着，忽然他想起他的工作证是锁在办公桌抽屉里的，和他那件重要的东西锁在一起。于是他不再徒劳地摸了，他用手对门卫武断地一挥。

你放我进去，进去以后我就有工作证了。

可是先生，您没有工作证就不能进去。

门卫固执地和他纠缠着，看形势丝毫没有通融的余地。毕仿我先生擦了一把脸上的汗珠，脊背上的汗是擦不着的，他简直是没有办法进得去了。他索性往后退了一步，把脸转向马路的方向，放眼四顾，满心希望此时恰好走来一位旧时的同事，证明他就是他说的那一个人。

可惜的是没有。从马路的对面过来一个戴眼镜的，又过来一个蓄长发的，先后在门卫的目测下走进了楼里，但他们都不是毕仿我先生认识的人物。他们的年纪都在中年以下，从毕仿我身边经过的时候，看也不看他一眼，就雄赳赳地走了进去。

毕仿我先生不由得可怜起自己来，后悔没有听从夫人的忠言，如果同意让她给院长打一个电话，那么现在已经有人站在这里迎接他了。想到院长，毕仿我先生的脑子灵光一现，他蓦地转回脸，用协商的眼神看着了门卫。

要么我们这样，请你给我们的院长打一个电话，问问他院里

有没有我这个人。我们的院长姓吴，叫吴长生，你不用叫他吴院长，就称老吴好了，他是个大好人。

门卫想了想同意了他的建议，立刻当着毕仿我先生的面给院长办公室拨了电话。出于看门人必具的礼貌，他不会按照毕仿我先生的称呼，他觉得这是这位想进门者故意显示的一种资格，他还是把老吴吴长生叫成了吴院长。

吴院长？是这里的老院长吗？他已经死去八九年了。

电话里的声音不用门卫传达，嗡嗡隆隆地响着，把毕仿我先生吓了一跳。毕仿我先生发怔地站着，耳边回响着电话里所说的年头。如果按照夫人的说法，那就是在他猝然"死"去的第二年，吴长生就真的死去了。

那么再请你问问这三个人，一个叫陈明，一个叫肖森，一个叫丁小玉，丁小玉是个年轻的女同志，找到其中一个也就行了，问问他们院里有没有一个叫毕仿我的。

毕仿我先生继续指使着门卫，逼他找到他当年的三个部下。

什么？我们不知道这三个人，恐怕早就调走了吧？要不就是出国了。

毕仿我先生觉得电话里的回答可能是对头的，因为早在十年以前，他们就要么闹着调走，要么闹着出国。他就更加发怔地站着，绞尽脑汁，使劲儿回忆还有没有能够为他作证的人。

劳驾你再帮我打一下收发室，找一个小柯子，名叫柯成旗的……

他从脑子里生挖硬找，又找出一个管收发的小青年来，那时候全院数他的信件杂志最多，这个小柯子每次都轻轻推门进到他的办公室里，叫一声毕老师，小心地把东西递到他的手中，像递

给他几枚鸡蛋，然后出去时复又掩上了门。

他发现门卫这次分明有些不耐烦了。

您到底是不是这里的人……

最后一个，劳驾你就打最后一个！

毕仿我先生孤注一掷地央求着门卫。打给收发室的电话通了，门卫开口刚问了个柯成旗，出人意料的事情发生了，对方略感惊讶地反问他说，你是问柯院长？你打错了，应该打院长办公室。

总算是找到了一个存在的人物，连门卫都深深地呼吸了一口将要凝结的空气。接下来他再次把电话打到院长办公室里，这回接电话的人，恰好仍是说吴院长死去八九年那一个。

我就是柯院长。你说谁？毕——仿——我？有这个人，可他十年前就不在这里了，他已经是个植物人了，睡在家里什么都不知道了，基本上算是死人了。你说什么？他现在就在楼门外面？你该没有搞错了人吧？你赶快把名字核实一下，如果没搞错的话你就放他进来！……我的天哪！

毕仿我先生开始是一喜一惊，接着是一气一恨，喜的是终于找到了可以作证的人，惊的是这人居然做了院长，气的是人家已把他当死人了，恨的是得知他活了过来却不下来迎接，并且还说"我的天哪"！

门卫总算对毕仿我先生产生信任感了，他把那只横着的胳膊放了下来，略略有点儿诧异地望着毕仿我先生那张表情复杂的脸。

对不起，先生请进。

毕仿我先生径直上楼，直觉得楼里的变化比楼外还大，几乎是面目全非了。他仰着一颗头颅，让自己的眼睛和门楣平齐，左右两边地扭转，慢慢寻找当年他的那间办公室。然而他无论如何

也找不到了，在他站在走廊中间茫然四顾的时候，他听见好几间半开半闭的房子里都冒出争吵的声音，一声比一声地高上去，细听那声音里说的是钱，谁的多了谁的少了，后来从厕所里又兀地冒出一声，是一个人谩骂着另一个人，也是关于钱的事情。毕仿我先生感到烦躁了，他想逃离这些不愉快的声音，于是又盲目地走了起来，最后他把两脚停在了钉有"院长办公室"的那间房前。

一个肥猪一样的胖子把身子仰坐在圈椅上，隔着一张气派的老板台，和坐在侧面沙发上的一位漂亮小姐谈话。房门从外面向里推开的这一刹那，他们的谈话正进行到高潮，胖子和小姐都轻佻地笑着，开门声打断了他们的谈笑，胖子转脸看向毕仿我先生的第一眼时，脸上现出了一丝愠怒。

你是小柯子？……哎呀你怎么胖成这个样子了？到底是胖了还是……肿了？

首先是毕仿我先生发出一声惊叫，刚才的生气和恼恨暂时都被他全然忘了。柯成旗院长和对面的小姐对看一眼，撑着圈椅的半圆形扶手缓慢地站了起来。因为太胖，站起来时他的身子和圈椅摩擦得噬噬地响着，仿佛火腿肠剥离外面那层肠衣的时候。

哎呀您是毕教授，您好您好，想不到您又……

柯成旗院长稍晚一会儿也认出他来，撇开小姐扑过去和他握手。因为相比起自己，毕仿我先生的身上还没有起什么变化，何况门卫已向他打过电话，他的心里多少有了一些准备。然而毕竟显得仓里仓皇，打招呼时差点儿说错了话。

想不到我又能到院里来吧？

毕仿我先生为了不让自己遭遇尴尬，宁可把他没有说完的话理解成这个意思，说了就主动哈哈地笑着。

能来就好，能来就好……不过以防万一，您最好您还是在家里休息着，不必要再到院里来的，您今年都已经六十过了，倒下去的那年好像就是五十一吧……

我来不是上班，而是有件事情要做，我那间办公室都大变样了，里面的我那张桌子现在哪里？就是你天天给我放信件杂志的那张桌子……

毕仿我先生摊开两手，比了一个宽度，又比了一个长度。他当年的办公桌又宽又长，比柯成旗院长目前的这张老板台不会小的。柯成旗院长又和对面的小姐对看一眼。他用右边的嘴角笑了一下，小姐也用右边的嘴角笑了一下。

这都是什么年头的事了……

你们把它搬走了……卖了……扔了吗？

毕仿我先生突然慌张起来，越来越觉得大事不好，嘴唇和两手一起抖着，好像丢失了一件稀世的宝物。

倒是没有，可能是让人塞在一间空屋里了。

柯成旗院长这回笑出声来，他体会着毕仿我先生虚惊一场的滋味，心里生出一种隐隐的得意。

是吗？你快带我去看！

毕仿我先生绝处逢生般地叫道，脸上立刻就有了笑容，雷厉风行地逼着昔日为他送信和杂志的小柯子，目前的柯成旗院长亲自为他带路。柯成旗院长用眼睛把小姐安抚在沙发上坐着不动，有些不情愿地站起身子，把毕仿我先生带到一间很背静的房子里。那房子很像是一间仓库，里面堆满了各种破烂的杂具，发散出一股呛人的霉味。毕仿我先生一个喷嚏没打出来，趁着鼻子里痒痒的工夫，他找到了当年的那张桌子，桌面上落满一层白色的灰尘，一把小铁锁还把抽屉牢牢地锁着。

毕仿我先生从裤兜里摸出一串钥匙，穿过地雷阵似的走过去，找出一把小的钥匙把锁开了，在抽屉里翻来找去，最后来找出了一个暗红色的小硬纸本本。

谁都可以认出这是一个存折。柯成旗院长把他胖乎乎的脑袋伸过去，直看着毕仿我先生把存折打开，展现出里面的一笔余额。柯成旗院长愕然之后不禁暗自笑了，肚皮无声地抖了两抖，他把眼光转移开去，看在了毕仿我先生的脸上。

您那是……瞒着夫人存的私房钱吗？当时还不算少，可是现在……

毕仿我先生从他的话中，已经听出这钱现在不值钱了，至少值不了当时那么多了。

我哪里会瞒着夫人存钱？我这是那年的一笔奖金，连我总共四个人的，还没分下去我就倒了，那时你还在送信和报纸杂志……

都十年了！你们一人多少？……何况哪里去找那三个人？

柯成旗院长似乎不想听那时的事了，他脸上的肉里和说话的语气中，都明显地露出一种不屑。毕仿我先生没有仔细观察他的表情，抓住他刚才说的那一句话，顺便对他提出了一个要求。

对了，你得帮我把他们找到。当时我就算了一下，昨晚我又算了一下，一人还是有八十多块，可不能找不到人都成了我的。

柯成旗院长的嘴里咻的一响，下面的肚皮又抖了两抖。

我再派人去给你找人，打电话开车也要花这多钱，有人都去了国外，从邮局寄去只会花出更多，又是人民币，人家在国外收到不笑死才是怪了！

　　柯成旗院长说完这一句话，低头看看手表，也许是想着坐在办公室沙发上等他的那位小姐，就提前退出那间像是仓库的空屋，在门口等着毕仿我先生。他并且还假装走了几步，然后又不得已地站住，让他看懂这是请他也尽快退出来的意思，早些把这件存折上的事情一笔勾销。

　　毕仿我先生就只好也退了出来，手里握着那个暗红色的存折，跟随柯成旗院长回到院长办公室里。他看见坐在沙发上的那个小姐站起来了，身子伏在宽大的老板台上，正在接听一个电话。

　　是啊是啊，刚才是来了这么个人，他是您的丈夫？在家睡了十年？……

　　小姐脸上的黑眼圈和红嘴巴一下子变成了三个贼圆的圆环，两条眉毛也飞上额顶，惊恐万状地朝毕仿我先生看着，猛地一下把手里话筒塞进柯成旗院长的手里。她把身子就缩在老板台的一角，让柯成旗院长作为障碍挡着他们，眼睛却再也没有离开过毕仿我先生了。

　　您是她的夫人？哦哦，我就是院长，让他早些回去？好的好的，我会安排人送他回去，或者，我会亲自送他回去的！

　　突然间柯成旗院长的嘴上似乎有只吸盘，把小姐那两只贼圆的眼睛吸向了他，原本惊恐的眼睛里此时弥满了红红的怒气。

　　你想走？你想趁机甩了我？你答应我跟了你以后你就给我一笔……我对你说，你想走可是走不脱的！

　　柯成旗院长在屋里焦躁地转着圈子，看样子他是有一件什么事情，被这位外柔内刚的小姐给捏住了，两只手一会儿往中间握着，一会儿向两边撒开，一开一合地龇咧着嘴巴，动作做得很大，说出来的话声音却小极了，就像是夏天里的蛐蛐儿叫似的。

毕仿我先生眼睛望着他们，耳朵并没有听到他们的说话，就只当他们是打哑语。小姐自他进来就没再回到沙发上了，他就一个人静静地坐在上面想着事情，跟一个局外人一样。

这样过了很久，等着柯成旗院长记起他来的时候，沙发上的毕仿我先生已经没有了。

毕仿我先生依然是骑车回到家的。中途经过一家储蓄所时，他下来把自行车锁在路边，进里面取了存折上的那笔钱。想不到十年的活期利息还真不少，连同本金，四人的平均数竟远远地超过了八十多块。毕仿我先生简直有些不相信竟有这好的事情，他的眼睛几乎贴着了清单，一遍又一遍地仔细地审查着，仍还是那个数字。等把情况弄清之后，他就激动起来，高兴的同时还有点儿抱怨自己，十年前的那次分配就不说了，十年后的昨天晚上，怎么就没想到有这么多呢？

他决定回家以后，把这笔钱重新再分配一下。

毕仿我先生回家以后就把自己关在屋里，忙乎了整整一个晚上，不吃饭也不喝水，快睡觉的时候他的面前放着了四个牛皮纸的信袋，里面有软的也有硬的，外面分别写着四个人的名字，其中三个都用胶水把口子封上，剩下一个没有封的，上面写着他自己的名字。他把它交到梅芳的手里，望着她孩子般地笑了一笑。

然后他就心安理得地上床睡了。

第二天清早他没有醒来。第三天第四天也没有，第五天第六天也没有，下一个星期和下一个月同样也是如此。梅芳发现他的一切症状都和上次一样，可能他这一睡又是十年。

领掌者

小白脸路村和老板的小蜜眉来眼去，被老板一脚踢出门外，当天就丢了饭碗。他屁滚尿流，走上大街，一双眼睛四处张望，满心希望突然有人从对面走来，问过他的名字，就将他的手紧紧握住，提出让他去担任一个处长。或者一脚踩着个软乎乎的家伙，捡起一看是只钱包，里面的钱数不算太多，正好相当于老板扣他的本月工薪。不过这两种奇迹都没发生，路村摸摸裤兜，左边一个很瘪，右边一个还是很瘪，只在贴近腿根的角落有个小东西，掏出一看，是一枚面值五角的黄色铜币。

越是挨近中午，太阳就越是热，路村的额上冒出一层碎汗，却是冷的，说明饿了。一小绺头发粘住半个额头，把那边的眉毛都遮没了，活像电影里的一个叛徒。背叛自己的老板，可不就是叛徒的行为？路村现在回忆起来，埋怨自己不该头脑发昏，按照组织原则，小蜜跟老板是单线联系，而他却去对个什么暗号，这不明明是搞破坏吗？他后悔得不行，如果不犯这个错误，此时他跟以往一样，正在公司食堂吃着盒饭。路村手里握着这五角钱，想去买点吃的，不管什么都行，可他想起目前的物价，心里凉了半截，五角钱什么也买不着。马路边有个卖烤白薯的，一斤两块五，紧挨着还有人卖水煮的老玉米，一根也是两块，他总不能要求只买其中一截，只买它的四分之一吧？

路村漫无目的地走着，走到一个小报摊前，卖报的老太太见他手里捏着一枚铜币，伸长了脖子问，来张报纸？

路村一想，这五角钱的确只能买张报纸了，就顺嘴答着，来一张。

谁都想不到的，这张报纸竟然使他绝处逢生。事后路村想起这天的奇遇，怀疑卖报的长脖子老太太莫不是观世音菩萨显形，专门坐在这里为他指点迷津？因为这张报纸的中缝里，刊登着一则招聘启事，一家名叫暴风雨文化有限公司的单位，要招聘一名青年职员，年龄学历，身高相貌，正好符合他的条件。路村满心欢喜，按照报上写明的报名地址，甩开大步就向那里奔去。一辆公共汽车嘎地停在身后，他回头望望，很想挤上车去，但又一想，裤兜里的全部资金已经买了报纸，上去也会有人赶他下来。

路村在一个公共厕所的斜对角，发现了暴风雨文化有限公司的金字招牌，一位脸上长着褐色麻点的女人正往门外走着，不知是上厕所还是迎客，差点儿让他撞扁了乳房。麻脸女人双手揉着胸脯，正要发火，见他手拿一张当日的报纸，风尘仆仆，汗水淋淋，脸上的麻子立刻笑得星罗棋布。

请问你来找谁？麻脸女人和蔼地问。

暴风雨文化有限公司。路村扬起手里的报纸喘着气说，他念得很流利，一气呵成。

原来你是来应聘的，欢迎欢迎，我就是暴风雨的总经理。麻脸女人告诉他说。

路村随她步入公司的办公室，和她面对面地坐在老板台前。

麻脸女人亲自为他倒杯水道，你叫什么名字？

路村，道路的路，村庄的村。路村一五一十地回答她说。

今年多大？哪所大学毕业？曾经从事过一些什么工作？麻脸女人又问。

二十八岁，北京交大毕业，给过去的老板当过秘书。路村给自己伪造了一个学历，而且把扫地擦桌，打水倒茶的差事说成是当秘书，说完额上淌下一滴汗来。

好在麻脸女人并没打算深究，尤其没有向他提出一个问题，问他这个秘书当得好好的，为什么又不给老板当了？她好像忽视了这个问题，又好像刚才的提问无非是个例行公事，问完也就完了，然后进入下一个程序。路村正在暗自庆幸，麻脸女人却把眼睛转向他的手说，让我看看你的手吧。

路村的心里打起鼓来，觉得这个麻脸女人很可能在玩一个游戏，或者在搞一个阴谋，当今之世，富婆们闲得没事，百无聊赖，处心积虑地玩弄男人，以此得到精神上的满足。她是否想从他的手上看出他的身份，看出他此前从事的工种，究竟是秘书还是什么。不过从手上看，他的确应该像个白领，因为他干的并非搬运之类的苦力，一双手从来就护理得很好，白白净净，细细嫩嫩，比他的脸蛋儿一点不差，如果不是这个特长，老板的小蜜是不会看上他的。路村想到这里镇定下来，心里变得异常沉着，脸上露出自信的微笑，立刻伸出一只手，把它平放在老板台上，利用她看他手的时候，他也看她脸上的麻点。

你得把手翻过来。麻脸女人告诉他说。

路村把手翻了一面，仰面朝天地让她过目，他发现食指和中指的指肚下面，也就是指节与掌心交界处，有两个黄黄的小圆点，像两粒碾扁的黄豆，那是给老板擦地时让拖把磨的。路村心里咯噔了一下，他怕那两粒黄豆暴露了他，麻脸女人怀疑他不是做秘书的材料，即便把他接收下来，以后也不会分配他做文明的工作。

果然，麻总把他这只手研究完了，又对他一翘下巴说，那一只。

路村豁出来了，把另一只也摆在了老板台上，这只手上同样长着两粒碾扁的黄豆，他盯着麻脸女人的脸，像麻脸女人盯着他的手那样，倒要看她能够研究出个什么名堂。

嗯，有肉，是双好手。这个女人表示出了基本的满意，接着又对他说，你拍拍巴掌给我听听，就是鼓掌，会鼓掌吗？你鼓一个！

这个麻脸女人真有意思，她真的是在逗我玩儿呢，天下还有不会鼓掌的人吗？路村把两只手掌合并起来，啪啪啪啪鼓了四响。这四声巴掌鼓得雄壮有力，四壁回声，连路村自己也想不到会有这么响亮。随着这四下掌声，麻脸女人脸上的麻点一下比一下拉大，扯平，并且放出红红的光彩。最后她站起身子，握住他的手说，恭喜你，你被暴风雨录用了！

那么我的工作，到底是干什么呢？路村喜从天降，却仍有些半信半疑。

就是鼓掌啊。麻脸女人偏着脑袋，张着嘴说，样子很像一个十七岁的顽皮少女。准确地说，就是带领大家鼓掌，从现在起，你就是暴风雨文化有限公司的第十九号领掌员了，你每天将会接到各个会议主办单位的二至四个通知，告诉你什么时间赶到什么会场，坐在几排几座，等待大会开始以后，根据主讲人语气的加强和停顿的间隙，带头鼓掌，必要的时候可以一边鼓掌，一边站起身来，或者回过头去。总之，要给会场造成一种热烈的气氛，把与会者的情绪调动起来，讲话者的劲头提高上去！到了月底，你会根据本月工作的表现和取得的业绩，到公司领取一份工资，有突出贡献的当然还发奖金。

吃饭问题怎么解决啊？路村听着自己的肚子咕地一响，差点儿把这话问了出来，这个庸俗的问题可是他目前的首要问题。不过他坚持着没有问，他实在是不好意思，领到工资还不能买饭吃吗？

不料麻脸女人却替他想到了，很有可能听到了他肚子的声音。你还可以走到哪里，吃到哪里，麻脸女人注意看着他的脸说，会开罢了一般都有人管饭，只要你站在原地不走，主办者会作出适当安排的，这样，你还可以省去每天做饭的时间，以及吃饭的费用。

路村不由得心花怒放，用手掐了一下大腿内侧的肌肉，感觉很疼，证明人还活着，并且不在梦中。天哪，领掌者，他失口叫道，天下还有这样的职称！

接下来，他要按照麻脸女人的要求，在一张登记表上详细填上联系地址，电话号码。路村被老板一脚踢走之后，就没有了住处，也没有了电话，腰上只有一部手机，卡上的钱可能也不多了。路村深刻意识到了目前处境的危险，他的整个生命都系在这个小东西上，便一笔一画，把手机号码填进表里。麻脸女人跟他握了握手，最后又叮嘱了他一句道，记住，第一次参加工作，一定要让自己表现出色，如果运气好的话，也许明天上午，就会有你一个表现的机会。按照惯例，会议主办方将有人一直观察着你，希望你能让他们满意。

路村信心百倍地点了点头，然后走出公司大门。

暴风雨文化有限公司，路村走出门后，又回头看了一眼那块金色招牌，总算懂得，这家公司的名字是什么意思了。

当天晚上八点四十五分，路村的手机响了，谢天谢地，一家会议主办者打来了预约电话。您好，是暴风雨的十九号领掌员路村先生吗？对方的声音非常客气，可以听出是一位年轻的小姐。路村从来没有接到过这样高级的电话，声音入耳的那一瞬间，他的嘴里差点儿说出，对不起你打错了！

我是路村。他一边礼貌地回答，一边从床上爬了下来，因为从早到晚没有吃东西，他已经决定提前睡觉了。

明天上午九点，请您按时出席一个会议，地点是西城春雷会馆，您的座位是七排三号。小姐用客气的声音通知完毕，又补充一句说，记住，入会场时一定对守门人说明您的身份。

什么？我说我是什么身份？路村着急地问道。

小姐在电话里笑了说，您真逗，您不是暴风雨第十九号领掌者吗？

噢，路村长出了一口气道，是的是的。

在激动和饥饿中，路村度过了一个不眠之夜，次日清早起来，洗漱停当，对着镜子把自己整理一番，然后空腹向着西城春雷会馆出发。人们正在陆续到来，鱼贯而入，他尾随在人们身后，按照电话里的小姐吩咐，对守门人作了自我介绍。他的心里毕竟不很踏实，好像有点做贼心虚，准备着人家对他进行一系列的盘问。不料事情出奇的顺利，守门人几乎没有正眼看他，一翘下巴就说，进吧进吧！

路村走进会馆，找到七排三号。七排的位置是很靠前的，而且三号也很居中，主席台上的情况能够一目了然，秃子头上的虱子一般。台上摆着一些姓名牌子，个个名字都很厉害，只是具体的人物还没就座，大抵要等台下的人坐满之后，不然就不成体统了。路村发现坐在前面几排的男女，样子长得很是相似，肥头大耳，挺着肚皮，而坐在自己同排的人，头耳略显瘦小一些，肚皮却也瘦不了许多。路村鼓起勇气，嘴里说着劳驾，高高地抬腿，慢慢地落脚，从人前小心地跨过去，有时身子无意间擦着他们的肚皮，就发现他们用白生生的眼珠瞪他，怀疑他是个没来头的家伙。

路村缩肩收腿，很谨慎地坐在了三号座位，样子简直像一个贼。他偷眼扫了一下左右，认出紧挨他的座位不是二号，而是一号，二号座位被安排在了一号的那边。西城春雷会馆的座位排号，也跟很多会馆一样，以单双数字从中划开。这么说来，路村的座位仅次于一号，也处在会馆的中心。他看见一号坐着的是个红脸秃子，房顶下的枝形灯照耀着这人的红色秃头，就像是下面安了一颗地灯，熠熠闪亮。路村的心里觉得好笑，刚才还想着台上的人物是秃子头上的虱子，身边果然就坐了一个秃子，真是有意思得很。红脸秃子明知道身边坐了人，却凛然地昂着一颗秃头，目不斜视，眼光炯炯地射向主席台上。

主席台上的大人物们开始陆续光临，陆续就座，陆续翻动着面前已经摆好的文件了。他们的身子比台下前排的人又大了一圈，以至于挤坐在一起，显得有些密不透风。身穿旗袍的小姐屁股扭扭地走来，往桌上的杯里注进茶水，这排人都端坐着不动，唯有位居正中的一位老者，一手端起茶杯，一手用杯盖在上面慢慢刮着，后来把嘴皮子往杯口轻轻一碰，鱼儿触食似的，接着就又放回了原处。路村看得真切，断定这人就是今天最大的头物，暗中把他定为主要目标。他看见一个坐在台子一侧的人，是所有人中唯一的瘦子，可能是个主持人的角色，率先握起话筒，噗噗噗一连吹了三口，声音经过电器传播，立刻满馆都听到了。这人就放心地主持起来，说是大会现在开始，今天到会的有某某某某，因事没来的有某某某某，我们首先请某某头衔的某某同志，给我们作很重要的思想报告。

路村坐在下面摩拳擦掌，严阵以待，跟他猜想的完全一致，瘦主持首先介绍的那位某某，正是他断定官职最大的老者，这么说他今天的第一步就对了，接下来的工作肯定会顺利进行。路村一下子兴奋起来，忽然想起领掌的事，慌忙抬起双手，但是掌心还没合拢，却猛地听得身边啪啪两声，一号座位的秃子已经抢先下手，随后满场的掌声就响成了一片。路村在心里犯着嘀咕，想他这个十九号领掌者还没鼓呢，这掌声到底算是谁的？这时他想起离开暴风雨文化有限公司之前，麻脸女人对他说过的话，担心有人暗中使用一种仪器，监视着他今天的行动，一旦察出了他的失职，会及时通知给暴风雨，月底扣掉他的工钱，或者索性让他滚蛋，就像过去的老板对他一样。路村把自己吓得一抖，与此同时，没吃早餐的肚里又咕地响了，正好全场的掌声稀落下来，这一声肚响异常清晰，一号位上的秃子误以为他是放屁，屏住呼吸，眉毛向中间恶狠狠地一皱。秃子的眉毛也是秃的，其实只是两根青筋，小蚯蚓似的趴在眼眶的上方，这一皱就像是要钻洞了。

这个秃子真是讨厌，如果不是多管闲事，就是存心要夺人的饭碗。路村愤愤不平地想着，暗中已把他当作眼中钉了，却又不能把他怎样，只好先咽下这口气，集中精力，等待下一次的机会到来。不错，机会很快就要来了，因为瘦主持隆重推出的那位老者，第二次把茶杯端到嘴边，这次真的喝了一口，润润嗓子，接着又挪挪屁股，让上下各处都舒服了，就开始作起了重要的报告。路村的神经紧张起来，吸取上回教训，不敢胡思乱想，全身来了个总动员，耳朵注意听老者的声音，眼睛注意看老者的嘴唇，双掌暗暗地放在两腿之间，随时做好鼓的准备，既要藏好不让秃子看见，又不能让腿夹得太紧，以至于事到临头抽不出来。路村过去是听过报告的，大致的规律他还懂得，重要人物在台上讲话，一般会有数次鼓掌，开头一次，结尾一次，中间还有若干次。比方说念完一段讲稿，停顿的时间稍稍一长，或者抬起头来把嘴闭上，亲切地看看大家，那么百分之百，这必然是等待掌声的信号，他就可以当机立断，啪地一下把掌声拍响。

老者的重要报告，路村一句也没有听进去，对他来说，这个报告一点也不重要，简直是白作了。但他的心脏却一直跳得很快，他的心跳还从没这么快过，即便过去跟老板的小蜜眉来眼去，虽说心情是激动的，却也并不怎么紧张，老是紧张还有什么意思呢？直到那次老板突然出现在他的面前，他才缺乏准备地紧张了一下。路村由此及彼，此时想到一个严重问题，领掌者这个特殊的职业，得心脏病的可能性一定很大，而且精神过于集中，大脑也容易受到刺激，还会引发脑血栓之类的疾病，也就是俗话说的中风，病人要么一下就完了蛋，要么活过来后嘴眼歪斜，口水直流，像个丢人现眼的傻子一样。这么想着，路村的精力又分散了，老者却恰好把头抬了起来，眼光是那么的亲切，态度是那么的和蔼，脸上很像是带着一丝慈祥的笑意，路村被他笑得一愣，正这时候掌声响了，又是身边的秃子先下的手。

路村怀疑这其中大有文章，要么老者是秃子的亲爹，要么秃子是老者的干儿子，不然何以会这样地孝敬他呢？大家的掌声响完之后，秃子的掌声又响了几下，掌声执着而又有力，台上台下都能听出，秃子的掌声贯穿了这次会议的始终。他不仅是一个领掌者，而且是一个结束掌声的人，最后的三下鼓掌，使他上半截身子的动作显得有点儿夸张，他昂起秃头，挺起胖腹，把两只又肥又大的手掌举到了右耳朵边，分明是不仅要让坐在台上的大人物们看见，而且要让坐在台下身侧身后的小人物们也看见。

　　不必担心，老者的报告不会太长，目前已有迹象表明，并不属于王婆娘的裹脚。因为路村听到，老者的嘴里已经出现了"最后"两字，想必再有几句就要宣告结束。一定是秘书看他年纪大了，存心让他少讲几句，以免发生意外。路村心里暗暗测度着，从老者桃花色的面容上看，他的血压不会太低。路村把心提到嗓子眼上，耳朵直竖，两眼圆瞪，发誓要抓住最后的机会，从秃子手里夺回领掌的权利，如果再不力挽狂澜，他可真是要第二次失业了。他排除所有的杂念，一个字一个字地聆听着老者的报告，等他念稿的语气越来越有力量，眼睛也快要脱离讲稿，直着看向台下的听众时，估计最后的时刻快来到了，再不鼓掌可就来不及了，突然他铤而走险，挥动两只手掌鼓了起来。人们听到他孤独的掌声，眼光从四面八方射向了他，他的掌声响过之后，别人的掌声并没有及时跟上，老者的讲稿还在手中，声音尚未停止，嘴里相继又出了两个"最后"，这个报告才总算正式作完。但是真正要鼓掌时，受了打击的路村动作却又一次的迟缓，依然被秃头恰到好处地领导了掌声，满场立刻万掌齐鼓，春雷会馆真的变成雷鸣一般。

路村懊丧极了，几乎被打趴下去，无脸见人。想不到跟着别人鼓掌容易，领导别人鼓掌是这么难，过去真是轻看了它，辜负了麻脸女人对他的聘用，暴风雨文化有限公司的这碗饭，看来又将吃不成了。他跟自己赌起气来，有一会儿他都不想坐下去了，直想起身离开，出去另谋一条生路，随便找家餐馆，给老板抹个桌子，洗个盘子，有碗饭吃就行。只是要吸取教训，痛定思痛，千万别再跟老板的小蜜来往。路村的心里这么想着，身子却仍没动，他知道开会的规矩，无论会议多臭多长，主持人不宣布散会，人就不能中途退出，除非要拉屎撒尿，临时去上厕所。但是把屎尿拉撒干净以后，人还得回到原本的地方。更何况，从昨天到今天，一日一夜不吃不喝，他哪里有什么屎尿呢？

不过事情既然到了这个地步，那就还是坚持着吧。等着台上的大人物们都讲了话，瘦主持宣布今天的会议到此结束，路村仍没成功地领导一次掌声。这里除了他的鼓掌总是慢了秃子一拍，说起来还有一个原因，就是自从鼓错那一次掌后，心里一直有着余悸，再也不敢贸然先鼓了，这一下他就等于弃权，而把全部的机会都让给了秃子。路村对这个红脸秃子既心怀怨恨，又无可奈何，同时骨子里面还有一丝佩服，不知道这人究竟是个什么角色。他曾经怀疑老者是秃子的亲爹，或者秃子是老者的干儿子，但是当老者作完报告，台上的大人物们依次讲话，秃子统统对他们报以热烈的掌声，照这么说，那些人总不会个个都是秃子的亲爹，秃子也不会给那些人个个都当干儿子吧。那么这个神秘的红脸秃子，他何以对鼓掌有着这么大的兴趣，这么多的研究，这么卖力和这么卖命，他究竟想通过拍打自己的两只巴掌，实现一个什么目的呢？

会议总算是结束了，最后一阵暴风雨般的掌声，照例是在秃子的领导下全场鼓起的。路村目送着台下的人一阵阵地走开，自己却仍坐着不动，害怕有人认出他来，嘲笑他不到火候就鼓起了掌，真是一个没有鼓掌经验的傻子。他倒不是记着麻脸女人的话，等着会散了他去吃饭，这顿饭看来是吃不成了。他已经确信自己出师不利，第一天就让会议的主办者感到失望，从而要被暴风雨公司解聘了。路村的肚子不顾一切地咕咕响着，要他再去寻找新的工作，他定一定神，站起身来，刚想跟在人的后面溜出会场，左边的一只肩膀这时却被人一下按住，一个陌生的声音对他喝道，站住！

路村这一下子吓得不轻，斜眼一望，左肩上搭着一只又肥又大的手掌，由于经常性地练习击打，它上面的肌肉饱满，颜色红润，跟一只开水烫过的熊掌差不多。顺着这只手掌向上看去，路村果然看见了那个神秘的秃子，依然目不斜视，面无表情，一手撑在膝上缓缓地起身，又对他喝道，跟我走！

他不知道自己出了什么问题，可别掌没鼓好，饭没吃着，饿着肚子倒给自己鼓出祸来！路村的胸口扑通乱跳，却强作镇定，不许身子有半点发抖，自己为自己鼓着气说，走就走，就硬着头皮跟秃子走了。

红脸秃子带他走上主席台，这里已经人去台空，两位穿旗袍的小姐正在台上打扫残茶。他看见秃子走过台子的时候，伸手在两个旗袍小姐的屁股上，一人拍了一下，然后从台子的后门走出，踏着楼梯向下走了一层。秃子带他来到一间地下餐厅，找个位子坐了下来，指着对面的椅子对路村说，坐下！

饥肠辘辘的路村乖乖坐下，心想只要有饭吃就行，吃饱肚子，挨打还是挨骂，由他去吧！路村总觉得，这个人是官方安排的人，这顿饭也是官方安排的饭，便用脸部的肌肉对他笑着，笑得讨好极了，笑到中途的时候他小心着说，这位领导对我有什么意见，尽管批评和教育吧！

秃子心不在焉地扭过秃头，大声招呼小姐斟酒上菜，俨然一个有功之臣，不等酒菜上齐，先用筷子夹了颗饱满的花生米，放进嘴里嚼着，这才对路村说，告诉你，我不是领导，我是暴风雨的第十一号领掌者，干三年了，你可以叫我老师，或者叫老兄，叫老秃也可以的，总之叫什么都没关系，只要能学着把掌鼓好！麻总安排我坐你身边，带一带你，这碗饭也不是好吃的，咱哥们儿都不容易，来，干杯！

路村愕然举杯，从三个称呼里选了一个最好的说，老师，麻总……暴风雨……还会要我吗？

秃子把酒一饮而尽道，老弟，这就看我帮不帮你说句话了，问题是有一点，但还不算太大。第一次嘛，你的鼓掌意识还是有的，只是火候不到。火候这个东西，不是一次就能把握好的呀！

路村脖子往前梗着，很想给对面的秃子磕一个头，但桌上的酒菜挡住了他。他的眼泪流了出来，情急中又叫了一声，老师，求求你帮小弟一把！

秃子立刻又面无表情了，并且把眼也闭上了说，上次嘛，我曾经帮了一个，就是现在的暴风雨十七号，当时他说要谢我恩，每月给我百分之十的提成，后来呢，他妈的，这小子！

路村刚听到一小半，就完全明白了他后面的意思，呼喊救命似的赶紧叫道，我不会的老师，我不是那种良心被狗吃了的人，不信你就看看，我可以先把提成给你！

他看见对面的那双眼睛，一丝一丝地睁了开来，最后一下子睁得很圆，贼亮地盯在他的脸上。

这样也好。秃子同意了说。

路村心里猛地一虚，想到自己的裤子兜里，连那枚黄色铜币也买成了报纸，冷汗又从额上滚了下来。为了取得老师的信任，他跟所有的赌徒一样，本能地想到抵押。可他身上能值点钱的东西，除了衣服，余下的就是那只手机。

我先把这个送你，月底发了工资，一手交钱，一手取它。路村觉得自己像个义士，把手机从腰上一把摘下来，慷慨大度地推到秃子面前。

你是个好兄弟！秃子赞美他说。

这顿饭没人提出买单，暴风雨十一号领掌者精通会议的惯例和标准，四菜一汤外加一瓶酒，由会议的主办者负责结算。他吃好喝好，熟练地擦擦嘴巴，站起身来。路村终于吃上了两天来的第一顿饭，不停地打着饱嗝，跟着秃子往外走去。他看见了自己小巧的手机，这时已挂在了前面那人的粗腰上，心里突然一阵恐慌，想到下午若有会议主办方打来电话，他到哪里去接呢？

路村昏头昏脑走上大街，都想不起脚往哪里迈了。

鱼祸

　　错以为它没长眼睛的人，命中注定要大难临头。当种佬和他的婆娘明白这个事理的时候，已经晚了。

　　自从种佬的婆娘一鼓作气生下四胎之后，种佬便成了乌山洼一带的知名人物。不过名声并不重要，重要的是第四胎的品种得到了改变，小肚肚的下面终于长出一根小红薯疙瘩似的东西了。老天爷，有了后哇！种佬的老爹手摸着和热泪一道奔涌出来的眼屎喊出这一声后，就含笑九泉了。种佬要永远记住老爹这声最后的呼喊，就为婆娘产下的娃儿取名后崽。

　　后崽目前正蹲在鱼池子边，百看不厌地观看一池子黄亮黄亮的鱼，嘻嘻笑着，嘴里一汪一汪的口水就流进池子里，把池水荡起一弧一弧的波纹。那个小红薯疙瘩就在他的肚肚下面结实地吊着。它已经长大一点了，不久的将来，就会是一个和种佬一样的大红薯疙瘩了。后崽的手里举着一根扫帚苗子，当他用扫帚苗子去戳池子里那条最大的鱼时，随着光屁股的一翘，小红薯疙瘩就乘机自由地晃荡一下。

　　坐在屋角埋头数钱的种佬婆娘，听到大鱼挨戳后发出一声短促的哀叫，那叫声像吃奶的婴儿一样，叫罢一声就在水里扑扑通通地逃跑了。种佬婆娘转脸就看到了她可爱的后崽，不由得心花怒放。她每隔几天都要把藏在一只深坛子里的钱取出来复核一遍，然后再原样地放回深坛子里，坛口盖一层塑料纸，再舀两碗白米倒在上面，盖上坛盖，把坛子推进床底靠她枕头的那一边。坛子里的钱都是用池子里的鱼换来的，种佬婆娘用绑头发的橡皮筋把它们绑成一沓一沓，每数完一沓，就塞在屁股下面坐着，然后往指尖上吐口唾沫，美滋滋再数下一沓子。

只有一次，那是一个阴雨天气，种佬送买鱼的城里人到村口去了，池子里剩下的鱼突然哀叫起来，刚从这里冒出一声，接着又从那里冒出一声，好像被牛羊踩了的一群婴儿。婴儿似的哀叫短促而又凄厉，叫得她心惊胆战，毛骨悚然，当天晚上竟做了噩梦。醒来以后，她一身冷汗地摇醒种佬说，等这池子鱼卖完了，就不要再养了，钱是挣不完的，再说我们也挣够了！

你说什么胡话？种佬被她说得懵里懵懂。

刚才我梦见老爷子了，他说我们家里要出大祸了，我问他是什么祸，老爷子就拿手指池子里的鱼。种佬婆娘神秘兮兮地说。

你这个蠢婆娘，你怎么把个梦当真了！种佬嘲笑着她，翻个身又睡过去了。

以后这样的梦种佬婆娘又做过好几次，但她没有再给种佬说了。她只是自己暗暗地警惕着，防备着强盗和小偷。根据种佬婆娘的理解，死去的老爷子向她托梦，所说的祸是有人要谋财害命。

所以每次当她数钱的时候，房门都是用两道木闩插紧了的，别人喊开她绝不会开，必须听出是自家三个女娃子的叫门声，她才会慢慢撅起身子，一边唠叨着一边开门，人一进来就又把两道门闩插紧了。

大的一个扛着捞鱼的网兜儿，第二个提着捞起的野鱼儿，最小的闲着两手，统统是两脚水淋淋地回家来了。女娃子们每天去门前的一条小河里捞野鱼儿，捞回来自己和娘不吃，也不给种佬下酒，而是丢进池子喂里面的鱼吃。池子里的鱼是一种特别珍稀的鱼，它们不吃一般的东西，要吃只吃半寸长的小野鱼儿，不然就绝食。

这些鱼日的坏家伙，比人还挑嘴！经过几次绝食的较量，种佬有一天愤愤不平地骂了它们。但是骂过之后还是一如既往地派三个女娃子去河里捕捞它们唯一爱吃的小野鱼儿。他希望它们快吃快长，因为只要能长，一切都是划算的。

城里人天黑又要来了。尝到甜头的城里人这次来要订购六十斤鱼。六十大顺，这可是一个好数字。六十斤鱼的价钱，足够管钱的婆娘吐唾沫数上一个时辰。这些年来一家人吃饭，盖房，交给上面因为超生而罚的款子，都来自那个城里来买鱼的人。至于城里人买了他的鱼到城里又卖多少，他不管，他知道他是管不着的。

种佬心里的账是这么算的：三个女娃子捞小野鱼儿喂池子里的鱼，池子里的鱼长大了卖给城里人，城里人付给他买鱼的钱，他拿这钱去交罚款，罚的款是婆娘生这三个女娃子的。当然后崽也占了一份。

如果第一胎利利索索的就是后崽，哪会有后来的这回事呢？种佬这样想着，就不觉着欠三个女娃子的债了。她们都不上学，为了喂养池子里的鱼，都献身于捞河里的鱼了。

池子里的鱼食量大得惊人，种佬的三个女娃朝朝暮暮去捞小野鱼儿，才勉强能够供应上它们的吃。它们一动不动地埋伏在池底，好像死了一般，初进池子的小野鱼儿仍把池子当作小河，在里面快乐地游着，游着游着一游近它们的嘴边，池底的死鱼突然就活过来，昂头一嘴，快乐的小野鱼儿转瞬间没有了。

这是一种奇丑无比的无鳞鱼，通体黄亮，从腹到背颜色由浅转深，到背顶时就显出一团团棕黑的暗斑。因为生满黏液，它的身子滑腻如油，一张紧闭的宽嘴把扁平的脑袋横切成上下两半。腹下长着四只肉脚，身后拖着一条爬行动物的尾巴。小野鱼儿没有发现它的眼睛，它的眼睛长在头顶的两侧，像两粒乌黑的菜籽，永远不闭也不眨动。

它不像别的鱼一样在水里游走，倒更像是冬眠的僵蛇。只有在小野鱼儿游近嘴边，或者后崽的扫帚苗向它戳来的时候，它才会突然成为活的。运动的肌肉据说味道鲜美，天知道它的肉为什么那样好吃，那样富有营养。城里人从远处赶来完全是为了这个，种佬也是为了这个才喂养它。

第二次在外面喊开门的是种佬，这时候种佬婆娘的钱已经清点完毕，重又藏进那口深坛子里了，她就纵身起去把门打开。种佬的背后跟着那个城里人，他们两个是在村口那条机耕路上碰着的，种佬就坐在城里人的摩托车上让他带了回来。摩托车的后座上本来拴着两只大塑料桶，种佬坐上去后就把它们一边一只提在手里。他们一路而来的样子，很像一只长着两只红翅膀的大蝴蝶。

城里人进门就直奔鱼池，池子里的鱼大小参半，城里人讲好了只买一斤往上的大鱼，这一点和种佬的想法完全一致，因为卖鱼从来是论斤不论条的，身子还没长圆的小鱼儿卖到城里，吃的人嫌它肉少，卖的人钱也不多，肉少给的钱少，买者并不吃亏，而卖者却是可以把它喂大再卖的，所以把做种的小鱼儿也匆匆出手，吃亏的只是种佬。

价格是过去订好了的，随着分量的增多，比上次再略略地下跌一点。城里人只提出了一个新的要求，把买好的鱼过好秤后，每一条给它喝上两口啤酒，让它们醉过去，一路上不在桶里扑通。城里人强调说，有一次在他买鱼回城的时候，摩托车正经过一家餐馆的门口，一条鱼忽然从桶里溜了出来，出门招客的胖老板娘一脚踩在它的背上，疼得它一声怪叫，一昂头咬住了胖老板娘的尖头皮鞋，胖老板娘连吓带滑一个屁股蹲儿摔倒在地。幸亏胖老板娘不认识那条鱼的品种，如果换了见多识广的老板，嚷叫起来可就坏了他的大事。他一伸手把那条惹祸的鱼抓起来扔进桶里，赔了胖老板娘两百块钱，胖老板娘的尖头皮鞋被它一嘴咬破了五个窟窿。

城里人鉴于这个教训才附加了一个额外的条件，而且要求他啤酒要喂得适量，少了它还得溜出桶去，而多了却会醉死，只有不多不少才会在他回到家后慢慢苏醒过来，好像做了一场鱼梦。

这些鱼日的家伙，还要喝老子的酒呢！种佬一边骂鱼，一边百依百顺地答应着城里人。他认为这个附加的条件其实没有一点问题，一斤酒不值多少钱，就是十斤酒也比不上一斤鱼的价格。他抄起一只捞兜，按照城里人的指点，把池子里大些的鱼一条一条地打捞起来，放进城里人带来的大桶里。

在做这些事情的时候，后崽一直都蹲在池子边上，用扫帚苗戳着鱼玩儿，小肚肚下的小红薯疙瘩倒映在水池子里，随着他的动作一晃一荡。他认准的还是那条最大的鱼，被他戳过一下的大鱼逃到哪里他就追到哪里，手里的扫帚苗专戳它那奇丑无比的脑袋上两颗黑粒。那条大鱼在池子里四处奔逃，形势对它越来越不利了，因为不仅是后崽沿着池子用扫帚苗追击着它，城里人的眼睛也被它的罕见的机智和顽强吸引了去。

我就要那一条！城里人说。

要哪一条？种佬说。

喏，就是后崽拿扫帚苗子戳过的那条！城里人说。

是那一条？你的眼睛真毒！种佬说。

种佬认准城里人所指的是那一条大鱼后，眼睛顺便把满池子的鱼都巡视了一遍，发现它真是最杰出的一条，它的颜色黄里透黑，油光水滑，从头到尾大约有一尺五六寸长，估计得有三斤重了。由于颜色比其他的鱼深，两只油菜籽大的眼睛就更不容易被人看得出来，不过只要人一认出那两颗黑粒，就会觉得它们的与众不同，它们的外面看着雾蒙蒙的，从雾气中却闪出两点异样的光，那光点亮得出奇，像似两盏隐藏在洞口的极小的黑灯，当人的眼睛盯住它时，那两盏小黑灯就对准着人，身子则纹丝也不动。

后崽早已盯上了这条大鱼，几乎每天从早到晚，他都蹲在池子边上，用一根扫帚苗戳那条大鱼玩儿。最初的时候后崽的扫帚苗老是戳在大鱼的背上，滑下去又戳着了它的肚子，如果是别的鱼，会突然一下动起来，证明它是一个活物，但是这条大鱼却仍然纹丝不动。后崽以为它已死了，接着用扫帚苗去刺探一下它的小眼，但是当扫帚苗只一触到那两只小眼之间的头骨，僵死的大鱼这时才"泼剌"一声，把池子里的水溅得老高，然后快速地逃走，挤到其他鱼的腹下去了。

有了经验的后崽以后就直接用扫帚苗戳它的小眼了。他觉得这个把戏非常好玩儿，装死的样子，溅水的声音，还有吓得逃走的样子，都给了他无限的快乐。随着他沿着池子四处寻找和追击，他的肚肚下吊着的小红薯疙瘩也快乐地蹦跳着，池水中映着它鲜明的倒影，它就在鱼们的嘴边荡来荡去。

现在，种佬按照城里人的指示，手持一杆竹篾编成的捞兜来打捞那条大鱼了。可是就在这一眨眼的工夫那条大鱼已经不见了。在此之前大鱼一直隐蔽在一群黄色的小鱼中，尾巴紧贴着池子的一方石壁，脑袋朝着池子的对面，小眼死盯着种佬和他手中的捞兜。它看着捞兜一次一次地落在池子里，每一次都有几条鱼被他捞着，带着长长的流水倒进桶里，种佬就放下捞兜，弯下腰去，从桶里挑出个头儿小些的鱼重新扔回池子里，剩下大些的就让它们在桶里待着。大鱼藏身的位置距离种佬最远，他们恰好处于池子的两岸，种佬手中捞兜的长度还差两尺才能达到大鱼的身边。

种佬四处寻觅着那条大鱼的踪迹，这些年每天看鱼捉鱼，和大同小异的鱼们混在一起，种佬的眼睛已经有些放花了，如果是见鱼就捞没有问题，挑出大的扔回小的也没问题，问题是不能在满池的鱼中很快找准其中的某一条。种佬佩服城里人的眼睛毒，果然还是城里人一声大叫，把重新发现的大鱼指给了他，这下他才把捞兜提在手里，沿着池子边上走了过去。

你个鱼日的家伙，你给老子倒是躲得远呢。种佬愤愤地骂着。

挨骂的大鱼发现了种佬的意图，两粒油菜籽似的小眼死盯着他，擦着池底的肚子下面就像安有一副转轴，随着他的一步步走近而转着身子。种佬很快走到池子的对岸，弄顺了手里的捞兜，照着这条大鱼一兜扎了下去，他看见捞兜里黄黄黑黑的一团，好几条鱼同时被捞进兜里，他要捞的那大鱼肯定也在里面。

老子叫你躲，你个鱼日的家伙！种佬嘴里一边骂着，两手一边平举起水淋淋的捞兜，直着身子往鱼桶这边靠近，那样子像是电影里一个端着步枪的士兵。还没走到桶边，城里人就迫不及待地迎了上来。

呃——，那条大鱼呢？城里人愣住了说。

不在这里边吗？种佬说，我亲眼看见它吱溜一下子进去了的！

你亲眼看见？你亲眼看见你给我找出来！城里人说。

听见城里人用这样的语气说话，种佬不由得看了一眼他的脸，他看见城里人的那张小白脸都有些红了。

他把五尺多长的捞杆一寸一寸地往身后挪着，让手接近那个水淋淋的鱼兜。当他看到兜里的确没有那条大鱼时，他就只好又骂了一句为自己下台，你个死鱼日的坏家伙，你把老子都给蒙了！

种佬第二次举兜向着那条大鱼走去。那条大鱼的四只脚死死地贴着池底，身下却像安了转轴，从头到尾随着种佬的走近而机警地转动着。它眼前那层灰蒙蒙的雾膜已经看不见了，两粒油菜籽似的小眼睛此时亮得出奇，种佬手里的捞兜一进入手中，它立刻迅速地撤退，几下就退到了池子的中央。

这个距离种佬还是够得着的。种佬的捞兜跟踪追击，这次种佬还特意把眼睛眍了一下，照准它一兜捞去，明明看见兜里进去了好几条鱼，也不急着收起，却仍用力去够它的身子。大鱼的四只脚把池底扣得铁紧，隔着一池子水，种佬还可以听到鱼脚尖利的趾甲抓动池底的石板，发出嘶嘶啦啦的声音。这使种佬的捞兜每一次都从它的尾巴滑到背上，再从背上滑到头下，在种佬一次又一次的落空中，大鱼已经安全地退到了捞兜够不着的地方趴着，等种佬气哼哼地追到那里，它却又用这个老办法，逃到池子的另一边了。

你个鱼、日的家伙，你把老子、都累死了！种佬累得跑不动了，骂它都骂得语不成声。

不要泄气，歇口气再捞。城里人鼓励他说，同时证明自己的态度是坚决的。

于是种佬歇了口气，重整旗鼓又开始捞了。但是连城里人也没有想到，种佬歇口气的时候大鱼也歇了口气，因此当种佬的捞兜再一次向它捞来，它就用更大的力量扣住池底，然后用更快的速度逃了开去。一身臭汗的种佬承认自己快不行了，他把水淋淋的捞兜一下子扔在地上，决定投降。

不要这条、鱼日的家、伙了，换一、条吧！种佬用惨兮兮的调子劝城里人说，其实这条有、什么好，我再给你捞、条好的！

那怎么行？越是厉害的家伙肉越是好吃，我认出来了，这是一条鱼王，今天我是非要这条鱼王不可！而且这条鱼王我谁都不卖，给多少钱我都不卖，我要留着自己吃它！城里人的态度反而是更加坚决了，他的小白脸上容光焕发，好像已闻到了鱼的香味。

种佬无可奈何地坐了下去，就坐在池子边上，两眼望着池里的鱼们发呆。他想不出城里人为什么要这样与他为难，什么鱼王不鱼王的，杀死了扔到锅里一煮味道都是一样，他怎么就不明白，越是厉害的鱼越是不好杀死，万一下刀时它咬自己一口，或者身子一挣，害得把自己的手给割了，味道再美也吃不下去了呢。

不过城里人既然点名要它，那就由着他吧。种佬在池子边坐了一会儿，气喘得平和了些，觉得屁股下面很凉，就站起身子，做了一个挽裤腿的动作。

对了，捉！你早就应该下去捉它！城里人看懂了他的意思，立刻又兴奋起来。

种佬一声不响地挽高两腿，脱下鞋子，慢慢地下到池子里，用腿肚子排开众多的鱼，直着向那条城里人叫它鱼王的大鱼走去。

在种佬四处捉拿大鱼的过程中，他一家子都紧张地挤在池边。婆娘端着一簸子米，簸一簸里面的糠皮，不时用手拈出一粒没碾破的谷子，顺手就扔进池子里，眼睛也随着谷子向那里瞟去，看鱼们吃还是不吃。三个女娃子今天捞得的小野鱼儿比昨天还多了十几条，她们完全可以不再去捞，而在家里和后崽一样蹲着看鱼，看她们喂大的鱼。后崽一直在种佬的屁股后面颠儿颠儿地跑着，种佬捞到哪里，他就看到哪里，长长的口水就流到哪里，看着种佬挽起裤腿跳进池子，后崽就提前跑到那条即将被捉的大鱼那里，很近地蹲在池子边，肚肚下的小红薯疙瘩翘翘地亮在鱼们的头上，等着看下面的好戏。

种佬排开众鱼，一步一步地向着鱼王靠近。鱼王的眼睛死盯着种佬，种佬的眼睛也死盯着鱼王，种佬每前进一寸鱼王就后退一寸，种佬听见了鱼王后退时脚趾和池底摩擦的声音。在双方只隔半步之遥的地方，他的脚停住了，鱼的脚也停住了，他们都不退也不进，就这么紧张地对峙着。

捉呀，捉呀！城里人沉不住气地小声叫道。他看了一眼腕上的金表，觉得进度实在是太慢了。

种佬听见了仍像是没有听见一样，依然那样站着，只是把身子慢慢地弯曲下去，隐藏在背后的双手也慢慢地向两侧挪动。鱼王又一次觉察出了他的动机，那张把脑袋横切为上下两半的大嘴咧了一下，却一点也没有后退。突然间，种佬疯了似的扑下身子，两手像钳子一样捏住了鱼王的颈子，鱼王在他的手里猛烈地挣扎着，嘴里发出婴儿的叫声，整个身子拼命向里蜷扭，两只后脚撕抓着种佬的手背，殷红的鲜血立刻从种佬的手背上流了出来。

在池边观阵的种佬婆娘和他们的三个女娃子同时发出一声尖

叫，种佬婆娘甚至扔了手中的米簸子，倾着身子往前冲了一步，想来包扎种佬受伤的手背的样子，可是一看到那条鱼王的凶相，吓得反而后退了两步。

你个鱼日的杂种，老子今天要把你掐死!种佬咬牙切齿地骂道。

他的手任它撕抓着，半点儿也不敢放松，他知道一松手它就会掉回池子里，凭着它的实力就很难再抓住它了。他把它的颈子死命地掐住，从水里艰难地回到岸上。

千万别掐死了!我要的是活鱼，不是死鱼!城里人怕种佬恨到极处，说话算话真的把它弄死了。死鱼带回去吃起来味道可是不一样的。

种佬只好把它扔进桶里，俯下身去在池子里擦洗自己的血手。

除了婆娘脚步仓皇地奔去看望种佬，他们的两个女娃子以及后崽全都围在了那只桶边。城里人也及时地凑到那里，用手把两边的女娃子扒开一些，自己就蹲下身去，细细地放赏那条终于被擒的鱼王。鱼王那两粒萝卜籽大的眼睛怀恨地对视着他的眼睛，四只脚还像在池子里那样用力地抓着，被压在下面的鱼们立刻惨叫起来，叫声像一群疼痛的婴儿。

你知道是我要吃你，两只小眼才这样盯着我吧?城里人幽默地望着它说。

桶里的水没有装满，最后一个进入桶中的鱼王大半个身子淹在水里，和其他的鱼们混成一团，水面只露出它扁宽的脑袋。露出的脑袋比身上的颜色要深一些，因为在水外的缘故更显得油光发亮。城里人忽然想知道它的全身究竟有多长，好以此估出它的重量，凭着眼力，他觉得这条鱼比他过去从种佬这里买走的鱼都大，要不他怎么叫它鱼王呢?他抓着桶沿摇晃了两下，鱼王的身体没有出来，脑袋反而又淹进去了一些，城里人不敢再摇，害怕再摇下去它将全部淹入水中，彻底被其他的鱼们覆盖。

好奇心使城里人产生了一个大胆的想法，其实这个想法更像是后崽想出来的，他居然忽视了种佬刚才手背上的鲜血，把身子绕到鱼王背后，试探着用手去提鱼王的后半个身子。他设想的是突然提起来又突然丢下去，这样可以把它的重量估出一个大概，全部过程掌握在一秒钟内，鱼王在这一瞬间向他复仇的可能性不大。城里人认为，刚才种佬的手背被它抓出血来，是因为捉住它后双方较量的时间过长。

城里人的手向着鱼王的身后伸去。和他的小白脸一样，这是一双又白又嫩的手，比种佬婆娘的手白嫩多了。进入桶里的白手在墨黄的鱼中显得特别醒目，鱼王的两只小眼一定早已注意到它了，当他的指尖刚一触及它的腰部，只见那鱼王呼啦一个转身，昂首就一口咬住了他的中指。城里人疼得大叫一声，本能地一抽手，但是鱼王也随着他的手指从桶里吊了起来，任他怎么甩也休想甩脱。城里人又疼又怕，嘴里发出救命般的呼喊，快来呀，快来给我把它打下去!

种佬的两个女娃子吓得一哄而散，只剩下一个后崽还趴在桶沿看着好玩儿。坐在池子边上的种佬伸长那只受伤的手，正让婆娘用一块白布给他缠着，白布刚一上去就被手背的鲜血染成了红的。种佬疼得吸溜着嘴，心里也直犯嘀咕，想到这手至少要十天半月才好，担心因为这个而少挣了钱。这时猛听到城里人的喊声，他知道只能是冲着他的，便一纵身奔了过去。他用那只没有受伤的好手去抓吊在半空的鱼王，刚一触到它的身子，又被它锋利的脚指甲抓破了几处，依然是手背，现在种佬的两只手都沾满自己的鲜血了。但是他必须要营救城里人，城里人大老远的是来买他鱼的，是他的鱼咬了城里人，这个责任应该由他来负。何况这个家里除了他，谁也不是那条鱼王的对手，谁也救不了城里人。

你这个鱼日的坏家伙，赶快给老子把嘴松了!种佬以对人的口气威胁着鱼王。

他不顾一切，用一双鲜血淋滴的手掐住了鱼王的颈子，想的是人的颈子若被掐了，出不了气就会自动地张开嘴巴，如果鱼也是这样的话，嘴巴一张城里人的手就会从中脱离。于是他奋力地掐着，吊在城里人手指上的鱼王几乎把身子翘成一只铁钩，四只脚爪与种佬的两手作着殊死的搏斗，任他把颈子掐断也决不张开它的大嘴。鱼王的身子太滑了，有时用力过猛反而使它从手中溜出，种佬手指上的血布又被撕了下来，像红旗一样随着他手上下挥舞。

种佬和鱼王斗得越激烈，城里人就疼得越厉害，他都快坚持不住了，心里对种佬解救的能力产生了怀疑，这时尖着嗓子嘶喊，快来把它杀死!快来呀!

你不是要活的不要死的吗?种佬对城里人的表态不大放心，担心他是疼极了说着气话，如果真的杀死他却又不要了。

我不要活的了!我叫你杀你就杀呀!城里人愤怒地吼道。

种佬不敢再犹豫了，突然他丢开鱼王箭一般地跑去，返回来时手持了一把尖刀。他一手去掐鱼王的颈子，一手挥刀来剖鱼腹。鱼王的身子比油还滑，一只手根本掐它不住，他就把刀背放在嘴里咬着，依然两手合力来掐鱼王，等把鱼王掐住以后，才腾出一只手取下嘴里的尖刀，向它肚子一刀扎了进去。

乌血从划开的鱼肚淌了出来，接着露出来的是一截肮脏的鱼肠，鱼王的嘴里发出婴儿似的惨叫声，却仍死死咬住城里人的手指不肯放松。种佬继续发力，尖刀在鱼肚里呱唧呱唧地搅着，鱼肚里所有的内脏都被他扒开了，鱼王的四只脚还在舞动，它们已渐渐够不着种佬的手了，嘴的力量也渐渐减弱，城里人趁这机会把手猛地一拔，那根血糊糊的中指到底被他拔了出来，咬过的地方都快断了。

开了膛的鱼王现在仰面朝天地躺在地上，身边是一摊自己的乌血和内脏，婴儿似的叫声已经停止了，鱼颈那里时而还抽动一下，两粒萝卜籽大的小眼圆溜溜地睁着，看不出里面是明是暗。城里人一边破口大骂，一边让种佬婆娘为他包扎手指，种佬的两个女娃子和后崽却呼啦一下子围了过来，蹲成一圈儿观看它最后的下场。

种佬在袖子上擦干净了尖刀上的鱼血，这时候突然听到后崽的哭喊，接着便是两个女娃子的大声惊叫，扭脸向那里一望，立刻为眼前的景象吓坏了。他看见那条已经死去的鱼王又活了过来，就像咬城里人的手指头一样，死死地咬着后崽肚肚下吊着的小红薯疙瘩，任凭两个女娃子怎样打它，它也不肯丢了。种佬大吼一声扑了过去，一手掐住剖开的鱼胸，一手使劲往鱼嘴里撬，他是想把自己的手指作为杠杆，用它打开鱼嘴，救出后崽肚肚下吊着的小红薯疙瘩。救出他们全家的宝贝。但是鱼头滑得他每一次都落了空，那张嘴又咬合得像铁一样紧，种佬又急又慌，看见后崽疼得哭闭了气，脸上的颜色已经变紫，他害怕起来，只好再用手里的刀了。

鱼王的身子被他连戳带割，很快就成了一团烂肉，只剩下上面一颗完好的鱼头，两粒萝卜籽大的小眼已成了乳白色，但是鱼嘴仍死死地咬着后崽的宝贝。种佬的刀不敢再伸向那里了。惨遭袭击的后崽嘴脸发乌，露在鱼嘴外面的小红薯疙瘩的颜色也是一样，它已经是一块可怜的烂红薯了。看样子那颗鱼头再不会下来，它要长在后崽的身子上了。种佬咬牙切齿，挥刀又把割烂的鱼身从颈子那里切断，两根大手指从切断的鱼颈中穿刺而过，直抵鱼嘴，向着上下两个方向猛力一掰，那张可恶的鱼嘴终于开了。

种佬和他的婆娘一齐扑向后崽，一个去摸他的上面，一个去摸他的下面。后崽肚肚下面吊着的小红薯疙瘩目前只剩下大半个了，另一部分自然是在鱼王的嘴里。大半个小红疙瘩已成了真正的红色，分不清那是后崽还是鱼王的血。水池边溅满了鱼王的肉浆，血水流了一地又流进池里，种佬和他的婆娘什么也顾不得了，他们双双跪在肮脏的地上，抱着后崽号啕大哭。

你这千刀万剐的坏家伙，你是条鬼鱼!你明明看见是我杀的你，要咬你就咬我的，为什么你要咬我的儿啊!种佬抓着自己的裤裆，仰着脸绝望地质问老天。

儿啊儿啊，这下我们可是完了!我早就说不要再喂这鬼鱼了，他偏要喂啊!种佬婆娘哭着喊着，身子向后倒了过去。

城里人用一只好手握着咬伤的指头，独自一人蹲在池边，回想着刚才这一环紧扣一环的险情，望着眼前出现的结果发呆。鱼池子的水面正在变暗，从院外照进的光亮越来越弱，白天快要完了。城里人忽然站起身来，直直地向着大门走去。

大祸临头的种佬一家都把他给忘了。城里人拉开院门的两道木栓，人已走出院外，院门边停靠着他原打算运鱼的摩托车。他打开车锁，双手扶把跨上车座，接着却又从车上跳了下来。

城里人又返回院里，不是来取鱼桶。他从兜里掏出两张钱，拿块砖头压在地上，然后走了。

院子里鱼啊儿啊哭得更凶，听声音他们都后悔极了。

怪球

　　要说差别，二位的差别首先就是名字，正好一字之差，一个叫李行，一个叫李卜行。小的时候他俩生在一条胡同，李卜行的爸爸是文化馆馆员，妈妈是大学老师，因为曾经在言论上有过一些问题，双方在单位上连房子也分不到，只好和老爷子蜗居在一处。李行的父母却都是炸油条的，一个揉面切条，扭花下锅，一个则负责打捞兼带收钱，日子过得比这对知识分子略为辉煌。

　　以后上学读书，他俩又是一所学校，一个班级，从小学到中学，李卜行的成绩比李行要好，而且不是只好一点，那时候区里学校开展一种名叫"一帮一，一对红"的学习竞赛，班主任老师专把他俩配成一对，让李卜行帮李行，可惜由于李行落得太后，纵然李卜行使出浑身解数，两人也没有成为一对红，不过也不算白，属于那种白里能够透出一点红的三月桃花的颜色。

　　李行的父母通过儿子知道了这件事情，一下子送了李卜行五根油条，表示感谢，从此李卜行上学时的早点，就基本上有了保障。再以后上山下乡，他俩又下到一个知青点。再再以后他俩就分开了，原因是上工农兵大学，两人中只取了一个，取的一个不是李卜行，却偏偏是李行，其实那次并没有出题考试，而完全是炸油条的平民身份淘汰了有言论问题的馆员和教师。两人就此拉开了档次。上了工农兵大学的李行就像是一辆笨重然而走运的牛车，吱扭吱扭一路顺风无阻，一直拉到京城，最后在一个部里落下脚来。

多年以后，此部因新建一个本行业的出版社，李行下来当了首任社长。而直到李行读了三年工农兵大学又当了三年京城部员之后，李卜行才最后一个离开知青点，先在一家工厂做磨刀工，后来在国家的大学又时兴考试的时候，他就放下磨刀上了一所很有名的大学，毕业后恰恰分到过去那家工厂的主管局。那家工厂近年一直说要倒闭，局里头儿有次试探李卜行说，你能不能把它接下来？李卜行想了想说，试试看吧。

世界看来的确很小，事情正像一首歌唱的那样，山不转来水在转，路不转来人在转，李卜行此前所在的这个局，正好又属李行此前所在的那个部管，目前两人一个在局下面的工厂当厂长，一个在部下面的出版社当社长，虽然各操其业，但部里偶尔召开一次很大的大会，两人却又意外碰着。现在两人到了一起，就显出不同于当年在胡同，在中小学，以及在知青点的那般光景了。李行已经是个大白胖子，笔挺的西服被将军肚拱开一道口子，头发稀稀落落的只剩下几十根了，顶上一片甚至有了空白，好像十五的月亮。李卜行的身子虽也粗了一圈，但那上面的肉却多是瘦肉，满头硬发连着络腮胡子，毛乎乎的，的确像是一个从行将倒闭的厂子里出来的人。

两人吃了中饭，约好出来走走，聊聊分别以后的事情。餐厅外面是一个小小的操场，场边有两张水泥做的乒乓球台子，几个年轻人正在打球，一个发过一个高抛球去，另一个挥起一拍杀个正着。李卜行忽然想起中学的时候他和李行打球的事来，便对李行努努嘴说，是不是我俩也来一盘？我记得你发球是很厉害的！

李行慌忙摆手说，这些年我都没有打过球了，恐怕连球拍也不会握了！说罢闭着嘴笑，故意做了几个手僵脚笨的动作，惹得李卜行也哈哈地笑，遂不再谈打球。

李行嘴上早已不笑了，心里却在笑个不止。当年在中学时，李卜行曾经是全校男生中的乒乓球冠军，他根本就不是李卜行的对手。只是有一次他和别的同学打球，把自己的一只乒乓球一脚踩瘪了，他很心疼，那时候爸妈卖五根油条才能给他买一只乒乓球，他就按着同学教他的办法，拿回家去用开水烫，烫很久也烫不起来，后来他索性在火上煮，踩瘪了的球终于煮起来了，但是瘪进去的那一块却鼓得有点儿过头，细看好像老寿星的脑袋，试着打了几个，球一落在台上，有时无缘无故地就会自己拐弯。

煮球的第二天，正好李卜行拉着他要和他打球，李卜行已经二十比十六遥遥领先，但是恰在这时一拍子杀过来，因为用力过大，球落在水泥台上噗的一声破了，下面本要轮到他发球，但是却因为杀破了球，比赛进行不下去了，他就把装在裤兜里的那只踩瘪后用开水煮过，瘪进去的那一块鼓得有点过头的，细看好像老寿星的球掏出来，一连发了五个，五个球李卜行都没接着，那球一落在对面的台上，就鬼使神差地左右乱拐，结果全校冠军李卜行居然反胜为败，输给了他这个无名之辈。

李卜行当时愣住了，夺过他的球拍研究了好半天，也没研究出什么问题，却根本没有怀疑到球，最后不可思议地问他，你什么时候学会了发这么厉害的怪球？李行他少年深沉，故作神秘，绝不告诉李卜行事情的真相，赶紧捡起球来揣进裤兜，只是闭着嘴笑。他在很小的时候就习惯了闭着嘴笑。

从此李卜行在打球上最害怕的一个人，就是他这个横空出世的怪球手了。然而李卜行下次再向他挑战，他总一笑避之，在新的一轮冠军擂台赛上，有人把希望寄托于他，他却坚决不去打擂，不惜成全李卜行卫冕成功，引起更多人的唏嘘感叹，认为他是真人不露相，说这个冠军是他让给李卜行的。

李行曾经战胜全校乒乓球冠军的轶事，几十年中传来传去，也传到了部里，传到新成立的出版社，几个喜欢打球的小青年就常常提出要和李社长战上一盘。李行是尽量不和他们打的，嘴里永远是那句话，说是几十年没有打球了，现在恐怕连乒乓球拍子也不会握了，闭嘴笑着，转身走掉。遇上特别执着的调皮下级，坚决要领教一下社长的球场风骚，李行知道如果再要拒绝，也许效果会适得其反，就苦笑一下，长叹一声，做出一副迫不得已的样子，接过人家强行塞进手里的球拍，练上几十个球，然后打上一盘。

他毕竟是打过球的，一招一式都像那么回事，不过就是和他自己说的那样显得生疏，有点手僵脚笨，就像一个当年的优秀运动员而今老了，技术施展不出来了一样，因此对方也不好来真格的，就那么随着他打，有时还故意丢个把球，让比分保持相差不大，或者让他略占一点上风，以二十三比二十一，或者二十五比二十三险胜对方。有人想看他发几个传说中的怪球，便十分渴切地提出这个要求，李行两眼望一会儿天，仿佛遥想当年，突然抛球发力一推，球却旋风一般飞出了界，接着再发，又因为太低而落在网下，他就惭愧地摇一个头，意思是不会发那种怪球了。于是对方很是遗憾，叹息李社长没能把那种技术保留下来，献给参加世乒赛的中国健儿。

李行至多只和本社的几个年轻部下打那么一盘球，若是外单位的人来参战，他便立刻弃拍，擦一把汗，看眼手表，说是几点几点还要去部里开一个什么什么会。

两个四十年前的老伙伴，三十年前的老同学，二十年前的老插友，在小操场上肩并肩地散了一会儿步，李卜行尽量走得很慢，但是走着走着，还是走到前面去了，听到说出话来没人应声，回头一看，李行在后面闭嘴笑着，悠然举步，从容慢踱，竟是半拍也不加快，便停下来等他赶上。

李行就说，你怎么还是当年那个样子，做事慌慌张张的，就像屁股后面有人追你一样。

李卜行感叹道，人不追我，岁月追我啊。

李行想了解一下他那个厂子的情况，就问，你那个厂子总共有多少人？

李卜行说，八十多个。

李行点头道，和我这个社差不多的。又问，效益怎么样？

李卜行把头直摇，别提效益了，我去接手的时候，工人已有八个月没有拿到工资了，论理早就要倒闭的，原是为了挽救那个厂，让那八十多口人有碗饭吃，局里才硬性撑着，这叫逆天而行啊。

李行听他声声诉苦，如闻天书一般，脸上布满大惑不解的疑云，两腿一时竟不走了，扎在一棵树下，叉腰问道，老同学哇，既然你人去了，怎么不下决心把产值搞上去呢？

李卜行只好随他站下，依然诉苦说，你以为我是不想搞上去，你以为心里一想就搞上去了，你以为我们生产的也是你们那样的书本，部里给钱你们就出，你们一出部里就给钱吗？

李行任职的这家出版社，是这样的一种性质，年初由他们提出选题，交到部里研究批准，部里就拨给一笔钱，让他们印出书来，这些书又以部里名义发给各下属单位，包括李卜行过去所在的局，以及他目前所在的工厂，然后再收一笔书款。这类书那些单位不买也得买的，因为是部里指定的政治和业务学习材料。李行认识不到他的优越性，对李卜行刚才的说法有了意见，认为他是为自己找台阶下，也是对他们的不服气，便大肚能容地轻轻一笑道，其实我们两家的性质是一样的，你们的东西要人认可才能给钱，我们的东西也是要人认可才能给钱。

李卜行听他这样说，立刻就反驳道，其实我们两家的性质是不一样的，我们的东西是要市场认可，人家愿买才给钱的，你们的东西是要上头认可，人家不愿买也得给钱。我们两家的性质好有一比……

李行问，你怎么比？

李卜行说，你还记得小时候过年，家里大人给小孩发压岁钱吗？

李行说，怎么不记得？

李卜行说，我们厂的钱就好比是从不认识的外人那里挣来的，而你们社的钱就好比是从爷爷奶奶爸爸妈妈怀中磕头作揖嗲声嗲气要来的，又打着爷奶爸妈的招牌到兄弟姐妹手里再讨几个，你再想，我们的性质能是一样吗？

李行被李卜行说得突然一愣了，一时分辨不出他的话有没有一点道理，就闭嘴笑着，不忙说话了。

很多年没有见面，今日喜相逢，却又有点不欢而散。不过李行毕竟比李卜行表现得有涵养，他自始至终是笑着的，临别之时，他拉着李卜行的手，盛情相邀道，闲了的时候，你一定带上你的夫人上我家来，我让我的夫人做几个菜，我们好好玩上一天！

李卜行说，近来我可能不会有闲的时候，但是我早晚会来的，也说不定有事要求你呢。

李行玩笑道，若想买书，我就打八折给你。他给了李卜行一张名片，又把他家的详细地址，以及乘车换车的路线告诉了李卜行，他猜想李卜行的厂子是没有小车的。

李卜行接过名片没怎么看，却掏出一只圆珠笔，把他说的地址和路线都写在了名片的反面，两人就握手告别了。

没想到只过了一个多星期，一天晚上，李卜行竟真的按照李行名片后面写的字，找到他的家里来了。门铃按了三响才有人出来开门，开门的是一个穿得有些随便，年龄也有些显老的女人，她只把门开了一道三寸宽的缝，从里面简练地向他问道，找谁？问了火速看了一眼他垂在下面的双手。

李卜行的双手是空着的，他走前在兜里揣了一百多元钱，本想到了李行家的附近，才在食品店买个礼包，再买几斤水果提上，免得从家里提来坐车时碰来碰去。但是人到了李行的家门口，这里却没有食品店，连个卖水果的小摊也没有，想了想决定这次就算了，下次再来还是从家里买好提上，反正是老伙计老同学老插友，甚至连解释也不必解释的。直到这时，发现开门的女人眼睛向下看他的手，他才感到有点不合适了。透过这个女人身上的信息，李卜行在一秒钟内拿不准她是李行的夫人，是他家的亲戚，还是他家雇的保姆，便只好谨慎地笑道，我是来找李行的，李行是住这里吗？

这样说了，他以为就可以进去了，不想女人接着又问，预约了吗？

李卜行听到"预约"两字愣了一下，去年他小便有点淋漓不尽，上医院检查，大夫要他去预约一个时间，然后用B超照照他的前列腺。除此之外，会见老友却没有预约过。有时他还专爱搞点恶作剧，事先不露风声，突然一个袭击，害得老友家里来不及准备伙食，两人便出去找家饭馆吃饭。

正当李卜行站在门外尴尬万分的时候，李行从屋里出来了。他是听到门外的说话，突然怀疑来人是李卜行，出来一看，果然是他，说声到底是你呀，便伸手一把将他拉了进去，鞋子也不许他换，指着开门的女人就对他说，来，我给你介绍一下，这位是我的夫人，她叫李丽。又拍着他的肩膀对夫人说，这位是我的老同学，他叫李卜行，多少年没有见面，这才接上头哇！

李丽一听丈夫介绍他的名字，忍不住就笑了说，什么？你刚才说他叫什么来着？

李行说，李卜行，前后两个字和我一模一样，中间多一个萝卜的卜。

李卜行本想活跃一下气氛，趁机说一句"我比你的丈夫中间多个萝卜"的幽默话，但又一想她是一个女人，刚才又是那般的严肃，就不敢了，只笑着伸出手来，和李丽轻轻握了一握。

李丽仍然为他这个名字笑着，一边笑一边招呼他在沙发坐下，削了一只苹果放在盘里，端来摆在他的面前，然后对他说，我在写篇东西，你们两个老同学聊吧。

李行就和李卜行在沙发上并排坐了，话题先从李行的夫人李丽聊起。李卜行想着刚才第一面的感觉，小心地问起他夫人的年龄，李行闭嘴一笑，说，我们的结合有点打破中国的传统，她长我三岁。

李卜行因为有了刚才的感觉，听了并不意外，却玩笑道，女大三，抱金砖。看你这屋里金碧辉煌，是不是托夫人的福啊？

李行笑而不语，直劝李卜行吃苹果，接着又问他说，怎么不带你的夫人来？今晚突然登门是有什么事吧？

李卜行说，实不相瞒，我确实是想请老同学开个后门。

李行谨慎地笑问，上次见面我不对你说了，若是买书，我可以给你打八折。

李卜行却无心和他开玩笑道，我不是想来买书，而是想来退书，昨天局里给我们厂子又发下来八十五本书，是你们社出版的，我看用处并不很大，价格又贵，每本二十九元八角，其实就是三十元了，三八二千四，现在工人工资都发不出去，要这个干什么呢，我想和你商量把它退了，算是老同学对我的支持吧！

说到这里他看一眼李行的脸，准备着那上面出现不同意的表情，不想李行一口答道，行，这样一件小事，没问题的！语气的干脆和他散步的拖沓完全是不同的。李卜行的心刚一放下，不想他却又叹声气说，不过就是再困难，学习最好还是要坚持下来，精神可以变物质，具体到你们厂子来说，物质不就是一个产值吗？

李卜行担心让他这么说下去，又会影响前面的表态，便切断他的话道，好了好了，我们之间就不谈玄了，记得在中学的时候，有次考试精神变物质物质变精神那一道题，你还是抄我的呢。

李行虽然已记不清有没有那回事了，但也不和他分辩，闭嘴笑笑，转而又问李卜行的夫人，问了再问他的孩子，问是公子还是小姐，李卜行说是一个臭小子。正说着，还没听到门铃响，那门就咔吧一响从外面打开了，李卜行扭头一看，见是两个十六七岁的少年一先一后走了进来，后面一个对李行喊了一声李伯伯，前面一个却不喊，心里便想这一定是李行的儿子了。果然李行用手指着他，对前面一个说道，小龙，这是你的李叔叔，快叫！

小龙就应付差事地叫了一声，李叔叔好！叫过之后便带了他的朋友穿过客厅，向后面一间房子走去，走至中途，忽然又站住说，爸，姥爷答应这次出国带我一道去了，你得准备给我作点奉献。说着竟当着他的朋友的面，用大拇指在食指上面搓了三下。

李行暂时没有理他，李卜行却在心里暗吃一惊，侧脸问李行说，你儿子的姥爷是谁？

李行不经意地说，李亦然啊。

李卜行不禁叫出声来，李亦然不是我们的李部长吗？

他本想是李行的岳父和李部长重了名字，这样说可以博人一笑，不料李行却郑重地点了点头，李卜行这下心里就明白过来，原来李行就是李亦然部长的乘龙快婿，比他大三岁的李丽是部长大人的千金。这么想着，有些事他就觉得合情合理了。

在他俩慢慢聊着的时候，李丽一直没再出来露面，看来她是真的在写篇东西。小龙也没再出来露面，却从他进去的那间房里传出嗒嗒嗒嗒的声音。三十年前的全校乒乓球冠军李卜行立刻听出来，那是乒乓球落在台上的声音，不由惊疑道，到底是部长的女婿，府上还设有乒乓球室吗？

李行说，哪里，那是小龙的一间小房，他干什么都在他的那间小房里。语气中露出他家的房子不多，孩子的学习条件也不好的意思，接着又顺嘴说，你还没看我的房子呢，我带你看一看吧。

李卜行一边参观他的房子，一边对比自己的，觉得真是天壤之别。进到小龙的那一间里，见小龙和他的朋友还真是在玩乒乓球，不过没有台子，只是用手抓住往地板上抛，一人手里拿了几盒，每只在地上抛上几下，有的捡起来放回盒里，有的就用脚踩了。李卜行问，准备打比赛吗？

小龙点一下头，仍然一只一只往地上抛着。小龙的朋友觉得李卜行像个内行，就代他回答说，对。

李行见儿子用脚踩球，一脚一只，一脚又是一只，雪白而又滚圆的乒乓球眨眼间就一只一只成了瘪的，丑八怪似的被踢到墙角不动了，不由想起自己小时，爸妈卖五根油条才能给他买一只乒乓球，不小心踩瘪了还要用开水煮起来的事，心里就有些疼，脱口而出道，球的质量不好也不应该故意踩它嘛，我们小时打球，踩瘪了还用开水煮起来接着打，哪有你们这样浪费的！

小龙仍然低头抛球，翻他一个白眼说，球不标准能打比赛吗？是一只球重要还是一场真正的比赛重要？

李行突然想起当年他用煮过的球，战胜全校冠军李卜行的事来，一时竟说不出反驳儿子的话了。他下意识地看了一眼身边的李卜行，心想三十年前的那件事情，只要他守口如瓶，全世界都不会有人知道的。这样想着，他又默默地闭嘴笑了。

李卜行看罢房子，又在沙发上坐了一会儿，提出要回去了，李行也不苦留，只说下次选个适当的时候，一定把夫人带来玩玩。李卜行连口答应，说是等着厂子的情况好了一些，他自然是要带她来的。说过之后，担心李行忘了刚才同意退书的事情，就又重申了一遍说，那我们就说好了，明天一早我派人把那八十五本书送到你的社里，算你看在老同学的面上，减轻了我们厂子两千四百元的负担啊。

李行说，好吧，只是有一条，千万不能让部下面的其他单位知道了！

李卜行起身告辞，犹豫着是不是和李丽打个招呼。李行替夫人做主道，不必了，让她写她的东西，回头我转告她一声就是。

两人走出门去，散步一般，李行把李卜行送到公共汽车站，还不肯走，又陪他站在站牌下面，耐心地等着来车。在等车期间李行一直不声不响，直到一辆车远远地亮着灯朝他们开来，他才试探似的问李卜行道，老同学哇，刚才出门时我突然想到了一件事情，不知道说出来你会怎么想？

李卜行说，你说。

李行就说，我的这个社里还缺个管业务的干部，很多人想来，我都认为不大合适，因此位子至今空着。这次我们老同学意外相逢，我觉得你是满腹才华，一身本事，如果不嫌弃的话，你来倒是最理想的。我这里别的优越性谈不上，和你厂子相比，工资却有发的，奖金也不算少，一年出两次国没有什么问题。

李卜行低头盯着脚下的路，过一会儿才扬起脸来，两眼闪闪地望着李行，他说，我明白你的一番好心。可是我若来了，我那八十多口人怎么办？你总不能把你的社办成一个慈善机构，把他们都像乞丐一样收下来吧？

李行果然没话说了。这时一辆公共汽车亮着刺目的车灯朝他们开来，李卜行借着车灯的光亮看了一眼手表，对李行匆匆一挥手说，这可能是最后一班车了，我得走了，下次再来一定带着夫人！

车门哐啷一开，把他收了上去。李行站在车下，想着他说的话，直到那车开出一箭之地，方才慢慢转身回家。

洗手间

这个故事涉及三个人，两个女人一个男人。

第一个人是个女人，名叫黛薇。黛薇第一次到我家来是黑妮做的引导。有天晚上我洗完澡，正在给手背擦一种从鱼身上提炼出来的油，黑妮望着我的手突然笑了，笑过后说，过几天我给你带一位朋友回来。

我问她，什么朋友？

她说，一个年轻女孩儿，刚从美国读完博士，回国后应聘在我们公司搞形象设计。

我说，我就喜欢年轻的女孩儿，你把她带回来吧，漂亮吗？

黑妮懒得搭理我，只是笑，我觉得她的笑有点神秘兮兮。过了几天她真把这位朋友给我带回来了，进门就为我们两人介绍，这位就是我的朋友黛薇，这位是我老公。

我觉得上了黑妮一个大当，眼前突兀见此物，她的这位名叫黛薇的朋友是个男人，或许应该叫大卫才对，穿一身挺厚的蓝色牛仔，裤子的前面磨出了两道白色的竖线，膝盖部分又磨破了两道横着的口子，像是两张半开半合的嘴，可以隐约看到里面舌头似的肌肉。据说这裤子是在新的时候故意磨破的，因为它能让人想起美国西部片里的施瓦辛格，在正宗的牛仔专卖店里，这种破牛仔裤的价格比不破的牛仔裤要高出数倍以上。头上本来戴着一顶棒球帽，也是蓝色的，可是一进门它就被摘下来握在手里，上面变成了一颗光头，剃得乌青。

这是一个夏天，家里开着空调。黑妮穿的是一套职业短装，我上身穿着一件和尚领的大白汗衫，下身穿着一条大裤衩子。来人的装扮使我觉得身上一热，但我心里却保持冷静，故作见怪不怪的样子道，请坐，喝咖啡还是绿茶？

这位黛薇却问，我可以喝一杯葡萄酒吗？

她的话一出口我就愣住了，倒不是因为她进门就要喝酒，而是从她口腔发出的是一种女人的声音，原来真是一个女孩儿，黑妮没戏弄我。再看她的嘴上是没有毛的，皮肤并不怎么粗黑，就是身坯子大，令人困惑的是她为什么进门就要喝酒呢？

我回答说，葡萄酒喝完了，冰箱里有德国蓝带，柜子里还有一瓶酒鬼。

黛薇用手在鼻子前面做了一个驱赶苍蝇的动作说，那就免了，我可以喝一杯白开水吗？

这个要求很好满足，黑妮抢在我的前面，立刻给她倒了一杯白开水。她端起杯来喝了一口，然后又征求黑妮的意见说，我可以拥抱一下您的先生吗？

黑妮说，怎么不可以呢？你抱就是!

黛薇的身子比黑妮要高半头，腰围是她的一点五倍，块头明显地还大于我。我一般喜欢小鸟依人的异性，拥抱起来有一种全方位的舒服感，而巍然耸立在眼前的这个黛薇根本就不能让人产生小鸟的想象，倒像是可供小鸟栖身的树，拥抱她可能跟丈量一棵古树差不多。这时候我才发现黑妮的狡猾，她知道我的审美标准，她既要向人展示她是多么的大度，多么的自信，敢把年轻的女孩儿带回来见我，带回来的却又不是小鸟，而是一截比我还粗的树。

我站在那里有些犹豫不决，考虑着是抱呢还是不抱，黛薇没法知道我的心思，张开胳膊就向我扑了过来，像一只两脚刚刚落地的大雕。我往后面退了半步，但马上扎住阵脚，怕这位从美国回来的女博士笑我老土，就横下一条心，抖擞精神迎上去将她抱住，抱住她粗腰的一半，并且在她的半边脸上贴了一下。

黛薇在我怀里调整了一下脑袋说，这边。

我咬咬牙，又在她的另半边脸上也贴了一下。黛薇这才把我松开，弹坐在沙发上面，接着喝黑妮倒给她的那杯白水，喝完后望着我问，我可以看一下您的书房吗？

我模仿黑妮的口吻说，怎么不可以呢，你看就是！

我发觉从国外回来的人，尤其是这个从美国回来的女博士，跟人谈话习惯使用征求意见的句式，问的时候声音略微降低一度，眼睛诚恳地看着对方，显得非常懂礼貌，非常有教养。这天是我们初次见面，黛薇不断用这样的句式跟我谈话，比方说在参观我书房的过程中，看见我的书柜中夹着几本影集，就问，我可以看一下您的影集吗？

看完影集过了一会儿又问，我可以上一个卫生间吗？

上完卫生间回来过了一会儿又问，我可以抽一支烟吗？

我对这种交谈的方式不太适应，觉得很累，过去我的朋友到我家里，想干什么就干什么，影集插在书柜里当然是可以给人看的，有了尿感当然是可以上卫生间的。至于抽烟，客人既然这样问你，当然是流露出她想抽的意思，你能忍心回答不可以吗？因此她提出的每一个问句，其实都是可以得到实现的，这跟不问没有区别。

不过这次我没有说"你抽就是"，我想了想，随手打开窗户说，破个例吧。

我没有给她拿烟，我的脸上露出歉意，自从我戒了烟后家里再也不储备烟了。但是黛薇根本没打我的主意，得到我的批准，她立刻从自己兜里掏出一盒，从中抽出一支叼在嘴上，摸摸兜里却没带火，又问，您可以给我提供个火吗？

我就更歉意了，家里也没有打火机，甚至连火柴也没有，戒烟以后我把打火机和火柴这些配套设施全都扔进垃圾箱了。晚上有电灯照明，白天做饭是用电子打火的燃气灶，没有它们不会对我的生活构成威胁。想到燃气灶可以打火，我就把她带进厨房，把燃气灶啪地打燃，让她低头在火焰上面点烟。

幸亏她是一个光头，不然头发就少了一绺，虽然这样，她的两条眉毛还是差点被火燎着了。她一边仓皇地逃出厨房，一边东张西望地找着什么，这次我以为她又要问我"可以给我一只烟缸吗"，不料她随手在茶几上拿起一张白纸，迅速叠成一只小船，把一截正要掉下来的烟灰准确地抖落在船舱里。

黑妮自从介绍我们认识以后，转身就拿着一只手提袋走了出去。我知道她的狼子野心，她肯定是去超市购物，想让留美女博士黛薇在家吃一顿中餐，以此打败美国的饮食文化。黑妮会做糖醋排骨、红烧带鱼，卤凤爪和酱猪手也是她的拿手绝活，当年我之所以选择她做我的家庭主妇，跟她做的猪脚有很大的关系。果然黛薇抽完一支烟的工夫，黑妮满载而归，大呼小叫要我进厨房去做她的二把手。我正好借此机会离开黛薇，以免她又问我她可以做什么事吗。我打开电视，调出一台港台版的搞笑晚会，让她一个人坐在沙发上慢慢地享受，万没料到她拿起遥控器来，望着我问，对不起，我可以换一个频道吗？

这次没有容我回答，黑妮在厨房里面大声说道，中央二台有一个涉及隐私的谈话节目，黛薇一定喜欢看的！

那天黛薇在我家里吃了晚餐，黑妮的手艺完全征服了她，她总共吃了两只猪手、四只凤爪，一盘排骨和一盘带鱼她一人就吃了一多半，吃完还吃了一碗绿豆米饭和一碗海米冬瓜汤，不过自始至终只喝了一杯啤酒，压根儿也没再提葡萄酒的事。她吃得红光满面，乌青的光头上面冒出一层油汗，但是整个吃饭期间她一句话也不说，连咀嚼的声音几乎都听不到，只是不断地抬起一只大手，从嘴里取出一些骨头和鱼刺放在桌上，动作轻得像一只猫。

直到晚餐吃毕，她重新坐回沙发，跟我又说了一会儿话，然后站起身来，拿起帽子对黑妮说，谢谢您的晚餐，晚上有人请我听音乐会，现在我可以走了吗？

既然晚上有人请她听音乐会，我们就不必强性留她，况且她如果真的留在我家下榻，我还担心没有一架能够承载她的大床。反正黑妮的目的已经达到，相信从今以后在黛薇的心中，麦当劳和肯德基以及那些蘸牛奶果酱的西餐，已根本不能跟我国灿烂的食文化猪脚相比。

黛薇走到门边又停了一下，眼睛闪闪发亮地看着我们，我猜她是想让我们其中的一位问她一句：晚上谁请你听音乐会？然后她就说出是谁，这是女人一贯玩弄的把戏，剃光头的留美女博士既然也是一个女人，她就未必能够免俗。但是我们谁也没有问她，因为我从不打听别人的私事，而黑妮一直还沉浸在晚餐成功的愉悦之中。

黛薇好像有点儿失望，后来她对黑妮招招手说，我可以告诉您一个秘密吗？

黑妮听话地把头凑过去，听她在耳边小声说了一句什么，两人就一同笑了，我发现黑妮脸上的表情十分得意。黛薇说，您会出卖我吗？

黑妮说，不会的，祝你成功，祝你幸福！

黛薇把手里的蓝色棒球帽举起来，重新戴在光头上面，这才在黑妮的护送下走了出去。出门以后又回过头来，对我抛了一个飞吻。

我笑了笑，等着黑妮送完黛薇回来，我对她说，你的这位朋友不像女博士，倒像一位行为艺术家。

黑妮眨着眼睛看我，是吗？

我问，刚才她对你说的什么？

黑妮说，不告诉你，我答应了为她保密。

这就是黛薇，三个人中的第一个人。第二个人也是个女人，名叫萧雨。萧雨也是黑妮的同事兼朋友，而且在我认识黑妮之前，萧雨就是她的朋友了。我跟黑妮谈恋爱时，有一次我骑车到她的公司楼下约她去看电影，萧雨躲在楼顶露台，用一架俄罗斯高倍望远镜窥视了我，次日她用很在行的口气对黑妮说，抓住他千万别撒手，听我的没错，这样的男人目前已经像狼一样不多了，如果我俩不是姐们儿的话，哼！她从鼻子里对黑妮发出一个威胁的短音。

就冲着这一个短音，后来我对萧雨一直心怀敬意，私下将她列为黑妮的最佳女友。

在黛薇来我家的第二天晚上，萧雨也来我家了，一坐下就气呼呼地说，这个大屁股气死我了，有什么见不得人的东西，还"萧小姐请您把我的抽屉关上好吗"？

黑妮不表态，只是笑，劝她喝茶吃苹果。我从萧雨学人说话的语气，听出她说的像是黛薇。只是黛薇的屁股并没有她说得那么大，无非是比她要宽阔一些，厚实一些，然而黛薇的块头比她要大得多，如果按照人体的比例，黛薇的屁股并没超标。女人没有一定的屁股恰恰是件遗憾的事情。我觉得黛薇的问题并不在于身体的某个局部，而在于整体。是的，她的整体太硕大了，给人一种气吞山河的视觉和黑云压城的严峻感。丰乳肥臀没什么不好，只是两者之间还得有一点儿腰，便于给人拥抱，抱住在脸上左亲一下，右亲一下。

气呼呼的萧雨显然是对黛薇有了成见，她没有用肥臀这个赞美的词，她说的是充满鄙视的大屁股，这说明黛薇请她把抽屉关上的话，已经严重地伤害了她的自尊心。萧雨是很容易受伤的，与黛薇的状况正好相反，萧雨是一个典型的瘦身美人，但是公司的女同事除了黑妮以外，背后全都叫她清蒸排骨，并且为她丈夫夜晚的性生活表示担忧，因此萧雨的心灵常常因此而受到轻度的伤害。

在去公司做市场调研之前，萧雨非常想当一位名模，露着肚脐在T形台上扭来扭去。她在公厕里提着下滑的裤子，面对壁镜练习扭步的故事，已成为公司全体员工的保留笑话。之所以在扭步的道路上遭到挫折，那完全是因为她的个子太矮，她比黑妮还矮五厘米，如果黛薇、黑妮和萧雨站成一排，她们三人正好是一个坡形。萧雨一直不服，一心等待矮模时代的到来，果然不久从国际传来一个消息，说是随着服装生活化的流行趋势，女模特儿的身高应在一米六五左右。可惜就在这个充满希望的春天，一个身材适中的男人把她娶走了。金秋时节，她及时地为这个男人生下一对龙凤胎，喝了很多鸡汤以后，萧雨的体型出现了些微的变化，模特儿之梦就此结束。

我凑过去笑着问萧雨，你说的是不是那个从美国回来的黛薇？

萧雨说，去去去，没你的事！

我坚持逗着萧雨，你俩都是大本，连个硕士都不是，你是不是有点儿妒忌人家女博士了？

萧雨冷笑道，女博士！克莱登大学的女博士吧！

我想起萧雨曾经向我借过一本钱锺书先生的《围城》，看来这本书她真看了，所以她才怀疑黛薇的博士文凭。黑妮感到这事有点儿严重，赶快劝解她说，别别别，都是过去我们之间随便惯了，你开我的抽屉我开你的抽屉，可是人家不喜欢你开她的抽屉，以后你就别开她的抽屉就是。

萧雨辩道，我只想着是单位办公室的桌子，仪器坏了，想在抽屉里翻出说明书来看看，记得她来之前这里面有本说明书的。

黑妮说，万一没有翻出说明书，却翻出她的情书呢？

萧雨扑哧笑道，你说的是你吧，当年你的这位给你写的诗，我就是从你的抽屉里翻出来的，看了就看了，也没见你把我怎么样啊？

我说，我居然也写过这玩意儿吗？

萧雨斜着瞟了黑妮一眼说，或许是给人写得太多了，记不住了。不过黛薇可不是你这一位，看她那么大个什么，谁会给她写情书啊？

这回萧雨不鄙称黛薇大屁股了，改说"那么大个什么"，其实这话的恶毒性并不亚于前者。黑妮使劲儿憋着脸说，那可不一定的。

萧雨扭过脸去问她，难道她对你说她有男朋友了？

黑妮慌忙摇头，没有，我什么都不知道。

萧雨说，还是啊！

我觉得黑妮的神态有些问题。萧雨的话提醒了我，昨晚黛薇说有人请她听音乐会，走时又小声告诉了黑妮一个秘密，然后她俩同时发出神秘的笑声，这一连串的迹象，都容易让人想到她的男朋友。

萧雨也在我家吃了一顿便餐，因为是至爱女友，萧雨又多次吃过她的糖醋排骨和红烧带鱼，至于卤凤爪和酱猪手，她不仅自己吃而且还带些回家给她那位身材适中的丈夫下酒，黑妮没有必要展示自己的绝活，招待萧雨的伙食就跟应付我差不多。再说萧雨为了她那龙凤胎之母的身躯依然保持得宛如少女，吃一切东西都是浅尝辄止，即便做上一桌也是白做。我发现萧雨吃东西不仅量小，而且方式十分独特，她用两根筷子夹起一部分食物，无论是菜还是饭，夹起来轻轻喂进张成半圆的嘴里，避开两片红色嘴唇，直接让上下排牙齿接着，为了防止筷子撤走以后食物从嘴里又退出来，喂的时候头部微微地往后一仰。这样自然就影响了她进食的速度，虽然她一餐饭的摄入总量还不足黛薇的五分之一，但她至少也要吃上一个小时。

过去我们多次在一起吃饭，出于男人的疏忽我从来没注意过这一点，现在既然注意了我就把她弄个水落石出，于是我一边观察一边思考，害得我一顿晚饭都没吃好。直到最后她放下筷子来喝鸡蛋汤时，我才突然发现了新大陆，因为她喝汤时嘴唇不沾碗边是不可能的，雪白的碗边立刻留下半个红月亮，那是从她嘴唇上褪下来的口红，原来她是怕把口红吃进嘴里，方才用筷子一点一点地夹住食物往嘴里喂。我在心里叹息了一声，觉得做个瘦身美人是一件很残酷的工程。

席间萧雨和黑妮没再讨论黛薇和关于抽屉的事情。我想她们已把这事忘了，这毕竟是个抽屉大的小事。萧雨其实是个不记仇的女人，她的缺点只是过于爱美。

现在我们再说第三个人。第三个人是个男人，名叫铁板，一听名字就知道了，女人没有叫这名的。铁板是黑妮她们公司的出纳，在我的印象中，当会计和出纳的男人一般都不大像个男人，一天到晚算个小账，数个小钱，看谁的脸都像票子，都想来数一数，数到后来连胡子都没有了，长相都像个女人了，只剩下名字是男人的。铁板就是典型的这样一个男人，小鼻子小眼睛，小脑袋小个子，不过身上的肉还不算太少，是那种偷着长的贼肉，夏天穿薄汗衫，胸脯子上还顶出两个小小的乳房。

铁板住我家后面的那一幢楼，跟萧雨是同一层的两对面，每天早晨坐一趟班车上班，下午坐一趟班车回家。班车是公司里的，晚上就停在我们两幢楼之间。公司有个女员工经常利用这趟班车，送小孩上公司附近的幼儿园，不好意思母子二人占两个座，只占一个又怕挤着了别人，后来就服从司机的安排，跟小个子的铁板坐在一起。这样两个座位就坐三个人，别人看着他们就像安定团结的一家三口。

铁板既然是个出纳，他就应该像女人一样喜欢小孩，因此他特别愿意把女员工的小孩抱在自己怀里，抚摸着小孩胖乎乎的小手，心里想着数钱的事，脸上露出幸福的表情。后来女员工家里请了一个保姆，不送小孩去公司附近的幼儿园了，她就不再担心挤着别人，上了车可以随便跟任何人坐，因此铁板身边的人口就变成流动性的了，谁遇上谁就一屁股坐过去，常常早上是个年轻人，下午是个中年人，明天又是一个去公司报销药费的退休老同志。铁板心里还记着帮女员工抱小孩的事，有时候情不自禁地伸出手来，把身边人的手拉到自己怀里，在上面轻轻地抚摸着。有一次他摸着的一只手把他吓了一跳，那手又瘦又糙，像一只老公鸡的鸡爪子，转脸一看，报销药费的老同志正一脸慈祥地看着他。

黛薇是招聘到黑妮她们公司的，不在公司福利分房的范畴，再说这种分房制度弊病很多，公司近年已停止分房，所以黛薇只能是住在父母家，早晨上班从那里乘坐地铁来到我们楼前，然后转乘这趟班车去公司搞形象设计。每次当她上车的时候，车厢里的座位基本上已经坐得差不多了，剩下极个别的留着空缺，也有人先入为主地占领多半，见了她那伟岸的身躯，都不大情愿与她共处。这时候司机就出来主持工作了，司机直接把眼光投向铁板，对他身边的人努一下嘴，那人就懂事地站起身来，另外寻找一个空座。黛薇把自己的躯体安放在那人刚刚离去的热乎乎的软垫上，跟铁板坐在一起，两人占座面积的比例总是她占三分之二还多，而铁板却不足三分之一。有时铁板被挤成一个斜形，龟缩在班车的一个角落里，猛眼一看像是黛薇的一只行李包。

司机认为自从有了黛薇，全车唯有这样搭配才是合理的，车上的人也都同意司机的调度，包括被迫起身另找座位者，以及铁板本人。这几乎达成了一种共识，后来车上一出现黛薇的身影，不等司机努嘴，坐在铁板身边的人便逃也似的主动让位。

　　因为黑妮也坐这趟班车，所以车上发生的故事我时有所闻，有时是黑妮告诉我，有时是偶尔到家来的萧雨告诉我，有时则是我跟黑妮同时出门遇见她们坐车的同事，听她们嘻嘻哈哈说出来的。我也认识这个铁板，有一次他知道了我是黑妮的丈夫，还亲切地叫了我一声大哥，并且从裤兜里伸出小手跟我握了一握。他的那只数钱的小手白嫩嫩，软乎乎，暖烘烘的，真像是长在女人胳膊上的东西，握在手里令人想起刚刚煮熟剥壳的热鸡蛋。脸皮也跟鸡蛋一样白净细嫩，上面没长一根胡子，毛孔小了长不出来。

　　不过我对这位出纳的印象不坏，百花齐放，百家争鸣，本着风格多样化的原则，我们应该允许男人长成这个样子。我甚至觉得铁板应该占据一个完整的座位，不要由于个子矮小就该受到庞然大物的贪占，他毕竟是个成年的公民，身材的大小不能影响他享有公平的权利。但是在我这样进行思考的时候，铁板已经出问题了，问题就出在他的手上，我听再一次到家的萧雨说的。

　　萧雨说这件事其实不是攻击铁板，而是攻击黛薇。她坐在我家客厅的沙发上说，啧啧，就她那样儿，又不是林妹妹，谁吃饱了没事去摸她的手哇！

　　黑妮抿着嘴笑而不语，我突然想起那天晚上我洗完澡，给手背擦一种从鱼身上提炼出来的油的时候，她脸上出现的那种似曾相识的笑。这种笑一定跟手有关，一定是由手联想到某一个人。那晚她笑过后说，过几天我给你带一个朋友回来，过几天她就把留着光头的黛薇给我带回来了。

　　我问黑妮，你们说的是不是黛薇？

　　黑妮笑着不搭理我，萧雨却反问说，你怎么知道，莫非你也摸过她的手？

我说，岂止摸手，我还搂过她的腰，还在她左右两边脸上各自吻了一下。

萧雨耻笑道，啧啧，就那水桶腰，门板脸，你可是赚了，赚大发了！

我问萧雨，刚才你说谁摸她的手了？

萧雨说，谁也没说，是她自己说的，她说早晨坐班车的时候铁板摸她的手，当场她就提出抗议。一车的人都听到了，听到好笑！

我想起黛薇谈话的习惯句式，又问萧雨，她是不是这么抗议的：铁先生请您把您的手拿回去好吗？

萧雨瞪大了两只眼睛看我，你怎么知道？

我说，当然啦，这难道不跟"萧小姐请您把我的抽屉关上好吗"是一个性质？

萧雨大笑起来，笑得眼里涌出泪水。她担心这样会破坏她用墨笔涂黑的眼圈，赶快从兜里掏出一张纸巾，起身去照洗手池前的那方壁镜。

我觉得一定是黛薇的神经出了毛病，据我英明判断，这件事情的真相应该是这样的：铁板瘦小的身子蜷缩在一个车角里，两手交叉地抱在他的两个小乳房前，闭着眼睛睡觉，黛薇硕大的身子占据着大半个座位，两手交叉地抱在她的两个大乳房前，也闭着眼睛睡觉。班车开到一条交叉路口，司机发现前方有个人横穿马路，嘴里愤怒地骂了声我操，一个急刹车，车上所有人的身子都剧烈一簸。铁板和黛薇也不例外，两人环抱着的双手一下子震松了，黛薇的右手本能地往车座上一按，铁板的左手也本能地往车座上一按，这两只手就挨在了一起。黛薇的右手在下面，铁板的左手在上面，开头的几秒钟因为惊恐万状，两人都没有觉察出来，几秒钟后，黛薇突然感到自己手背上面捂着一个肉乎乎的东西，定睛一看是铁板的手，这时她一度受到惊吓的神志还没完全清醒，啊的就是一声惊叫说，铁先生请您把您的手拿回去好吗？

这句话全车的人都听到了，联想起铁板过去喜欢抚摸那个女员工小孩的手，后来又错误地抚摸了一次退休老同志的鸡爪子，紧急刹车的紧张已经过去，人们重又恢复了轻松，于是哗的一下笑了起来，认定这位男出纳的确是摸过黛薇的手了。可能他把那只手当成是一沓票子了，关键时刻，他要保卫国家的财产呢，连司机都幽默地说。

唯有萧雨坚持相反的意见，她认为这件事实在太荒诞，太滑稽了，这不仅是对铁板的污辱，而且已构成对他的陷害。黛薇的手有什么好摸的呢？那简直是一只熊掌，它应该拿去打排球，或者掷铁饼，再不然索性搞拳击也行，反正不适合用来给人抚摸，如果铁板的手实在痒得难受，他可以拿两只健身球玩玩，横竖都比摸黛薇的手舒服。而铁板本人的手却那么软乎，倒有可能是黛薇摸铁板的手呢，她却反过来贼喊捉贼。

黑妮认为她这铁姐们儿的话太尖酸刻薄，就笑着制止她，我们说点儿别人的事情吧。

萧雨转着眼睛想了想说，好啊，就说给我们开车的司机，这个司机今年二十八了，还没媳妇，每天一回家爹妈就唠叨，你想让班车跟你结婚生孩子呀？后来有人给他介绍了一个，学历比他高，工作比他好，可是这个二十八岁的司机吓得身子直往后退说，你把我打死好了！你知道给他介绍的那位是谁吗？

黑妮中了她的计道，谁？

萧雨那张漂亮的红嘴里早就准备好了一个人，黛薇呀。

黑妮立刻笑着摇了摇头，不会的，不会是这样的。

我研究着黑妮脸上神秘的微笑，还有她的摇头她的语气，现在我再一次地这么断定，那晚黛薇临走时跟她说的话，必然是关于她的男朋友的。她小声说话我没法听清，大声说的却是什么秘密和出卖，然后就是黑妮对她做出的保证。从这点分析黛薇必然有男朋友，他们共同听过多次音乐会，在黑暗的音乐中有过多次无声的快乐。那人是否也是一个从美国回来的博士我说不准，但有可能在另一个公司搞形象设计。

这晚她俩有点儿不欢而散。第二天清早黑妮去坐班车，我随她一道来到车门下面，顺便往车里扫了一眼，这一眼正好扫见一件奇怪的事。铁板跟黛薇坐在一起，小身板蜷缩在靠近车皮的角落里，好像汽油桶边的一只灭火器，手上戴着一副卷毛的皮手套，规规矩矩按在自己的两个小膝盖上。这个夏天还没过去，车里的男人都穿着短裤，女人都穿着短裙，虽然是空调车，后排还有一个大白胖子手里拿把折扇，在脖子前面挥来挥去。

黛薇依然戴着棒球帽，穿着那套挺厚的蓝色牛仔，裤子膝盖上的两张嘴巴半开半合。她看见我站在车下，对我说了一声"嗨哎"，发现我的眼光在她和铁板之间晃来晃去，突然扭过脸去对铁板喊道，请您把您的皮手套摘下来好吗？

车上人哄的一声都笑起来，包括萧雨和黑妮还有司机。后排的大白胖子一不小心，手里的折扇笑掉在脚下，赶忙弯腰在下面摸着。铁板听到她的喊声，他没有把皮手套摘下来，相反把它们从膝盖升到他的两个小乳房前面，相互交叉地环抱着。

黛薇接着又喊了一声，请您把您戴着皮手套的手放下来好吗？

铁板把他两只戴着皮手套的手松开了，但他仍没有放下来，却像投降似的向上举着。他说，这样我就摸不着你的手啦！

车上人笑得一塌糊涂。这时候车门"刺"的一下切断了我的视线，然后班车像个醉汉，摇摇晃晃地开走了。

我觉得这事非常好玩儿，心想这两人往后一早一晚，还得这么长期地坐下去，说不定某天某日还会闹出一件更加好玩儿的事来。这么想着没过多久，那件更加好玩儿的事果然来了。

那天黑妮下班回家，进门就说，黛妮这下完了！

我吃了一惊，首先想到她的那位不许黑妮出卖的秘密朋友，急着就问，失恋了？

黑妮说，失什么恋？她跟谁恋了？

我问，不是有位请他听音乐会的神秘人吗？

黑妮说，那是她的创作，她说她的那个男朋友长相气质就像是你，只是比你要高半头。其实根本就没这事，后来我才明白，她要我别出卖她，目的恰恰是想我给她传出去，传得地球人都知道才好。谁知道我竟真的为她严守秘密，连萧雨我都不讲，她就反过来生我的气了，这几天见了我都不说话。

我想起一本外国小说，一个人每天乐此不疲地做这么几件事，画一个想象中的女人并且给她取个好听的名字，用这个名字给自己写一封火热的情书。不过那是一个独身的丑八怪老男人，跟女博士黛薇不可同日而语。

我问，她为什么这样？她找男朋友有这么困难吗？

黑妮说，萧雨是个恶毒的天才，不仅是魔鬼身材，她简直就是一个魔鬼，我服她了。

我一笑说，独身女博士也挺潇洒，怎么能说她完了呢？

黑妮说，我是说她惹了官司，有人要告她了。

我又吃了一惊，她做了什么坏事？谁要告她？

黑妮说，她还真是干了一件大坏事，要告她的人是萧雨，还有铁板，两人要联名告她！说完嘶地一响打开书包拉链，从中掏出一本杂志丢在我面前，你自己看吧！

这是一本学术界很有争议的先锋杂志，创刊后一直领导着我国当代文化与艺术的最新潮流，我不想说出它的名字。杂志本期是桃红色的封面，封面上印着两片玫瑰色的嘴唇，嘴唇间噙着一根咖啡色的不明物，有点像火腿肠，也有点像正在发射的导弹，还有点像男人的生殖器。我打开扉页，翻到目录，忽然看到了黛薇的名字，顺着名字再找她的作品，发现它既不是诗文也不是理论，而是一幅黑白摄影，名字叫作《洗手间》。

这幅黑白摄影作品中有两排人物，一排是男人，一排是女人，他们面对面地站在那里，有的在扣裤扣，有的在系皮带，有的在低头观察自己的下身。

摄影作品的背景是一间厕所。我惊讶怎么会有这样一间男女共用的厕所，再看却发现这幅作品原本是两张图片，经过艺术处理拼接在一处的，女人的这一张抽去了壁镜，男人的这一张抽去了尿槽，致使两边不同性质的人物会合在一起，真是水乳交融，天衣无缝。定睛再看，不由得吓了我一跳，我认出那个身材窈窕的女人竟是萧雨，站在她对面的那个男人竟是铁板。我不知道这个名叫黛薇的摄影作者，她用一种什么本事，把这个镜头拍到手的。

黑妮问，看懂了吗？

我说，看懂了，可是没认出哪位是你。

黑妮庆幸道，这是我们公司一楼的厕所，一楼我嫌人多，幸好我每次都上二楼。

　　我指着作品中的铁板说，也幸好我不像过去一样老约你看电影了，不然这个位置就是我的。

　　黑妮忽然问我，萧雨说她明天去律师事务所，你说她能胜诉吗？

　　我沉思很久，最后残忍地回答她说，未必—……

优秀

　　除去每个周五晚上的短暂欢娱，在其余的时间里，董怡茜女士对优秀的亲昵已超过了对魏矣钟。这事已越来越明显地成为事实，不仅矣钟心里有数，优秀心里也是有数的。怡茜和矣钟一道回家，优秀一个箭步就冲了过来，把身子揳入两人之间，脑袋直拱进怡茜的裙里，尾巴在外面扫来扫去，分明是要扫开矣钟。矣钟就被迫地退后几步，眼望着他们两个先到门口，怡茜弯下腰去换鞋，又给优秀的脚上套上四只红色的布袋。

　　这幢清静的花园洋房，是北京市颁布了市区禁止养犬的条例之后，怡茜果断地卖掉矣钟单位分给他的一套两居室，向银行办理二十年的按揭在郊区买的。做这件事情的时候，矣钟正在不列颠哥伦比亚大学做访问学者，回国一下飞机，怡茜就开车把他接到新搬的寓所。怡茜正用钥匙开着铁艺花园的门锁，一道黄光嗖地一下射了过来，吓得矣钟身子一趔，眼镜差点儿掉在地上。怡茜说，优秀，爹迪回来了好不好？优秀说，汪！怡茜又说，快叫爹迪！优秀说，汪汪！矣钟拍了一会儿自己的胸口，又转而拍着优秀的头说，这孩子都学会说话了，快成为一个有文化的青年了！

　　他想着当年怡茜带回优秀的时候，他原本还不乐意，单位的人都知道他有严重的洁癖，说他的西裤兜里永远装着一沓从宴会上收集的纸巾，用于解完小便擦干净那里的余尿，并且放屁以后也要脱下裤子来擦一擦，防止有秽物会随着屁声出来。这样的一位清洁高雅之士，怎么会容忍一条生殖器露在外面，随时随地都有可能大小便的狗呢？他接受优秀只是为了讨怡茜的喜欢，不接受它怕伤了怡茜的芳心。优秀是她们研究所里的一位名叫斯蒂芬的英国朋友送给她的，连同这个名字一道。斯蒂芬为这条狗命名Excellence，翻译成中文就是优秀。

矣钟回国后仍在原来的出版社担任翻译，住房从市内搬到郊区，对他的上下班自然是不利的，不过他并没有抱怨怡茜，像对待她所有别出心裁的任性一样。怡茜买了一辆二手车，每天早晨上班，她只能把他送到一个进出城的收费站，然后夫妻二人分道扬镳，一个继续开车朝东，一个却要乘车向西。从收费站到矣钟的单位，中途需转三次公共汽车，一次地铁，加上搭坐怡茜的车子，时间长达一小时四十分钟左右，若是遇上堵车高峰，两小时也到达不了。下班回家同样如此，矣钟辗转乘车，去收费站与怡茜会合，无论早晚，不见不散。曾经有几个动人的清早，怡茜开车把他送到出版大楼门口，这样倒是成全了矣钟，然而自己掉头再去研究所，却又免不了要迟到了。

两人顾东不能顾西，顾头不能顾尾，本来好好的日子一时变得麻烦起来。在矣钟的心里，造成这种麻烦的是怡茜，怡茜却认为完全是因为优秀，任何一个女人有了优秀做伴，都会对自己的选择无怨无悔，它实在是太优秀了。怡茜简直不敢想象，在矣钟出国的日子里，身边如果没有优秀，她的精神生活会是一个什么样子。

矣钟对远郊的花园洋房没有意见，傻瓜才认为住别墅不如住塔楼，大翻译矣钟又不是傻瓜。他只是觉得为了住上好房子，每天这样烽火流星地跑来跑去，受益的是房地产开发公司，吃亏的却是自己的财经和身体。跑上一段时间之后，渐渐地他已露出一些招架不住的症状，晚上跟怡茜睡在一起，彼此都脱光了身子，肌肤相亲，他居然会一点冲动也没有，说不上几句话就鼾声大作。矣钟害怕长此以往，下一步他将不再是个男人，就向怡茜提出一个试行方案，与其每天日分夜合，还不如一周相聚一次，媒体正在向市民大力推广一种"5+2"的现代家庭生活方式，即五天住在市里，两天住在郊外。这个主意似乎正是为他们出的，他不妨率先试试，每周上班的日子晚上睡在办公室里，周五下午让怡茜开车接他回家，下个周一再开车把他送还原处，这样他就可以养精蓄锐，提高双休日的生活质量，至少能在周五的晚上，两人做一做久违了的男女之事。

他原以为怡茜会奋起抵制，脑子里想好了很多说服她的言辞，甚至用笔在纸片上写出提纲，只差没像当年给怡茜写求爱信一样，把他要说的全部内容打成草稿。矣钟苦恼自己说起英语来行云流水，但一说起母语反倒言短舌笨，总怕事到临头词不达意，敌不过怡茜的伶牙俐齿。然而矣钟根本没有想到，他一开口怡茜就笑了，笑出一嘴雪白迷人的米牙，她是那样的通情达理，似乎是心有灵犀，为了小别胜新婚的周五之夜，她完全同意他的这个方案。矣钟怀着一肚子的感激，第二天再上班时，胳肢窝里就夹了一副薄的被褥，午间又去商场买了一架钢丝床，白天折叠起来藏在办公室的一角，晚上打开睡在上面，重新回到他与怡茜相遇以前的单身岁月。

问题出在周四的黄昏，只差一天就到了矣钟回家的时辰，严格地说还不到一天，只差九个小时零四十五分钟矣钟就回家了。但是这天下午，走廊的黑板上有人用粉笔写了一个通知，说是由于今晚至明天本区停电，全社工作人员可以在家办公一日。矣钟是一个近视眼，一下午在走廊上走来走去好多趟，压根儿都没有发觉这行粉笔字，直到下班后他正张罗去吃饭时，突然间整座大楼陷入一片黑暗，矣钟跑到配电房去一问，才知道明天停电的事，转念一想何不今晚赶回去呢？于是饭也不吃就乘车上路了。

矣钟一路辗转回到怡茜用按揭购买的花园洋房，他远远看见这幢共分两层的小楼一层亮着，二层却黑咕隆咚，以为怡茜这时候了还没上楼休息，很有可能是也回来得晚了，正在厨房里忙着做饭，心想这就对了，真是歪打正着，单位停电的结果使夫妻二人意外相会，共进晚餐。他掏出钥匙来开铁艺园门的锁时，坐在园子里仰脸望着星空的优秀看见了他，腾地一纵身就向他扑了过来。矣钟害怕优秀在夜色中将他误认成贼，就用手抚摸着它那颗毛茸茸的头说，优秀，是爹迪回来了！优秀用一双雪亮的狗眼怀疑地看着他，喉咙里发出一串呜呜噜噜的声音。矣钟解释说，由于明天停电，所以提前一天回来了！优秀才低下头去说了一声，汪！

这"汪"的一声使二层楼上的灯光骤然一亮，照着卧室的粉红色窗帘后面一阵忙乱，矣钟这才断定怡茜已吃过了晚饭，一层的灯忘了熄就提前去睡觉，是他的回家打扰了她，使她中途从梦中醒来。他嘴里叫着怡茜的名字，绕开优秀向园子里走去，正要推开房门，不提防优秀嗖地一下又从身后蹿上来，用它的身子把他挡在门外，一张狗脸仰望着他，喉咙里又发出呜呜噜噜的声响。矣钟哭笑不得道，优秀，你为什么不让我进去，这难道不是我的家吗？优秀说，汪汪汪！矣钟费解地问，三声什么意思？

是，还是不是，还是又是又不是？

正问着房门从里面打开了，一屋子的灯光哗地涌进园子里，怡茜蓬松着一头卷发走出来，嗔怨地望着他说，要回来怎么也不先给我打个电话？矣钟笑道，刚才我已经对优秀说了，由于明天停电不能办公，所以我就提前回来了，我回来难道你不高兴吗？怡茜说，高兴，我怎么会不高兴呢？正好我给你介绍一位朋友，过去你听说过的。矣钟愣了一下，接着立刻又笑了说，好啊。

矣钟随怡茜进到客厅，看见有一个人坐在客厅的大沙发上，他把鼻子上的眼镜往上推推，认出一个男人，一个胡子跟头发打成一片的外国男人，那人一见他面就礼貌地站起身来，看看他又看看怡茜，怡茜上前一步为他们介绍说，这位是我的同事，英国专家斯蒂芬先生，这位是我的丈夫，英文翻译魏矣钟，刚从你们英国回来。斯蒂芬率先把手伸向矣钟说，您好。矣钟接过他的手来轻轻地摇了一下，感到那手温暖而又柔软，像一个活着的小动物的丹田，接着又想起送狗给怡茜的那个外国人的名字，就说，您好，您就是优秀的主人吧？斯蒂芬纠正他的话说，No，过去的主人。接下去两人就没话可说了，在沙发前面沉默地站了一刻，矣钟发现这位斯蒂芬足足比他高出一个头，这样站着实在对自己不利，就伸手示意他坐下，自己也带头坐了下去。

怡茜第三个坐了下去，坐在矣钟和斯蒂芬对面的一把竹子做的休闲椅上，继续对矣钟介绍着斯蒂芬说，斯蒂芬先生是我的好朋友，在你出国的这段日子里，无论在工作上还是在生活上，对我的帮助都是很大的。矣钟盯着怡茜那两片上下翻动的鲜红的嘴唇和一口时隐时现的雪白的米牙，觉得他们三人现在所处的位置正好是一个三角，这似乎是一个残酷的暗示，就咧着嘴角笑了笑说，我一眼就看出这位斯蒂芬先生就像他的优秀一样。斯蒂芬耸耸肩问，是吗？怡茜瞪了矣钟一眼说，你不要胡说八道！矣钟又咧嘴一笑说，我知道斯蒂芬先生不会介意，产生过萧伯纳的国家的人都是有幽默感的。斯蒂芬跷起一根大拇指道，您说得很对，以后我们可以成为很好的朋友。矣钟想起刚才进花园的时候，漆黑的楼上猛地一亮，随后窗帘里面一片慌乱的事，几乎不假思索地回答他说，恐怕不是朋友，而是战友吧，同一条战壕里的战友。说完这话，他觉得今晚自己的口才出奇的好，不做提纲也不打腹稿，完全是即兴问答，竟能把话说得如此漂亮。

这句话怡茜实实在在地听懂了，脸色酡红，却又不能当着斯蒂芬的面把意思挑明，只斜睨了斯蒂芬一眼，想不到斯蒂芬眼珠一转，也能懂得这话的含意，沉着地回答他说，可是我们并没有同时在这条战壕里战斗过。矣钟血往上涌，脸都红了，却依然坚持着笑道，谢谢您的诚实和坦率，我知道您指的是在我出国的这段日子。斯蒂芬从沙发上站起高大的身子，对矣钟伸出一只手说，今晚认识您非常高兴，我该走了，祝您晚安！矣钟一动也不动地坐在那里，接过那只柔软如动物丹田的手轻轻握了一下，冷冷地看着怡茜独自一人把他送出门外。他听见优秀在门外"汪"地叫了一声，被怡茜厉声喝住了。

怡茜送罢斯蒂芬回来，看见矣钟端坐在客厅的沙发上，把一双脱了袜子的脚泡在一只塑料盆里，盆子的上方氤氲着一团白色的雾气，他安静地闭着眼睛，用一只脚仔细地搓洗着另一只脚。怡茜说，你还没有吃晚饭吧？想吃什么我给你做。

矣钟说，我已经吃了一顿闷棒，因此什么也不想吃了。

怡茜说，我跟他真的没有什么，我可以用名誉向你保证。

矣钟说，名誉属于精神范畴，小于肉体的快乐，在这一点上我对你是深知的。

怡茜把他泡在盆里的两脚往上提着，酡红着脸说，今晚你太刻薄了，一点都不像是过去的你，你就不能听我好好地跟你说吗？

矣钟的两脚一动也不动地焊在盆底，依然闭着眼说，你想用这盆洗过一个人脚的水再去洗第二个人的脚吗？你能把这盆洗脚水喝下去吗？你如果能做到，我就能好好地听你说。

怡茜无论如何是不能喝他洗脚水的，受了这样的污辱，反而使她横下一条心来，鼻子里冷笑了一声，随手从茶几上抄起一只茶杯，啪地打碎在了地上。矣钟被惊得身子一抖，睁开眼说，念在我们曾经夫妻一场的分上，你让我在沙发上睡一夜好吗？今夜实在是因为太晚，马路上没有进城的车，不然我已经走了，你该不会逼我用脚走进城里去吧？

说完这话他就擦脚倒水，然后面向墙壁，把身子放平在沙发上了。

第二天清晨，度过一个不眠之夜的矣钟，默默地离开了这幢花园洋房。走出铁艺园门的时候，他觉得身后好像有轻轻喘气的声音，并且有一个东西在不停地摩挲他的裤腿，回头一看还是优秀。优秀迈着跳跃的步子一直跟在他的身后，走到马路边一个公共汽车站牌下面，矣钟站住，它也站住，仰起一张狗脸将他看着。矣钟就叹了口气，蹲下身子用手抚摸着它的头，叫了一声它的名字，优秀。优秀说，汪！矣钟问，我不在家的时候，家里经常是几个人？优秀说，汪汪！矣钟又问，每次来找妈咪的都是昨晚那个外国男人吗？优秀说，汪！矣钟继续问道，他俩在一起都干些什么？优秀用一双诚实的狗眼望着他，回忆了一会儿，接着

优秀　　**243**

身子一起一伏，嘴里大口地喘着气说，吼哧吼哧吼哧吼哧！

进城的那路汽车连影子都不见，矣钟看见路边不远处有一个卖早点的小摊，一个少妇揭开蒸笼，随着一股白色的烟雾腾空而起，一屉热乎乎的包子露了出来。矣钟拍拍优秀的头，走过去向少妇要了四个包子，一分为二地给自己留了两个，另外两个丢在地上，一边对优秀说，吃吧，一边带头吃了一口。优秀低头看看地上的包子，喉咙里发出一阵好像是咽唾液的咕咕声，接着却抬起头来望着矣钟，身子往后退了一步说，汪！矣钟戏谑道，你是以为反映情况有功，嫌奖赏少了，那好，我吃一个你吃三个吧。说着又把自己没吃的一个扔给它，不料优秀把身子又往后退了一步说，汪！矣钟不解道，这就奇了，难道是嫌包子里的猪肉少了？女老板，给它来根大肉骨！女老板正要转身去取有肉的骨头，不提防优秀呼啸一声蹿到她的身后，用嘴扯住她的红裤子的裤脚，喉咙里呜呜噜噜地响着，女老板不得已退回到矣钟的身边，对他笑了笑说，它不许我去拿，它要为你省钱呢！矣钟恍然道，我明白了，它可能觉得对主人的忠诚是它的本性，不应该用包子和骨头来做交换的。优秀对他说了声"汪"，一松嘴把女老板的红裤脚放了。女老板打量着矣钟问道，这位先生是不是长期在外面出差？有一位经常带它出来玩儿的漂亮人儿，是你家的太太吗？

还没容得矣钟答话，却听得优秀又"汪"了一声，扭着脖子直往马路上看，又用身子去拱矣钟的腿，矣钟顺着它的眼睛看过去，一辆公共大客车拖着长长的身子从小吃摊前一驰而过，慢慢减速停在刚才等过的站牌边，便赶快掏了钱给女老板，然后招手大叫着，直奔那辆停下的客车。

坐在摇晃的车上，矣钟仍然想着地上的三个包子，不知道在他走后优秀到底吃了没有，他奇怪自己的心情竟是如此的平静，对优秀的思念简直超过了怡茜，这使他一时间摆脱了痛苦和愤怒，成了一个虚怀若谷的人。

矣钟向区人民法院递交了离婚申请书，从来没有写过这种应用文的矣钟，这次连草稿也没有打，几乎是一气呵成。而令他想不到的是，他的要求遭到了怡茜的顽强抵抗，怡茜当着法官的面委屈地哭了起来，哭得像个舞台上的影视明星一样，红着眼泡，流着泪水，哽着喉咙要他拿出她和斯蒂芬通奸的证据，她再跟他离婚不迟。

跟天下所有没有能力活捉偷情者的丈夫一样，这条理由难住了矣钟，从此他只好跟怡茜开始了分居。有的夫妻分居是男女双方各居一室，井河不犯，矣钟和怡茜却不能这样。原本是矣钟的城内住房被怡茜卖了买了这个郊区别墅，以后就是全部送给矣钟居住他也无法消受，留给怡茜一人独居他又心有不平。一想到那个又高又壮的大胡子英国佬将天天前去那里，与他名义上的妻子共度良宵，矣钟的心就像被优秀啃了一口。

优秀的出现使他心中怦然一动，他想起怡茜要他拿出的证据，一个恶作剧的念头冒了出来。在他跟怡茜发生矛盾之前，他偶尔在报纸上看到一篇有关法律的文章，说是原被告方过去录音作证无效的条文，以后将在法庭上得到修正，这么说出示录音将有助于这桩婚姻的解脱。在办公室夜晚的电灯光下，他从自己的抽屉里找出一只早年学习英文的袖珍录音机，擦擦外观，试试录音，一切都跟新买的时候一样。

矣钟开始窥察怡茜的私生活，作案的工具就是电话。晚饭以后，他试探着用办公室的电话拨打自己过去的号码，听得里面空响一阵无人接听，心想这无外乎有两种可能，一种是怡茜和英国佬在外面娱乐，一种是怡茜和英国佬在床上娱乐。如果是第二种，他就有责任破坏他们的情绪，打乱他们的节奏。矣钟不厌其烦地拨了又挂，挂了再拨，一副不达目的誓不罢休的气势，终于，电话里有了回音，对方说，汪！矣钟说，你是优秀吗？妈咪在不在家？优秀说，汪！矣钟说，家里有几个人？优秀说，汪汪！矣钟说，他们两个在干什么？优秀记得自己曾经成功地回答过这个问题，并且得到了男主人马路边的三枚奖章，就身子一起一伏地大声喘息道，吼哧吼哧吼哧吼哧！

他像一位遭了伏击的败军之将，手握话筒在办公桌前走来走去，心情跟那一对幸福的狗男女正好相反，羞恼愤恨，沮丧悲伤。想着怡茜此时仍是他名义上的妻子，想着优秀仍是他那个名义家庭的看守者，想着一位丈夫出于本能的报复和一条家犬义不容辞的协助，他把手里本要挂上的电话又提到嘴边，冷静地对优秀说，优秀，爹迪现在要交给你一个任务，你能够完成吗？优秀说，汪！矣钟说，你去把那个王八蛋英国佬从妈咪的身上拖下来，咬他的屁股，咬他前面的那根玩意儿，狠狠地咬，咬断才好！记住了吗？优秀说，汪！矣钟说，那你去吧，注意不要伤了妈咪，也不要挂上电话！

优秀又"汪"了一声，接着就听到电话里一阵风响，随后从远处传来几声惨叫，人犬的搏斗声和器皿的摔打声响成一片。矣钟的心里突然涌出一股巨大的窃喜，他从录音机里弹出带子，把它装进衣兜，下次相见的时候且看她如何强辩。

只要不在法院，怡茜的脸上就毫无泪痕，她对矣钟出示的证据嘲笑不已，认为他堂堂一个大翻译的行为既荒唐之至，又幼稚之极，就像是三岁的小孩子干的把戏，简直有失自己的体面。不过通过双方这一时期的冷战，她的思想已有了大的进步，即便没有这盘人与狗的对话和狗对人的攻击，即便他不向她提出离婚，她也会向他提出来的。她对矣钟表了个态说，与其我们做一对仇恨的夫妻，还不如我们做两个和气的朋友，记住，无论我将来嫁不嫁给斯蒂芬，只要在你想我的时候，你就尽管地来找我。

这个婚离得和平高尚，体现了一对知识分子最起码的教养，与满脑子物质利益的世俗男女大为不同。郊区的那幢花园洋房归怡茜居住，二十年的按揭也由她支付，她补给矣钟三万美金，权当是把单位分他的两居室还给了他。矣钟一点也不怀疑这是她过去跟他一起生活时攒下的私房钱，只认为是斯蒂芬的婚前投资，这么说他们的确在打正经主意了。

一个星期以后，在京城一座建于十九世纪的教堂里，怡茜和斯蒂芬举行了婚礼。新郎新娘的许多中外朋友都前来祝贺，新娘的前夫矣钟也夹在其间，并且手持一束带刺的鲜花。满脸笑开了花的斯蒂芬嘴里说着thank you，长长地伸出双手过来接时，矣钟却故意闪开了他，而把鲜花献给了怡茜。他看见这对新人的脸上同时现出尴尬的神情。他还看见斯蒂芬的屁股那里高出一块，笔挺的白色西裤里面像是垫了一层内胎，使人联想到女士专用的卫生巾。唯有矣钟一人明白，那是不久前优秀创下的战绩，他的心里好似提前喝了一杯真正的喜酒，美滋滋的味道穿肠而过。

矣钟在怡茜付他的三万美金的基础上，自己又添了点钱，在城内买了一套两居室的二手房，距离出版社不远的位置，生活几乎又恢复了过去的样子。但是他曾经沧海的心境却永远不能回到过去了，奇怪的是他常常在深夜想起怡茜，想起出国前跟她在一起的快乐时光。他一遍又一遍地回忆，相信在那些日子里，在他们的二人世界里还没有斯蒂芬，至少没有这个英国佬后来那样的深入。这种思想严重地影响了他寻找其他女人的积极性，他对自己的最大放纵只是守株待兔，很少再有女人能够快速燃起他体内的烈火。

寂寞中他想起怡茜临别时留下的话，是出于自身的需要，同时也心存对她的试探和打扰，有一天竟真的打了一个电话给她，问她今晚他们可不可以单独地见一次？怡茜一听就快乐地回答他说，当然可以，斯蒂芬上周回国去探望他的父母，本想带我一道但我没有同意，正好你们又错开了。

矣钟从怡茜"正好错开"这句话里，这才吃透她对男人和性的态度，心想过去他在英国，不就相当于目前斯蒂芬回英国吗？他不仅不内疚他对怡茜这朵鲜花缺少施肥，不后悔他过于武断地拔掉了这株花树，反而庆幸自己及时地金盆洗手，调转船头，不然时时都有错开的机会。富有喜剧意味的是，现在他们两人的身份如同东北的二人转，正好相互来了一个交换，既然英国佬曾经给他戴过一顶绿色的帽子，那么他为什么不乘机还他一顶呢？

这瞬间矣钟的心里充满阳光，好像得到了意外之喜，他在镜子前面整理了一下衣装，像一个初次学会偷情的人，急急慌慌地乘车来到郊区的花园洋房。已经有很久没来过了，透过一格一格的铁艺栅栏，他看见园子里长满了浅浅的青草，觉得这里新鲜而又陌生。

首先迎接他的仍是优秀，他看见卧在门前的一团黄色蠕动了一下，紧接着一道箭光嗖地射到他的面前，矣钟低下头去用手摸它脑袋，嘴里一如既往招呼它说，优秀，是爹迪回来了！不想优秀并不汪叫，仰起一张毛茸茸的狗脸，在他的脸上审查了一刻，突然哐的一口朝他咬来。矣钟吃了一惊，闪身躲过，为了提醒它的注意不要误会，接着又叫它一声说，优秀，你不认识爹迪了吗？优秀居然不吃他这一套了，继续对他发起攻击。矣钟又气又急，骂声瞎了你的狗眼，被迫往后退了两步，抬手伸腿，摆出一副兵来将挡的架势，想了想又把眼镜摘下来握在手里，防止在格斗中被抓落在地。

优秀似乎真的不认识他了，或者认识他却把他当成了敌人，它的一双狗眼瞅准了他手里的眼镜，一声呼啸就纵了过来，随着那一股挟着风响的惯性，转瞬间就把眼镜准确地叼在了嘴里。矣钟心里又吃一惊，第一次领教了优秀的武功，像这样要咬断他的喉管也是小菜一碟，眼前他之所以还未伤一丝皮毛，完全是因为优秀看在过去主人分上。

失去了眼镜的矣钟已看不清优秀去了哪里，整个花园洋房在他眼里也是模糊一片，直到怡茜闻声出来，一边在嘴里呵斥着优秀，一边牵着他的手进到客厅。矣钟气喘未定，鞋也没顾得换就一头卧进沙发，他从厅侧的大镜子里看见了自己狼狈的样子，在怡茜面前竟有些不好意思。怡茜嘴里继续骂着优秀说，真不像话，连主人也不认了！矣钟突然想起在这里初逢斯蒂芬时，英国佬在他说的主人前面加上的"过去"两字，这时才深刻体会到两者的区别。

矣钟筹备了一天的好心情被优秀一口叼走了，穿着一件花布睡袍的怡茜，在他眼里好像一只移来移去的花圈，再也不能勾起他如火的性欲。怡茜扶着他步入二层的卧室，他听着她的软底拖鞋急切地摩擦木质地板，声音朝着窗子方向一路响去，一幅粉红色的窗帘出现在他的眼前，于是想起那个单位停电的夜晚，身上残留的一点欲望就像那晚的灯光一样熄灭了。

这个夜晚他们什么也没有做成。窗外的走廊上不断发出一种呜呜咽咽的哭声，矢钟忍不住轻轻下床，撩开窗帘的一角往外察看，他看见窗玻璃上紧贴着两盏小灯，在暗夜里射出两道绿色的荧光，吓得他双手一抖，窗帘悄然地滑落下来。重新回到床上以后，那绿光和呜咽就再也没有消失了，他开始眼巴巴地盼望天亮。

斯蒂芬从英国回来的那天，没有听到优秀的叫声，花园洋房的铁艺栅栏内，优秀过去卧着的地方放着一只青花瓷盆，盆里装满了萝卜炖肉，上面浮着一层金黄的油星，青绿的葱花和鲜红的椒丝。一阵清风从小楼的斜面吹来，把一股奇异的香味送进英国佬的大鼻子里，他蹲下高大的身子闻了又闻，忽然把两只灰色的眼珠瞪得溜圆，大声嚷道，朋友啊朋友，是谁杀害了我的朋友？！

痛苦

福生喝着喝着，把手里的扎啤往桌上一蹾："我他妈的得跟你把这事摆平了！"

酒店里的人都看着他们，亚非伸手去按福生的手，发现他的手跟脸一样，都成了盘子里猪肘子的颜色。亚非转脸对收银台招了招手说："买单。"

收银台的小姐手里拿着一张单子叮儿叮儿地走来，被福生用手一推，身子差点儿碰翻了紧邻他们的那张饭桌。邻桌的一个女人尖叫着，喂到嘴边的凤爪从手里震落了，掉在她的白旗袍上，坐她对面的男人慌忙扑过来，用两根指头拈起凤爪，又抓起桌上的纸巾擦拭旗袍，可是看了看弄脏的位置又无从下手。

"这个酒店糟糕极了！"女人夺过纸巾自己擦着，那位置比她的小腹还要靠下，染在上面的酱油看起来像是她的经期来了。

"我要起诉这家酒店！"男人愤怒地喊道。

"不行，"福生的声音比刚才大了一倍，"我他妈的非得跟你摆平了！"

亚非对满脸通红的收银台小姐，还有大喊尖叫的男人和女人道着歉说："对不起，我的这位朋友喝多了，我这就送他回家！"

"谁是这家酒店的老板？"邻桌的女人低头看看自己，觉得
这个样子太难堪了。

"谁是？"坐她对面的男人四下张望着。

收银台的小姐缓过神来，把手里的单子递给亚非，同时还礼
貌地笑了一下："没关系，正好是六十六元，六六顺！"

"谁他妈的喝多了？谁他妈的六六顺？"福生瞪着眼珠子吼
道，全身只有眼珠子不是猪肘子的颜色，红得像另一只盘子里的
两颗樱桃，"谁他妈的要你送我回家？你把我送回家了，你们两
个好上床是不是？"

亚非一边飞快地付钱，一边再次对小姐道歉说："真对不
起，他是说我的女朋友……"

小姐一如既往地笑道："没关系，先生路上小心……"

"谁他妈的是你的女朋友？"福生摇摇晃晃地站起身来，右
手抓住了一只汤盆，瓷盆里的排骨汤流进了他的袖管，"你说桃
子是你的女朋友还是我的女朋友？你说，你说啊？"

"我们不在这里说了，我们回去说吧。"亚非把手伸到他的
胳肢窝下面，架着他往外走了一步，"我们不说，我们让桃子自
己说好不好？"

酒店里的人有一会儿没有听到福生说话，以为他是无话可
说了，正要回头喝自己的酒，这时却听得"啪"地一响，紧接着
"啊"的一叫，再就看见亚非仰面朝天睡在地上，一些东西从他
的头顶咕嘟咕嘟地冒了出来，开始是鲜红的，后来又掺杂了乳白
的颜色。整个酒店都惊动了，坐得最远的人也把椅子往后挪着，
有的站起身子，扫了一眼旋转门内站得笔挺的保安。邻桌的女人
终于想到了报警。

"快打110哪！"她尖声提醒着酒店的人。

坐她对面的男人雷厉风行地掏出了手机，另一只手像雄鹰的翅膀一样张开，用自己的身子保护着她。

十分钟后，一辆救护车运走了亚非，另一辆警车带走了福生。

当桃子赶到医院的时候，亚非的脸已经变了形状，脖子以下覆盖着一块白色的床单，里面的身子硬得像一条干鱼，头顶被汤盆打破的地方贴着纱布，流出的血和脑浆被护士清洗干净，这使他变形的脸黄得像一片秋风扫落的枯叶。亚非的父亲双手搂着亚非的母亲，亚非的母亲却伏在亚非的身上号啕大哭："我的傻儿子呀，世上的好姑娘多得是，你为什么不把桃子让给他呀？"

桃子知道亚非的母亲没有看见自己，她也大声地哭喊着："伯母您好糊涂，爱是能够转让的吗？能够吗？"

"姑娘你回去吧，"亚非的父亲拉着她的手说，"你在这里只会增加伯母的痛苦。亚非知道你来看他了，他让我告诉你，他说得到一个人的真爱是幸福的，因此他很幸福。听伯父的话，回去吧姑娘！"

"我恨福生！恨他一辈子！处决他的时候我要亲耳听到那一声枪响！"桃子泪流满面，临走的时候咬着牙说。她不顾两位老人和护士的拦阻，冲到床单覆盖着的亚非身边，低下头去亲吻了那张苍白冰冷的嘴唇。

桃子献给亚非的花圈是在花圈店里定做的，上面扎满的全是桃花，左边的挽带上她亲笔写着：永远爱你的桃。

送别儿子以后的这段时间，亚非的母亲一直神情恍惚，从早到晚在满屋里寻找着，最后她从柜子里翻出了一把早年用过的剪刀。她一手握着刀把，一手的指头在锋利的刀尖上划来划去，指头上流出血来也没有感觉。亚非的父亲发现剪刀的刀尖朝着她的胸口，他没有扑过去劈手夺下来，却低声地问她说："只剩下两个人了，还想只剩下一个人吗？"

"我不会自杀的，"亚非的母亲缓慢地摇动着自己的头，灯光照着她已白了一半的头发，"我要去把他杀了！"

亚非的父亲吃惊地看着这个病快快的女人，没有料到她会这么坚决。他的劝导像在课堂上讲生命哲学。"杀了福生亚非也不能复活，你却会因此而失去自己的生命，那样不还是像我刚才说的，全家只剩下我一个人了吗？更何况……我认为福生并不是故意的……"

"我们都快六十的人了，不可能再生一个。"亚非的母亲这样回答他说。

"还不如让福生做我们的儿子……"亚非的父亲嘴里小心地嘀咕着，眼睛不敢正视他的老伴儿。这主张果然让她感到不可思议，她像面对福生一样怒视着他。

"你说什么？你再说一遍！"

"我是说，我是说，"亚非的父亲眼睛无处可藏，最后垂下去看着自己的脚，"我是说福生这孩子是我们看着长大的，父母离异了谁都没有要他，他的祖父只带了他两年也死了，以后他就一个人在外胡混，从小没有受过良好的教育，也没有母爱，没有任何女人的爱，他爱桃子，却发现桃子爱的是亚非，他感到自己太痛苦了，于是就把恨转移到了亚非的身上……"

"你的意思是说，为了让这个坏孩子不痛苦，就该让我们的儿子去死？"亚非的母亲说到这个"死"字，牙齿缝里像在撕裂一张做挽联的白绫，"而且就算我们饶了他，国法也绝不会饶他！"

亚非的父亲仍然低着头说："我已经想好了，我去做他的辩护人，争取法院不判他的死刑，争取轻判让他可以早日出来，如果他愿意的话就让他做我们的儿子，这样他就从此有了父母，有了家庭，我们也把他当作亚非，希望他将来像亚非一样……"

看着老伴儿仇恨的眼光渐渐变得无所适从，倒在床上小声抽泣的时候，他就趁机掰开她的手指，把剪刀成功地掌握在了自己手中，然后把她紧紧地抱在怀里。

"爱可以感化人性，治疗痛苦，我们和福生双方的痛苦。当福生代替亚非成了我们的儿子，我们就等于并没有失去亲人，也没有增加一个仇人，只有爱而没有仇恨的世界，不是我们一直都在向往的吗？"亚非的父亲像拍孩子睡觉一样拍着老伴儿，后来又说，"西方有很多国家已经废除了死刑，我想这都是有道理的。"

一个又一个的白天和夜晚，两个不幸的老人都这样互相拥抱着，想象着没有了儿子以后的岁月。从老伴儿紧紧抓着他的双臂中，亚非的父亲感觉到她已经接受了他的意见，就像二十多年以前同意生下这个孩子一样。

这天早上，老人坐车来到儿子出事的那家酒店，向酒店的经理说明自己是受害人的家属，然后问询当时的情形。经理有礼貌地回答他说："对不起，出事当天我正好不在，不过据在场的收银员和保安反映，本案是因凶手和您儿子争夺情人引起，跟酒店的服务质量以及进餐环境没有关系，如果索赔的话只能是向凶手的家属。"

"您误会了经理，我不是来索赔的，"亚非的父亲解释说，"我只是想知道我儿子的那个朋友当时是不是喝醉了酒，两人发生争吵时他失手打死了我的儿子？"

经理用怀疑的眼光看着老人，最后在嘴角那里笑了一下：
"您别在我们的酒上打主意了，凶手喝醉了酒那是因为他饮用过
量，本店各种品牌的酒都经过国家的检测，酒精度没有超标并且
也无其他有害成分。对了，他们那天喝的只是扎啤，两人也都没
有驾车。如果您还有什么疑问的话，可以再向当时的收银员和保
安调查，对不起，我能告诉您的就只有这些。"

老人还想解释自己的确不是这个目的，经理已经转过身去快
速走了。他摇了摇头，走到收银台前向当时在场的收银员打听，
一位小姐笑盈盈地回答他说："我就是，刚才我都听到了您跟我
们经理的对话，事情就是我们经理说的那样，公安部门也都调查
过了，这桩案子除了发生地点是在我们酒店，其他一切都跟酒店
没有关系。"

"姑娘你听我说，我不是来找你们麻烦，我是想知道打死我
儿子的那个孩子，那天他是不是喝醉了酒，是不是一时失手，"
他没像经理一样把福生说成凶手，他说的是那个孩子，"既然他
们两人一起喝酒，那就证明他们两人是好朋友……"

"他们两人是不是好朋友只有他们两人自己知道，就算是好
朋友，好朋友之间由于争风吃醋反目成仇的事多得是，酒店只是
为他们提供了爆发矛盾的场所，他们不在这里爆发同样会在其他
场所爆发。"小姐口齿伶俐地说着，远远看见保安在旋转门边走
来走去，就扬起手来对他招了一下，"据保安事后回忆，他们两
人进来的时候看着就有些不对头，你可以再问保安。"

保安听从收银台小姐的召唤，跑步过来对亚非的父亲敬了个
礼："先生您好，那天进门的时候我可以作证，两人就像是要打

架的样子，我本想拦住他们不许入内，但是酒店没有这方面的明文规定，当时我就担心酒店要吃亏了，果不其然，两人边喝边就干了起来！"保安脸上一派英明的表情。

保安的话反过来又启发了小姐。"酒店可不是吃了亏吗？凶手一掌推得我差点倒了，他还打破了一只汤盆，那是在您儿子买单以后……"

"我付你们这只打破的汤盆钱吧，我儿子活着时从来不欠任何人的钱。"亚非的父亲长长地叹口气说，不是因为替儿子赔偿汤盆叹气，是整个酒店没有一个人理解他。

"您儿子都死了，我们还要您赔什么汤盆！"小姐看见他的手颤抖着伸进上衣兜里，这才有点儿相信他不是来索赔的，心里一下子轻松起来，"我们都是受害者，自从发生那件事情以后，酒店的生意清淡多了。不过我们都要接受现实，过去的事情都过去了，您老人家注意保重，一路走好！"

保安听小姐说着送客的话，就双手搀扶着老人的胳膊，慢慢地往旋转门外走去。

亚非的父亲不断地回头，还想在酒店的顾客中了解一些当时的情况，但是如同小姐刚才对他发过的牢骚，酒店里的顾客确实不多，仅有的几位正用听不懂的外地口音谈着生意，从他们向他投来的好奇的眼光，可以看出一个也不是那天的目击者。老人在保安的搀扶下走出门外，找到来时下车的那路公交车站，依然坐那路车回到家里。

"事情就像我说的那样，福生的确是喝醉了酒，失手打死我们的儿子。"他隐瞒了今天的一无所获，用肯定的语气对老伴儿说，"酒店的人都说他们是好朋友，怎么也不相信后来会发生人命。福生是个孤儿，没人做他的辩护律师，我不为他说话他就完了，现在福生已经从公安局转到法院，明天我就到法院去要求看他。"

老伴儿目光哀哀地望着丈夫，她已经决定了一切都听从他的。自从当初答应要下这个孩子，二十多年来她一直都是这样，无论自己怎样想不通，到最后总得是由他做主。这是一个无比固执的老头子，她不止一次听他学生这么评价他，尊敬中带着稍稍的遗憾。

法院批准了他的要求，但是在安排他跟福生见面的那一天，为了防止被害人的家属刺杀罪犯，门卫对探视者的身体进行了严格的检查，还有他送去的补品和毛衣。毛衣是老伴儿夏天给儿子织的，秋天还没到来儿子就死了，他执意要把它送给福生，目的除了让这个可怜的孤儿度过寒秋，还有一个是不让老伴儿睹物伤情。亚非的父亲心想幸亏没让老伴儿也来，不然她会接受不了被人搜身，会把这种好心却被怀疑的委屈变成新的痛苦，唤起好不容易覆盖下去的仇恨，见到福生会真的发生意外。

福生染红的长发剃得精光，本来的黑毛却从嘴唇四周长了出来。他警惕地望着亚非的父亲，闭着嘴唇等他问话，像刑讯室的警察问他一样，问他为什么要杀死亚非。

"我知道你跟我的儿子是好朋友，那天是喝醉了酒失手打死我的儿子，"老人的第一句话就跟他的想象完全不同，"我想做你的辩护人，争取免你死刑，让你早日出来。你跟我的儿子是同年生的，你还有一段长长的道路要走，我不希望由于一次偶然的事件，一下断送两个年轻人的宝贵生命。"

福生听到第三句时就愣住了，不相信世上还有这样的事情，还有这样的人。眼前这位老人脸上的肌肉是真实的，每说一句就要颤动很多下，这种颤动牵连到下面的嘴唇，使它说完一句之后还抖个不停。这证明他很吃力，是从心里往外说的，福生从来没有听到过这样的话，这话好听得像是老师上课。他怀疑亚非的父亲是不是一位老师，过去他跟亚非认识，亚非只对他谈过桃子，却没有提起彼此的父亲和母亲，因为亚非知道他没有父母。

"不过我有一个要求，我希望你出来以后能做我们的儿子，不，不要等到出来，现在就做我们的儿子，"老人发现自己说得不够准确，立刻就纠正了过来，"这样就等于我们的儿子没死，而我们有了儿子，你也有了父母，我们就像真正的一家人那样互相关爱，和和睦睦地生活下去。"

老人把干涩的眼睛闭了一下，喉咙里悄悄咽了一点儿口水，睁开眼睛还想往下说时，却看见坐在对面的福生没有了，一个痛哭流涕的青年双膝跪在地上，一寸一寸地挪到他的面前。"爸爸，谢谢您原谅了我，救了我，等我出去以后，我要一辈子孝敬您，养活您，还有妈妈！我的亲爸爸亲妈妈呀！"

福生的痛哭使老人泪如泉涌，这是他多少天来想象的情景，眼前的事实竟跟他的想象几乎一样，他伸手扶着这个杀死儿子的人，泣不成声地说："孩子起来，你刚才又说错了一句话，我跟你妈妈都有工作，等你出来的那一天我们都可以拿退休金了，我们不是要你养活，我们只是要一个儿子，要一个儿子啊！"

他没法扶动跪在地上的福生，福生反而抱住他的双脚，随着狼叫似的一声长嚎，眼泪和鼻涕把他的皮鞋打得透湿。这样直到探视的时间结束，一对紧紧搂在一起的父子方才分开。临别时老人记起一句最要紧的话，他对福生说："好好服刑吧孩子，一定争取早些出来，爸爸妈妈在等着你！"

老人回家以后激动得一夜不眠，一遍一遍地向老伴儿叙述探视的经过，说到他跟福生哭成一团的时候，他忍不住抱着老伴儿又哭了起来。天快亮了，他忽然又想到了一个人。"如果桃子能去探视一次福生，那么他的心灵就会受到更大的震动了！"

"这是不可能的事情！"亚非的妈妈摇着头说，提起桃子她又伤心起来。

"我并不是希望她跟他好，只是希望她去探视他一次，因为他一直是爱着她的，"他慌忙向老伴儿解释，其实他明白自己心里何尝没有老伴儿理解的那个意思，但是他悲观地叹了口气，"那件事当然是不可能的！他自己也知道是不可能的！"

他选择了一个星期五的下午，去桃子的单位找到桃子，先代表老伴儿感谢她对儿子的一往情深，然后把话题慢慢转到福生，最后有点儿胆怯地对她谈了自己的想法。

"这是不可能的事情！"桃子的回答跟老伴儿猜想的一个字都不错，她吃惊地看着他的脸，担心因为受到刺激，老人的精神有些不正常了，"伯父，您怎么想到让我去做这件事呢？"

"福生现在是我们的儿子了，"他想了想才决定如实地告诉她，"我跟你伯母都想要一个儿子，而他也愿意做我们的儿子，这孩子从小没有父母，没有受过良好的教育，他是喝醉了酒失手伤害的亚非，我们以后就把他当亚非看待，希望他好好服刑早些出来……"

桃子没有等他说完就惊叫一声："天哪，世上还有这样荒唐的事！你们竟想出这么一个糊涂主意！过去有个成语叫作认贼为父，这下倒好，这下有人认凶手为儿子了！让杀死儿子的凶手做自己的儿子，你们对得起自己死去的儿子吗？你们还想要我……"

"姑娘你听我说，我可不是那个意思，"老人觉得自己被老伴儿误解了一次，千万不能让深爱儿子的姑娘再误解了，"我请你去看望一次福生，是想进一步感化他，让他立功减刑……"

"请原谅我伯父，"桃子冷笑着打断他的话说，"我是一个普通的女孩子，永远也没有您所希望的那么崇高，既然我爱亚非，杀死亚非的人就是我一生憎恨的仇敌，您记得我曾经对您和伯母发过誓，我要亲耳听到处决他的那一声枪响！实在对不起，让您老人家失望了！"

桃子突然双手掩面，闪开老人快速地跑了开去。

亚非的父亲看着桃子离去的背影，独自一人站立在秋风中，身子受凉似的抖了一下。他怀疑桃子的思想是不是比他正确，但他很快又坚定起来，他谅解了桃子的自私和狭隘，自己却应该坚持既定的方针，把跟福生刚刚确立的父子关系进行到底。

开庭的日子即将来临，老人提前三天就做好了辩护的准备，在课堂上讲了半辈子哲学，他相信自己的口才够用，不至于临场慌了阵脚。他像备课一样写了大半本提纲，又把重点语言打成腹稿，到时按照这个进行发挥。他还让老伴儿那天一定坐在听众席上，中途休庭的时候跟他碰一个头，告诉他哪些地方辩护得好，哪些地方还要加强。

那一天终于到了，他老早就来到审判大厅，在书记员那里签字报到。审判台上的人还没入座，听众席上却坐了不少，老人经过老伴儿座位的时候，坐在老伴儿右侧的一个穿白旗袍的女人看了他一眼，对她身边的一个男人说："这老头儿是被告的辩护，刚才我看见他在书记员那里签字，他一定想把被告的故意杀人说成是酒醉失手，不信等会儿我们听着！"

亚非的父亲愣了一下，担心这话被老伴儿听到，看看周围的听众小声问她："是不是换到后面去坐？那里离洗手间近……"

穿白旗袍的女人根本不想理解他的一番苦心，抢在他们离开之前又对她身边的男人说："这年头有钱能使鬼推磨，那天我亲眼看见凶手是成心作案，他先把收银台的小姐推了一掌，我这旗袍就是小姐倒过来时给弄脏的！"

"也许是凶手的一个亲属，"她身边的男人说，"刚才他签字时我也注意到了，我发现他的右手好像在抖。的确有的被告家属不信任律师，父母就亲自做儿子的辩护。"

亚非的父亲看见老伴儿脸色发白，接着看了他一眼说："带我到后面去坐吧，现在我就想上洗手间。"

开庭之后老人才看见福生，他被人带进一个囚车似的被告席上，本来一抬头就可以看见坐在辩护席上的自己，可他低着头哪里也不去看。老人两眼一转不转地看着他，认为他这是在低头认罪，心里就免不了一阵激动，感到这些日子的苦心到底没有白费。他的眼睛模糊起来，眼前的福生变得斯文秀气，英姿勃发，跟他的亚非一个模样，他对他说跟我回家去吧，他就听话地跟他走了。

老人的辩护非常成功，连他自己也没有想到，整个过程就像做了一个美梦。中途休庭的时候他撑起身子，正要去听众席上听听老伴儿的意见，公诉人走过来拉着他的手说："敬佩您呀老先生，我从来没有经历过这样的法庭辩论！"

"史无前例，"审判长说，"至少在我的办案史上是的。"

福生被判处七年零三个月有期徒刑，老人觉得这个数字是公正的。他马上计算出了福生回家时的年龄，并且开始安排以后的日子。

"三十一岁，他的一生可以从头再来，"他的眼睛望着老伴儿，眼前出现了未来的光景，"找个正当的事做，再找个合适的妻子……那时我们都已经退休三四年了，正好把房子装修一下，住在一起好好地过……"

七年零三个月的时光无比漫长，刑满释放的那一天，老人的头发全都白了。他担心福生猛地一下会认不出他来，昨晚扶着老伴儿去美发店里，一人染了一头黑发，回家时路过一家花店，老伴儿还花钱买了三枝百合。又是一夜不眠，两人清早起来就忙着收拾屋子，商量把儿子住过的那间小房分给福生，房里所有的摆设都原样不动。

见面的时刻惊心动魄，福生很远就认出了老人，老人却差点儿没有认出福生。铁门打开，一个中年模样的人光头上面顶着一块牌子走了出来，老人使劲儿睁了一下眼睛，看见牌子上有四个歪歪扭扭的大字，细认写的是"再生父母"，浑浊的老泪就一滚而出。福生的眼泪比老人更加汹涌，他把老人抱在怀里，用变音的嗓子喊着爸爸。

跟老人七年多来的设想一样，三人组成了一个完整的家，这个家里有父亲有母亲还有儿子，好像一切都回到了七年前，好像七年前撕破的一张全家合影又粘了起来。吃罢第一顿晚餐，老人让福生坐在他们对面，对他讲着这七年多家里发生的事情，因为这些事都跟他有关，而对亚非活着时的往事绝口不提。福生望着他们默不作声，只是不断地起身为二老倒茶。这天夜里三个人都睡得很晚，第二天福生却天不亮就起来，开门声惊动了两个老人，亚非的父亲穿着衣服追了出来："孩子你干什么？"

"我睡不着爸爸，我得出去找个事做，"福生压低声音，害怕吵醒了他的妈妈，"我在里面学会了做饭做菜，还练就了一手烹鱼的绝活儿，我想去试试酒店要不要人。"

老人一听酒店就想起倒在地上的儿子，心里立刻被针扎了一下，但他停了停说："休息一天孩子，在家我们好好聊聊，要不就看看书，明天再去找工作吧，不要去得太早，也不要去你们出事的那个酒店！"

他强行把福生留在家里，这一天是他们的天伦之乐，福生为二老表演了烹鱼的技术，以此证明他有希望找到活儿干。一天时间很快就过去了，福生记住老人的嘱咐，明早天亮以后再去求职，记住七年前的那个酒店不要进去。他坐车来到一条行人最多的街道，在那里一连进了几家经营餐饮的门面，然而别说是大酒店，小饭馆的老板看见他的样子都不动心，任他怎样低三下四，试也不要他试一下。幸亏福生思想上早有准备，知道事情不会一帆风顺，向老板们道过了别，接着再去找下一家。

以后的日子基本上就是这样，他早出晚归地出门求职，中午在外面草草吃顿快餐，坐车和吃饭的钱是老人给的，这一点让他想起来就更加不安。可这是没有办法的事，他只能早日找到事做，挣钱报答两位世上难得的恩人。老人越是安慰他不要急于求成，怕他一急之下又出意外，说一时找不到工作也没关系，就靠两人的退休金也能生活，但他越是急得要命。后来他放弃了给酒店烹鱼的打算，把视野扩大到整个社区，只要是能挣钱的事他都愿做，他想到过蹬三轮车载客、卖烤白薯、烤玉米，修鞋钉掌，给自行车补胎打气，清洗抽油烟机。最后他忽然想到了卖报，虽然干这个的多数是妇女和老头儿，但他年富力强腿脚又快，干起来更应该得心应手。

最合适的是不需任何工具，只要很少的一点儿本钱，清早从批发点领取报纸，坐地铁和公共汽车到站口叫卖，晚上就可以根据卖出的份额获取收入。福生明白了这项工作的原理和过程，决定马上开始行动，当天下午打听好了去批发点的路线，次日不到天亮就直奔那里。一切都还算顺利，到了中午和下午，再去批些晚报和其他报纸，由于他走动得勤快见人就喊，又会用重要的新闻吸引行人，福生第一天就挣了十二块钱，晚上回家把这喜讯告诉两位老人，老人为儿子的成功流下了热泪。

福生想再接再厉，过些日子再去试试时尚杂志或畅销书，方式由流动变成固定，向工商部门交点儿管理费，在社区门口摆一个小书报摊。这样想着他兴奋起来，中午去快餐店吃盒饭时，顺便买了一瓶二两装的小二锅头。他已经七年多没沾一滴酒了，从里面出来也没有喝，两位老人对他什么都好，唯一不许他喝酒。福生其实并没酒量，过去只是喝些啤酒，遇上高兴或者痛苦的事，就去随便找个店子灌上一瓶。这天快餐店里的啤酒都卖完了，只剩下白酒和红葡萄酒，福生选择了这种最便宜的。

他没想到这辈子还会遇上桃子，这么大的一座城市，这么多的人。他手里的报纸还没卖完，喝完酒接着再卖，他的嗓子净出尖音，连他自己都听出来了，他还觉得身子有些不听使唤，走起路来一摇一晃。这时地铁站里涌来一大群到站的乘客，卖报的妇女和老头儿蜂拥而上，福生也想上去却被人挤到一边，他看见车厢里走出一位漂亮的女士，像金鱼一样摆动着裙子，穿过人缝走到他的面前，从他怀里随手拿起一张报纸，塞给他一枚黄色的钢镚儿。就在这一瞬间，他认出了她是桃子。

"桃……"福生刚喊出一个字就闭了嘴，他是毫无准备喊出来的，要有准备打死也不会喊。他看见桃子惊讶地看他一眼，他想回避已经来不及了。

桃子好一阵子才认出他来，他的模样有了大的变化，头是光的，脸上又黑又皱，看上去肯定不止三十一岁，而当年他是一个蓄小胡子的长发青年。桃子认出他后呼吸骤然加快，瞳孔里放出两道刺骨的寒光，福生觉得自己掉进了冰窖，冷得他的身子抽搐了一下。

"你怎么还能活在这个世上！"桃子恶狠狠地说了一句，把手里的报纸用力打在他的脸上，然后转身走了，走了几步又回过身来，重新走到他的面前，用手指着他的鼻子说，"七年前你杀死了亚非，亚非的父亲却为你辩护，为你减刑，让你死不了，让你活下来，还让你做他们的儿子，你就从来不觉得痛苦，不觉得这样活着还不如死，不觉得两位老人是要替自己的儿子惩罚你吗？"

一大群人包围住了他们，看看桃子，看看福生，脸上的表情先是好奇，接着便成了鄙视和愤怒。人们继续往这里涌着，后来的人没有听到桃子的咒骂，睁大眼睛期待着她，桃子突然放声大哭，一边哭一边指着福生大声喊道："你们看哪，就是这个凶手，这个杀人犯，他竟然成了被害人父母的儿子！他又在喝酒了，你们闻闻他身上的酒气！"

福生被一片骂声笼罩在中间，他的脑子又昏又涨，身上燥热难当，出气一声比一声急促有力。听着桃子骂他喝酒，他才想起自己刚才又喝了酒，喝酒的感觉真是不错，酒把心里已经死去的东西又点燃了，重新发出呼呼的响声。他伸出双手想抓住桃子，任凭怀里的报纸掉在脚下，更多的手却狠狠地将他推开，推倒在

266

一个靠着墙柱的垃圾桶边。

他在地铁的垃圾桶边像狗一样躺着，感到整个城市都压在他的身上，无数的车子和人在他头顶奔走跺脚，心里不知道有多么痛苦。他觉得桃子说得很对，两个老人把他折磨得够呛，这样下去早晚也是一死，还不如把他们也给杀了，然后自己亡命天涯。福生从地上爬起身子，摇摇晃晃走出地铁，他还记得回家的路线，乘上了一辆正好停在站台的无轨电车。

家里的灯光是亮着的，所有的屋子全都亮着，亚非过去住的那间小屋，也是如今他住的那间，灯光是一种温柔橘黄的色调。福生不明白老人在他没回家时，为什么要点亮他房间的灯，他摇晃着走进家门，发现两个老人都坐在他的小屋子里，小屋的桌上放着一只蛋糕，周围插满了五彩的蜡烛。

"孩子你回来了？今天是你的生日！"两个老人几乎同时说着，脸上的笑容像灯光一样。

福生站在门口一动不动，他的酒全都醒了。

皇城奇遇

　　刘德华如愿以偿地登上了城楼，他把双手扶在城楼的栏杆上，俯视着城楼下的广场，广场实在是太大了，游人就变成一只只大蚂蚁，在上面爬来爬去。刘德华想起曾经看过的一部纪录片，模仿着里面的大人物，把一只手叉在腰上，另一只手向下面挥了一挥，他还想大声喊一句什么，不过他忍着没喊，他不敢喊，害怕一不小心会给自己喊出麻烦，这里可不是他们慈孝沟，不能随便闹着玩儿的。广场上的人没有理睬他的手势，他们看都不看他一眼，他们在那里跑着跳着，悠闲地散着步子，往天空上放着风筝，那风筝有的是雄鹰，有的是蝴蝶，有的却是蜈蚣和金鱼。北京人真是会玩儿，刘德华羡慕地想着，可是金鱼是水里的动物，蜈蚣是地上的毒虫，它们怎么能够飞到天上去呢？由此他又觉得北京人竟连这点常识也不懂，他不禁瞧不起他们来了，虽然他自己心里明白得很，这个瞧不起里有一种不服气的东西在起作用。

　　他想起了那个名叫刘晓波的男人，如果不抛弃他的母亲，如果自己回到北京以后，把他母亲和他也接到北京来，那他不也是一个北京人，此时不也可以在天安门广场上放风筝吗？母亲并没有告诉他这个男人的名字，是他从喇叭筒子姚臭嘴口中知道的，他还从她那里听到了"知青"这个名词。姚臭嘴口无遮拦，满世界地传播小道消息，已成为慈孝沟家喻户晓的典型人物，她的男人之所以将她一脚踢开，除此以外没有第二个原因。刘德华跟沟里所有的人都不同，他倒是很感谢她的一张臭嘴的，他记得在他还小的时候，姚臭嘴每次一见到他的母亲，老远就亲切地奔将过来，口口声声说母亲是跟她一样命苦的女人，又说他是一个没爹的可怜孩子。有一天她还小着声向母亲探问了一句：那个坏良心的东西还没有消息？他发现母亲并不愿意听到这样的话，每次都仓皇地看他一眼，然后拿别的话把姚臭嘴给搪塞开了。母亲说，姚嫂子你是去地里吗？今年你地里的红薯长得怎样？

后来母亲一见她就脸色发白，赶快拉着他不要命地逃走，有一次他听见姚臭嘴的声音在后面追了上来，妹子你给儿子改个姓吧，就跟你姓也行，凭什么还要姓刘呀？随着这样次数的增加，刘德华把她的只言片语串连起来，得出了关于母亲的一个秘密。一个名叫刘晓波的北京知青，在他们慈孝沟干了十年农活，最后一年跟他母亲成了亲，但是就在那一年的年底回到北京，从此一去再不复返了。刘晓波走后的第二年母亲生下他来，于是用喇叭筒子姚臭嘴的话说，母亲就成了跟她一样命苦的女人，他就成了一个没爹的可怜孩子。

刘德华想到这里，一下子忧伤起来，就好像突然间天气变了，广场上阳光灿烂的天空从远处飘来几朵乌云，为眼前的美景罩上了阴影。他不再向城楼下的人们挥手致意了，因为他不是电影里向下面喊话的大人物，就是把胳膊挥断也是枉然。他用手抚摸着城楼上的栏杆，又从横着的栏杆摸到竖着的柱子，就像小时候和母亲在一只洗脚盆里洗脚，用手抚摸母亲的小腿肚子一样。他觉得这些东西实在是太光滑了，圆润而又细腻，好比身上抹了滑油，摸上去手心舒服得很，母亲的小腿肚子怎么也不能跟它们相比。春秋两季，母亲的小腿肚子上面总是布满了鱼鳞般的裂纹，而一到冬天，它们就变成两块长条形的石头，或者两截树皮，那鱼鳞间并且现出一弧一弧的口子，轻轻一抓就是几道白印，随后在洗脚盆里落下一层白色的粉末。他害怕会从那些裂口里流出血来，就赶快把盆里的热水浇在上面，让它回到原本的颜色。姚臭嘴的那些令母亲闻之色变的话，就是在这样的时候说出来的。一年之中，只有春天要好一些，那时候年过罢了，天气渐渐转暖，沟里的柳树开始发青，坟头上的迎春花开出一枝枝的黄来，母亲的小腿肚子才不至于那样糙手。但是无论如何，说到天上掉在地下，它们也不能跟天安门城楼上的栏杆和柱子相比呀！

十七岁的刘德华很早以前就听老人讲过，北京城里的金銮宝殿，都是他们慈孝沟的金丝楠木盖的。开头他并不相信，这怎么可能呢，慈孝沟离北京城多远，北京城又有多少个好地方可以砍树啊，这是沟里的人在吹牛呢。可是有人给他搬来一本县志，翻到里面的一页字说，你会识字不？会就自己看吧。他读完高中，当然是会识字的，就接过县志看了，他看见县志里面这么写着：明永乐年间，朝廷建奉天殿（今太和殿）及承天门（今天安门），遣十万丁壮入湖广鄂坪慈孝沟，采金丝楠木作宝柱金栏。山险谷深，蛇毒兽猛，夏有蚊虫瘴疠，冬覆坚冰厚雪，故进山十万，出而八千，耗时二年得木五百株，龙颜大悦。刘德华这才和永乐皇帝一样高兴起来，觉得自己的家乡原来还是这般的伟大。

因此刘德华来到北京打工，心里怀着一个重大的理想，就是一定要爬上天安门城楼，亲手摸一摸用他们慈孝沟的金丝楠木做成的栏杆和柱子，不管花多少钱买票都行。至于姚臭嘴拦在路中教给他的，教他想办法找到那个名叫刘晓波的男人，说什么也要为他们母子讨回一笔钱来，这一条却被他淡淡一笑摇头拒绝了。他是一个有志气的青年，决不会做出这样的事情，更何况母亲并没有对他说过这话。刘德华用第一次打工挣得的钱，轻而易举就实现了登楼的计划，他认为这很值得，他看到了遥远而又伟大的北京，跟他深山里的老家慈孝沟的联系。就像是女人肚子上的一根脐带，把娘和儿连在一起呢，刘德华想到这里，抚摸柱子的手就又多了一分亲切。

今天是一个好日子，秋高气爽，风和日丽，登天安门城楼的游客不少，其中有些人的脸白得反常，还有一些则黑得古怪，一看就是来自别个国家的人，他们一人手里捏着一个照相机，脖子上同时还挂着摄像的玩意儿，一不小心，他就被他们照了进去，好几次他都被人家照进去了。刘德华对这一点很不满意，他认为他们应该对他打声招呼，取得他的允许才行，不能就这么说照就照，把他的像随便带到国外，对他们的亲戚朋友说，看哪，这是在中国人民的首都北京，天安门城楼上遇到的一个山里孩子，他用打工的钱买票来登城楼！自从拿定这个主意，刘德华就不肯好好地配合他们了，每当有照相机和摄像机的镜头向他伸来，他不是火速走开，就是把脊背和屁股送给人家。你们愿带就把这个带回去吧，他在心里好笑地想着，还故意把屁股扭上几扭，他听到身后发出一阵快活的笑声。

一位干部模样的人盯上了他。干部的一只手里握着一把带鞘的西藏小刀，刘德华认得这件东西，敢肯定他是从广场右侧一个穿长袍的人那里买的，因为他路过广场右侧的时候，一个穿长袍的人用普通话向他推销道：好刀好刀，三十块钱一把，真心想买还可以砍价！他脚也不停地径直走了，他要集中财力购买登楼的门票，不然钱不够了可就是个问题。干部的另一只手牵着一个瘦女孩，瘦女孩的那一只手里又牵着一个胖太太，看样子这是他的太太和他的女儿。手握藏刀的干部走着走着就走到了刘德华的面前，竟主动跟他搭上话说，小伙子，你叫什么名字呀？

刘德华，他回答说。他以为干部接下来会再问他是哪里的人。

嘻，他叫刘德华！瘦女孩首先发出一声惊叫，并且迅速地转过脸去对着胖太太，用手指着他说，妈妈，他叫刘德华，嘻！

他怎么不能叫刘德华？胖太太说，谁都可以叫刘德华！

那他会唱歌，他会唱《我是中国人》吗？瘦女孩问。

胖太太望着他笑了一下，伸手摸摸瘦女孩扎得花里胡哨的头顶，样子是不屑于回答女儿这么幼稚的问题。

刘德华也望着那胖太太笑了一下，心里的笑却是冷笑。会唱歌又怎么啦？有一天我会让那一个刘德华唱的歌是我作的歌词，不信你们就等着吧。不过这话他没说出口，他只是在心里这么想着。他觉得他完全有这个可能，在北京打工的日子里，有一天他偶尔看见晚报上登着一则征文启事，题目是《打工者的故事》，他心想这题目不就是给他出的吗？晚上他趴在灯下写了一篇，寄给晚报不久就登出来了，还得了个二等奖，给他汇了三百块钱来。歌词的字比文章可少多了，横竖就那么几句，又是大白话，让歌星站在台上翻来覆去地唱，别看台下的人瞎嚷嚷，那是因为他们净找怪衣服穿，有的身上没几根纱，全靠扭屁股和打飞吻，台上台下跑着握手，还喊着要人家鼓掌。如果只看歌词，如果他有时间写，敢保证他们谁也写不过他！

你也来登城楼？干部接着被女儿中断了的问话，又开始问起他来。

刘德华突然对这位干部产生了反感，他居然在这句问话里用了一个"也"字，同时在他的声调和他的眼神里，都明明露出一种居高临下的味道。我为什么不能来登城楼，难道我没有买登楼的门票，买门票时比你少给了一块钱？他在心里愤愤地质问着，连外国人都能来我怎么就不能来？但是他却用沉默代替了回答，作为对这位手握藏刀的干部的反抗。

这柱子真粗！胖太太发现了她丈夫脸上的尴尬，就把话题转移到柱子身上，她用又白又嫩的手摸着一根紫红色的大柱子，眼睛从下往上地看着它说。真高！从哪里运来的这大的树！

刘德华在心里笑了笑，出于一种报复的心理，他决定故意撇开这位干部，而对他的太太说一说话。他对这个胖太太的印象要好一些，是这一家三口里面最好的一个，至少她对他说话没有用"也"，她制止了女儿幼稚的追问，她对女儿说谁都可以叫刘德华，仅从这一点上来说，她把他看成是一个平等的人了。

你问这是从哪里运来的树吗？刘德华冲着她说，是从我们老家运来的，这种树叫金丝楠木，只有我们老家才有。

你们老家？胖太太对他的插话深感意外，她问这话是自言自语，并没有指望谁来回答，更没有想到是从他们老家运来的树。你们老家是在哪里？她随意地问着他。

南方，一座大山里面，离北京好远好远。刘德华没有告诉她具体地名，他知道这些什么坪呀沟呀的土名字，告诉她她也记不住。这个女人又白又胖，满嘴京腔，说话像念京韵大鼓的道白，一看就是从小在皇城根儿下长大的贵人。

那大老远的，它是怎么运到这里来的呀？胖太太疑惑地问。

用旱船，旱船你见过吗？刘德华兴奋起来道，他用两手比画着，先比了一个宽度，接着又比了一个长度，最后再比了一个船底的弧形。从树林里砍出一条路来，用黄泥巴在路上筑一道堤，堤上浇一些水，堤面就滑溜得像冰一样，然后把大树架在两头翘的旱船上，人就用纤绳拉着旱船往北京走，走到大河边上再运上大船。这是天热时候的运法，冬天就沿路打井，往路上浇水让它结冰，这旱船就变成了冰船。一只船上只能放一根皇木，一根皇木要动用一百多人，花一两年的时间才能运到北京……

你别听他胡说八道，一会儿金丝楠木，一会儿皇木！干部武断地做了一个手势，好像是手里的藏刀切断了刘德华的话，他对他的太太说过之后，接着又把眼睛转向刘德华，一脸的鄙视，他一定是为刘德华刚才不回答他的问话而怀恨在心，他不知道他的问话里面，有一个字伤害了刘德华的自尊心。他一脸鄙视地责问着刘德华，你有什么根据，就敢在这里散布谣言，你以为这是哪里？你以为是你们的小山沟吗？我告诉你，这是中国人民的伟大首都，北京雄伟的天安门城楼！你知道吗你！

刘德华一听到他那口气，一看见他那神色，就在心里做好了迎战的准备。我当然知道，我当然有根据，刘德华也采用他那样的口气，采用他那样的神色，惟妙惟肖地回答他说，金丝楠木就是皇木，皇木就是金丝楠木，因为皇帝修建皇城点名要金丝楠木，所以金丝楠木就成了皇木，这下你该知道了吧？这段话他说得像绕口令一样，比干部的口齿伶俐多了。我们县志里有记载的，而且还有诗为证，让我念给你听：

采采皇木，入此幽谷。

求之此得，于焉踯躅。

采采皇木，入此幽谷。

求之既得，奉之如出。

木既得矣，材既美矣。

皇图巩矣。

……

瘦女孩惊奇地推着胖太太说，妈妈妈妈，别看这个刘德华土了吧唧的，他还会念诗呢！

胖太太扬起一只白嫩的手来吓唬她说，不许胡说！

忽然手握藏刀的干部哈哈大笑道，你们别看他装模作样，让人觉得他山里人也有文化，不信让他讲一讲那诗是什么意思？讲给我们听听！

刘德华的脸刷地红了，心口狂跳不止，冷笑着说，你不是北京人吗，你不是有文化吗，我倒要听你先讲一讲啊！

干部的两只眼皮往上翻翻，分明是没有足够的把握。刘德华心里暗自得意起来，他小看山里人没文化，其实他自己才没文化，连这几句诗也讲不清楚，干部也有没文化的，北京也有没文化的人呢。刘德华又一次冷笑了，他居然笑出了声来，笑声像他们慈孝沟里的一种鸟叫，一下子招来了好几个外国人。

这种鸟叫般的笑声，还有他那冷笑的样子，不禁激怒了手握藏刀的干部，干部的一双眼睛里顿时射出两道凶光。今天我倒要跟你较一个真，你说这柱子是你老家的金丝楠木，你是怎么认出来的，你不妨教一教我，你教给我怎么个认法？

我们老家的金丝楠木树心是黄颜色的，金黄金黄，就像真的金子一样，就像用金子抽出的细丝捆在一起的。刘德华将计就计地教给他说，割开树皮里面有一股香气，像兰草花的香，比兰草花还要香，就是过一千年过一万年，这木头也是香的，香得叫人鼻子痒痒。刘德华把鼻子贴在一根柱子上面，夸张地长长吸了一口，把眼睛都闭上了。

我怎么一点都闻不出来？干部的确是一点也没闻着比兰草花还香的香气，但他看着刘德华那副沉醉的样子，还有他的太太和女儿也都把脸贴着柱子，模仿刘德华的样子沉醉着，他拿不准是不是他自己的鼻子有问题，朝廷为什么把这种树定为皇木，为什么选它来做天安门的柱子，这里面大概是有一定的道理吧，因此这话说过之后他就不再说了。他玩弄着手里的那把藏刀，用套在刀鞘里的刀尖在柱子前面划来划去，像是要划开那层紫红色闪闪发亮的油漆，真的看看里面的颜色。好吧就算有香气吧，可是我又怎么知道这木头还是金黄色的呢？

那我们就打一个赌好了，你敢不敢跟我打赌？刘德华睁开眼睛逼视他说，你把这柱子划开看看，看看里面是不是金黄色的？

干部恶狠狠地瞪了他两眼，突然把手里的藏刀往他怀里一递。既然是你老家山里的皇木，要划你就来划吧，你划！干部用小量的眼光看着他说，这眼光本身就是两把刀子，在他的心上划了一下。

刘德华一时想不起这把藏刀是怎么到他手里来的，现在他已经一手握着了它的刀鞘，另一只手捏在刀把上了。为了显示他的胆量，证明他对柱子里的颜色有绝对的把握，只听得嗖的一响，他把刀子从刀鞘中拔了出来，立刻有一道寒光照在干部的脸上。

胖太太拉着瘦女孩往后退了一步，母女二人几乎同时发出愕然的惊呼。

你真敢这么干哪，你想犯法了是吧？干部猛地吼了一声，只过了很短的一会儿，他右边的这只手就朝左边的那个胸兜插去，一只明晃晃的手机被他掏了出来。他迅速拨了一串号码，然后把手机贴近耳朵，转身走到城楼的一个角落去了。

刘德华恍惚听见胖太太很急促地说了一句，晓波你不要这样，自己的意识立刻就被砸个稀烂。天哪，这个北京干部竟然也叫晓波，他姓什么，他会不会就是姚臭嘴要他找的那个刘晓波呢？天下会有这么碰巧的事吗？不过这个干部的确也是太可恨了。他在这么五湖四海乱想着的时候，看见很多游客向他围过来，有人又对他端起了照相和摄像的玩意儿。很快从人群后冲出几个胳膊上戴着红袖章的人，他们扑到他的面前，一人夺下他手里的藏刀，一人推着他的肩膀往前走了。

晓波你不要这样，刘德华听着背后的胖太太又追来一句，声音比刚才显得急切，话里透着一种埋怨。胖太太大了声说，似乎还是说给几个红袖章听的。他不是要划柱子，他只是跟你打赌，做个样子给你看看。

但他毕竟还是被红袖章们带走了。

一个月后，刘德华又出现在北京大街上了。他并没觉得这一个月的时间有多么漫长，他跟别人一起住在一间黑洞洞的屋子里，听着别人谈吃谈喝又谈女人，而他纯粹就是一个哑巴，在这三十个日夜里他想的是一件事，他想那个名叫晓波的男人到底是谁，遗憾的是人都放出来了，那个问题还没想出来。他甚至愿意在黑屋子里再住一些日子，接着再往下想，还可以把那个胖太太和他母亲作个比较，从中得出某种信息。但他一出来就没工夫再想这些闲事了，不想了吧，天下叫晓波的男人多着呢，就算真的叫刘晓波也未必是那个北京知青，而且就算是那个北京知青，谁又能担保是二十年前住在慈孝沟的刘晓波呢？何况再说，就算是天下出了奇了，就算这位干部真是姚臭嘴唆使他要找的人，找到后他又能把人家怎么样呢？刘德华灰心丧气地想着，越想越觉得自己没有志气，觉得自己无聊，他得赶紧去找个打工的地方，上次的地方因为这个偶然事件，不可能再要他了。他的肚子饿得要命，他得想办法去吃点东西。

刘德华第二次来到天安门广场，这次在广场的左侧看见了那个穿长袍的卖刀人。卖刀人长袍的腰带上挂满了藏刀，在早晨的太阳下面，他的腰部看上去金光闪闪。他将一把藏刀从刀鞘里拔出来，又向刀鞘里插进去，就这么反反复复地拔着插着，银色的刀口和金色的刀鞘在他手里交融在一起，闪发出一种迷人的光辉。刘德华联想起那位干部手里拿着的藏刀，跟这把一样长短一个形状，真的是一个模子刻出来的，想起他跟干部打赌划开城楼上的柱子，看看里面是不是金黄色，闻闻里面有没有兰草花的香气，接着又想起后来发生的这些事情，心里突然产生了买刀的欲望。他走过去，从卖刀人手里接过那把拔出插进的刀。

最低多少？他用行家的口气问道，他知道这刀最低的价格是二十块钱。

二十块你快拿走吧！卖刀人果然看出他是行家，眼睛飞快地扫了一下左右，速战速决地告诉他说。

他把手伸进自己兜里。但是就在这一刻他犹豫了，他的手又从兜里收了回来。对不起，我身上只有十块钱，他对卖刀人撒了个谎，不好意思地笑道，下次我再来买你的刀吧。

十块就十块，看你是个乡下打工仔，赔本我也卖你一把！卖刀人眼睛又飞快地扫了一下左右，做出一个吃亏的样子，对他挥了一挥长长的袍袖。

刘德华的脸一下子红了。对不起，我身上连十块钱也没有，他脸上的笑难看极了，边笑边想瞅个机会走开。

原来你他妈的是跟老子闹着玩儿的！卖刀人伸手一把向他抓来，正这时迎面走来一个戴红袖章的，卖刀人的手又缩了回去，眼睛里却仍闪着凶光。刘德华趁红袖章走到他俩面前，机不可失地一转身就溜走了。卖刀人的两眼冒出两股火焰，等着红袖章刚一离开，拔出刀鞘里的藏刀向他砍去。我让你他妈的来玩儿老子！卖刀人气愤难平地吼了一声。

刀子闪着白光，带着响声，从刘德华的耳边飞过，当啷一下落在离他脚尖尺把远的地方。刘德华站着看它一眼，他想弯腰捡起刀来，送还给那个穿长袍的卖刀人，他觉得是他对不起那人，就像名叫刘晓波的知青对不起母亲，那个诬陷他的干部对不起他一样。但他终于没敢去捡，他从这把刀的上面跨了过去。

刘德华不知道自己要去哪里，他成了一个走投无路的人。再往前走，前面就是一个肮脏的垃圾场了，一伙十五六岁的小青年站在一间小房子的后面，一边抽着香烟一边分配一样东西，你几张我几张的，见他远远向他们走来，大家火速散了开去，其中一个岁数略大点的青年上前几步把他截住，从上到下地打量着他。

兄弟想找活干是吗？这人问道。

你怎么知道？刘德华友好地望着他说。

我一眼就看出来了，这人笑了笑说，那你就跟我们干吧。

捡垃圾吗？刘德华问，他又看了一眼小房子后面的那伙小青年，觉得他们的职业像捡垃圾。不过捡垃圾也行，只要能够挣钱，干什么都可以。他听见自己的肚子响了一声，现在的心里的确是这么想的。

这人摇了摇头。干吗要捡垃圾？你干吗只想到捡垃圾？这人又笑了笑说，你就没有想过干别的好事？

刘德华不由得心头一喜，有什么好事呢？他暗暗地等待着，尽量不动声色，担心一旦流露出过于的高兴，这人反而会瞧不起他，认为他是真的没有理想，没有抱负，因此把准备给他的好事又收回去了。他记得刚才他说捡垃圾的时候，这人脸上分明已经露出嘲笑的意思。干什么事你直说吧，我看我到底能不能干！他故意做出一副无动于衷的样子，虽然他的心里已经扑通扑通，一阵紧似一阵地跳个不停。

这时候站在小房子边抽烟的那伙人都走了过来，他们把他团团围住，什么话也不说，一个小矮子从裤兜里摸出一样东西，噗地丢在他的脚下。他一低头就认出来了，这是一只女人用的羊皮钱包，瘪塌塌的，像只里面被掏空的鸡胗子。

刘德华愕然地看了他们一眼，眼光落在最先向他走来的这人脸上。我不会干这个，他摇摇头说，他听着自己的声音并不很大，这使他这句话的含义显得有点模糊，是他不善于干这个呢，还是他不愿意干这个呢？他当然明白自己是第二种意思，只是不知道他们会怎么理解。如果理解成不善于干，他们会不会一口答应教给他干，但是如果理解成不愿意，他们会不会一齐扑过来，把他掐死？

你是不愿意干？小矮子问。

刚才我跟你们说着玩儿的，我来找一个人。刘德华忽然给自己编出一个理由，然后就顺着这个理由编下去说，我来是找我的父亲，他是我的亲爹，他不要我的母亲和我，回到北京过好日子来了。我的母亲不要我来找他，是我自己要来找他……

操他妈的，跟大哥家里一模一样！小矮子骂着人说，望望那个岁数略大一点的青年，看样子他是他们这伙人的大哥。

大哥很长时间没有说话，后来对他们一挥手说，要走就让他走吧！说完又转向刘德华道，以后在北京混不下去了，你可以来找我，就在这里！

刘德华权宜之计地点了个头，赶快转过身去走了。其实他相信自己就是饿死，也不会来找他们的，他是一个正派的青年。休想要我入伙！他在心里冷笑一声。走上大街以后，刘德华对自己刚才的点头有了意见，觉得现在的人都很复杂，竟连他也这样，有时候的动作非常奇怪，根本不听大脑的指挥。

他向来时的那条路上走着，心里又不由自主地想起了那个名叫晓波的男人。

好大一棵树

老汉光着脊背靠在苹果树上，一不留神就睡着了，风把扣在他头上的草帽刮走了他都不知道。他梦见了儿子小的时候，他也年纪不大，他把光屁股的儿子顶在头上，仰着个脸，儿子的小鸡鸡触着了他的额头，痒酥酥的，他说你这个小杂种啊，要是撒尿可全都撒进我嘴里了啦，就用手去摸儿子的小鸡鸡有没有硬起来。可是那个东西很软，而且小得出奇，拈在手里就像一颗煮熟了的米粒儿，这下子把老汉吓坏了，这可怎么办呢，他还指望着儿子给他传宗接代，像这个样子还能传个什么代哟！

这么一吓老汉就醒了，从一个遥远的年代回到了树下，原来是摸着了一条毛毛虫，苹果树上掉下来的，还是活的，在他的头上扭啊扭的。老汉把它拈下来顺手扔在草地上，想了想又觉得便宜了它，应该把它捏死才对，不然它早晚还会爬上树去，专拣树上的嫩叶子吃。老汉一撑身子站了起来，他要去找他扔掉的那只虫子，找到了把它捏死，让它再也无法爬上树了。但他怎么也看不见了，却看见他的那顶草帽被风刮到了另一棵苹果树下，就像是故意要勾引着他过去，看看那棵树跟他看守的这棵树有什么不同。

有个什么不同呢？老汉心想，其实照他看来，果园里的每一棵苹果树都长得不错，别看它们个子不高，腰身又细，枝枝叶叶也都疏疏朗朗的，但是苹果树终究是要结苹果啊，那些树三年前就开始结苹果了，而他看守的这棵树倒是比它们魁梧，看上去财大气粗，可就是中看不中吃，核桃大的苹果都不结一个，还专门派一个人整天看守着，人家结苹果的都不用人看守，你不结苹果看守你做什么？

老汉不服气地想着，弯腰去捡草帽，黑乎乎的脊背就对着了太阳，他的脊背上印满了树皮的花纹，一波一波的就像人工绣出的图案，简直跟艺术品一样。老汉刚刚把草帽戴在头上，就听到前面有汽车开过来的声音，那声音突然又没有了，接下来他看见果园的场坪上停了一辆大轿子车，车门一开，从车上首先跳下来的是镇长，身后陆续又下来了一帮子男女，男人有的穿着西装，有的穿着夹克衫，女人穿的是长裙和旗袍，漂亮得像是从电视里走出来的。老汉立刻觉得身上一热，心想他们怎么就不怕热呢？人跟人到底是不一样的，看他们把身子蒙得那么紧，可能就没长出汗的毛眼。老汉有些不好意思起来，担心那帮男女看见了他，认为他这光脊背的样子很不体面，站在那里走也不是，不走也不是，就把草帽往下拉了一把，想等他们过去以后，自己好回到那棵树下面去，接着再睡一觉。刚刚他才眯着一会儿，就被那只虫子给爬醒了。

那帮男女却不明白他的心事，要去的地方正好是他刚才靠着睡觉的那一棵树。不是他们要去，是镇长要领他们去，镇长把他们领到那棵树下，围着树干站成一个半圆形，像是一把打开的折扇，呱啦呱啦地讲着什么，脸上的表情很是严肃，两只手还比比画画。一个穿旗袍的女人忽然打断镇长的话，提出一个问题说，的确是济生同志亲手栽的吗？

镇长肯定地点着头说，的确是的，那天清早天上下着小雨，济生同志亲自挖坑，亲自把树放进坑里，接着又亲自培土，工作人员把雨伞撑开了遮在他的头上，济生同志说，让我跟我的苹果树一道接受风雨的洗礼吧！

老汉看着穿旗袍的女人愣了一下，觉得她脸上有个地方像他儿子的娘，特别地像，他想起来了，是那两条又长又细的弯眉毛，从眼睛这头一直盖到眼睛那头，儿子的娘年轻时的眉毛就是这样，镇子上的街坊邻居都称那是蛾眉。她死的那年也只有穿旗袍的女人那么大，不过她要是活到现在，也能做那女人的奶奶啦。

长得真棒啊，这个果园里所有的苹果树还数这一棵长得最棒，你看它的枝干多粗，树叶子密得连雨都落不下来！一个穿西装的男人赞叹地说着，看了穿旗袍的女人一眼，好像这句话是为她说的，想讨她好。

老汉站在远处看着他们好笑，心想一看你们就是外行，懂得个屁！如果不是镇长领着，老汉就把这句粗话说出口了。看守这棵苹果树的任务是镇长分派给他的，这棵树长得好不好跟他有关，也跟镇长有关，他不能让镇长的脸上无光。镇长只让他看守这棵树，给树浇水淋粪的任务另外交给了一帮人，那帮人害怕任务完成得不好，先是只管把大粪往树根下淋，后来进果园的人都反映说臭，镇长才让他们改用化肥。老汉很想告诉这支参观的队伍，粗有什么用，密有什么用，那边跟它一年栽的树都已经挂果啦，可它倒好，苹果花一谢果蒂就缩回去了，像是凉水浸过的小鸡鸡一样。但是这话他更不能说出口来，参观的队伍里女人占了一半，尤其是那个穿旗袍的女人，一听这话准得脸红，准得皱起她的两条弯眉毛。儿子的娘年轻时就是这样，她不许他说这些难听的粗话。

接下来镇长领来的那帮男女就雀跃着，冲到这棵树的下面，让一个拿照相机的拍下他们跟树的合影。老汉心想，幸亏虫子把我爬醒了，风又把我的草帽刮走了，要不然这时还靠在树上睡觉呢，镇长准得踢我一脚，让我到别处去避一避，别给自己丢脸！他知道镇长是个很爱面子的人，嘴上说的是他，心里想的是这棵苹果树，并不是怕他给自己丢脸，而是怕他给这棵苹果树丢脸呢。在镇长的心里这棵树比这一个果园，比这一个镇子还要重要，就别说他这个看守树的老汉了。

老汉不想等着镇长赶他，他想趁这帮男女跟树合影的时候主动走开，等他们合罢他再回来。可是他不转身倒好，他这一转身，那个穿旗袍的女人就发现了他。穿旗袍的女人在背后喊了他一声，喂，那位老大爷，过来跟我合个影好吗？

穿旗袍的女人不光长得好看，说话的声音很好听，就像电视里的播音员一样。老汉的耳朵并不很背，但他以为她喊的是另一个老汉，这么好听的声音怎么会是喊他？这么好看的女人怎么会跟他合影？他一边加快速度往前走着，一边往左右看了一眼，他看见这大一片果园里没别人，除了这帮参观的男女以外连个年轻人都没有，更别说能够叫老汉的了。就在他一犹豫的时候，穿旗袍的女人又在背后喊了一声，喂，那位光着脊背的老大爷，过来跟我合个影好吗？

这就肯定是叫我了，老汉一听说光着脊背，两脚顿时就停了下来，回头一望，穿旗袍的女人果然对他直招手说，老大爷，我特别想跟您合个影！

老汉在心里说，你跟我看守的苹果树合个影就行啦，实在想跟人合，就跟镇长再合一个，跟我一个老汉合个什么影？人是年轻的时候好看，老了脸上皱得像个核桃，合影时笑吧是个龅牙子，不笑吧又是一个瘪嘴，反正是丑得很，何况自己还光着脊背，跟人家女人合影，洗出来可对谁都没好处。这样想着，就对穿旗袍的女人摆了摆手说，算啦，跟树合了就算是跟我合啦！

穿旗袍的女人想不到自己会遭到拒绝，情绪立刻低落下来，好像有点儿下不来台，那个穿西装的男人觉得刚才讨过她的好了，已经有了一定的基础，就趁机往她身边靠过去说，跟一个老汉合影有什么意思，要合就跟我合一个！

穿西装的男人嘻嘻笑着，眼看着跟穿旗袍的女人靠在了一起，却被她一掌推开了。穿旗袍的女人嘴里好像学着鸟的叫声说，去去去，你给我走开，去！

镇长发现穿旗袍的女人那么执着，就只好出面来解决了，他小跑着过来抓起老汉的手，像牵羊一样往那棵树下牵，并道，真有你老汉的，这么漂亮的大城市的女人，刚才你亲眼看见的，别人想跟她合她都不愿意呢，她想跟你合你倒不愿意！一边对着穿旗袍的女人笑道，合吧合吧，你怎么知道他就是这棵苹果树的看守员？

看守员？穿旗袍的女人两条蛾眉动了一下，接着跳高似的往上一跳，啪啪地拍着手说，哇噻，原来是看守员，我可不知道老大爷是这棵树的看守员，我只想找果园里的人合影，怎么就正好碰上这棵树的看守员了，你们这里是一棵树一个看守员吗？

当然不是，镇长回答她说，微微的笑容证明这是一个幼稚的提问。只有济生同志栽的这棵才有。

哦！很多人的嘴里发出一声惊呼，并且朝着老汉走来，像是有人把折扇往拢合着。穿旗袍的女人更来劲了，跳舞一样来到老汉身边，不断地变化着姿势，忽然啪地拍了个手，把刚才这些全都推翻了说，我跟老大爷背对背地坐在这棵树下面，摆出一个共同看守的样子，好不好？

听到说背对背，镇长这才发现老汉是光着脊背的，想脱下自己身上的衣服给他穿上，可是他只穿了一件衬衣，这么一来老汉身上有了衣服，他却是个光脊背了，这不等于看守这棵树的老汉成了他，而他成了看守这棵树的老汉吗？镇长急得一双眼睛四处地看，希望参观的队伍中有人也会发现这个问题，然后主动把身上的衣服脱给老汉。他们都穿着两件衣服，脱了外面一件，里面还有白衬衣和花领带，不是老汉赖着要跟他们的人合影，是他们的人赖着要跟老汉合影，当然是该他们解决老汉的衣服了。

可是他们中竟没有一个人发现这个问题，也可能想到了却故意装着糊涂，老汉黑乎乎的光脊背上，在树上摁满了疙疙瘩瘩的印子，像是被剐去鱼鳞的鱼，挨近膀子骨的那里还黏着一小片树皮，不管是谁的衣服穿上去了都有弄脏的可能性。老汉就这样光着脊背，跟穿旗袍的女人背对背地坐在了那棵树下。穿西装的男人眼尖手快地递过去一张报纸，让穿旗袍的女人垫在屁股下面，老汉的屁股却直接坐在淋过大粪的地上。为了不挡住头顶的光线，拿照相机的人要老汉把头上的草帽摘下来，在一只手里拿着，脸上做出幸福的表情。老汉听话地摘下草帽，把脸上的表情尽量往幸福里做，那帮人看见老汉这个样子，都发出夸张的大笑，老汉也跟着笑起来，这时听得咔嚓一声，就这样他跟穿旗袍的女人把影合了。

穿旗袍的女人为自己的创意高兴起来，又啪啪地拍着手，号召大家都来学习她，各想一个姿势来跟老汉合影。几个穿裙子的女人嘻嘻笑着，一时想不出更好的姿势，她们就一拥而上，叫老汉从地上站起来，包围着他集体拍了一张。再接着有的男人也这么做了，他们让老汉站着别动，一个一个地轮流去拍，这些西装革履又白又胖的人与老汉站在一起，使画面显得非常滑稽，每上去一个就会引起另外一群的哈哈大笑。镇长也笑，镇长笑的时候脸都红了，他一方面是为参观的人们高兴，另一方面似乎还有一点儿后悔，早知道是这样，镇上花钱给老汉买件好衣服穿上，那就好啦。

老汉合一个影，就在心里记一个数，他觉得自己像根木桩，一动不动地钉在树边，头顶上是太阳，又不许戴草帽，每合一个都得费出不少的工夫。老汉脸上的幸福越来越少了，到了后来简直像个傻子，恨不得马上结束这个合影的刑罚。他就这么一个一个地合着，总共合了十八个影，只剩下镇长没有合了，老汉在地上跺了跺脚，他的两条老腿都站麻了，身子僵巴巴的，而且头有些晕，再合一个恐怕就要倒了。幸好剩下的是个镇长，他认为没有必要跟镇长合影，镇长三天两头都要到果园来一趟，还怕往后见不着面吗？

镇长没有跟他合影的意思，可能也是这么想的，老汉觉得这下他该走了，就把拿在手里的草帽重新戴在头上，转过身去正要走时，一个穿裙子的女人叫住了他。老汉记得穿裙子的女人刚才集体跟他合过影的，害怕她又想好了一种姿势，要来单独跟他再合一个，心里就紧张起来，不由自主地用手去摸头上的草帽。穿裙子的女人却问他说，老大爷，您今年有多大年纪了？

老汉松了口气，把手放了下来，又开两根指头在她眼前晃了两晃，见她没有什么反应，以为大城市的女人看不懂这是多少，又用嘴说，满八十八，过完年就进八十九啦！

哇噻，我还以为您只有六十多岁呢，穿裙子的女人大惊小怪地叫着。比我爷爷还大一轮，可我爷爷已经成了植物人了！要不如今大城市的人都愿意往乡下住呢，住在这里看看果树，想种就种几棵，每天呼吸新鲜空气，不延年益寿才是怪了！

可别这样说，老汉在心里抵触着，他知道这个穿裙子的女人说的都是假话，这里好你们就到这里来住呀，想看果树也好，想种果树也好，都随你们便呀，又没有人拦着你们！但是老汉嘴里也学他们，笑呵呵地说着假话道，就是，就是。

不过老人家我要问您，您这大年纪怎么不在家里守着孙子，怎么要在这里守着一棵苹果树呢？穿裙子的女人说着，发觉自己算错了账，不对，不光是孙子，在乡下八十八岁的人，只怕孙子又有孙子了吧？

穿裙子的女人说完就咯儿咯儿地笑起来，是为乡下人的早婚早育感到可笑，她不知道孙子的孙子该叫什么。老汉脸上的笑容慢慢地收缩着，眼光也慢慢地暗下去，接着有些伤感地说，我哪里有孙子哟，我儿子五十年前就死了，要是我儿子不死的话，你给我算一算，我是不是该有玄孙了？

老汉要穿裙子的女人给他算一算，他自己的手指头却一抖一抖地扳了起来。老汉的手指头又皱又抽，皮包着骨头，上面长满紫色的斑块，活像在地上刨食的鸡爪子。穿裙子的女人眼睛从老汉的手上移了开去，分明是嫌他的手脏。但她责备自己勾起了他伤心的往事，就不再跟他说儿子和孙子了，想了想又把话题转到苹果树上。穿裙子的女人看了一眼领她们来参观的镇长，问老汉说，您在这里看守这棵苹果树，是你们镇长的安排吧？

是镇上的安排，镇长的眼睛迅速转了一下，脱口而出说。他猜不透穿裙子的女人了解这事有什么目的，只知道她们都是一些当官的夫人，那些男人也个个都是耍笔杆子的，所以一听这话就警惕起来。其实就是看一看，守一守，防止有人从事破坏，也不干别的什么活儿，这事很适合找个老汉，他也愿意来干这个，老汉你说是不是这样？

就是，我特别愿意来干这个。老汉说得跟镇长一模一样，不过后面再说就不同了，镇上管我吃喝，还给我钱，在这里我又能每天看到我的儿子，你说我为什么不愿意？

穿裙子的女人皱了一下眉毛，她的眉毛没有穿旗袍的女人那么好看，像是两条黑虫子趴在眼睛上方。她试探地问老汉说，刚才您不是说，您儿子五十多年以前……

老汉用手在胸脯上使劲儿搓着，好像那里面藏着他的儿子，胸脯上的一层黑皮被他搓得发红，又皱成了一团，看上去让人提心吊胆。他的两只眼睛望着果园的对面，痴呆呆的，简直忘了这个穿裙子的女人。镇长担心老汉怠慢了参观的贵宾，就替他回答着说，五十年前为了保卫这个镇子，他儿子一人打死了九个敌人，后来自己也死了，就埋在那儿，看见没有？喏，就是对面那片墓地，那儿埋的都是当年死了的战士。济生同志就是在那次被敌人抓走的，后来才被释放出来。

队伍里发出一阵惊呼，虽然声音不是很大，老汉还是听到了。他看见所有人的眼睛都向对面那片墓地望去，一个穿夹克衫的男人向前跨了一步，把掉在鼻子上的眼镜往上推推，怕的是宽大的塑料镜框挡住视线。他的胸前没有领带，却有一个用红丝绳坠着的牌子，上面写的好像是"记者"两字。穿夹克衫的男人转过脸来，眼睛看着身边的老汉，忽然他问，老大爷，我一定要弄清一个问题，您在这里究竟是为了看守这一棵树，还是为了看守您儿子的墓地呢？

这个问题问得很毒，只有记者才有水平问出这么毒的问题。镇长为老汉捏了一把汗，担心他会钻进对方的圈套，说出后面的一句话来，就又一次替他回答说，当然是为了看守这棵树了，这是济生同志亲手栽下的一棵苹果树，有句话是怎么说的来着？对了，看守它是一种神圣的职责！

您是这么想的吗，老大爷？穿夹克衫的男人撇开镇长，他想直接跟老汉对话。

我也说不好是为什么，老汉忘了按照镇长的口径，嘴一张就把话说成了这样。反正自到这里来了以后，我经常梦见我的儿子。那年我的儿子才二十岁，他死不久他娘就死了，全家就我一人活了下来，我要想见到他们，就只能在这里见啦！

穿夹克衫的男人深沉地点点头说，我明白了，您的潜意识里是把您儿子和树融为了一体。谢谢您，老大爷。

你搞错了，这棵树不是我儿子栽的，老汉疑惑地望着他说。

是的，这棵树不是您儿子栽的，但是我可以视同为您儿子栽的，穿夹克衫的男人慷慨陈词着，鼻尖上的汗珠都冒了出来。他用手去擦汗的时候顺便把眼镜往上推了推。您儿子如果活到今天的话，说不定也是济生同志那大的官儿了，假设他衣锦还乡，想在果园里栽一棵苹果树作为纪念，这棵树不就成了他的杰作吗？

老汉为他这个大胆的设想吓了一跳，但他自己却也忍不住设想起来。真要是我儿子栽的树，我就不会让人这样那样地摆布它，叫它长成这个中看不中吃的样子了，我会叫它顺其自然地开花结果，苹果树就是苹果树，苹果树不是栽着给人看的。老汉没敢把这话告诉穿夹克衫的男人，他只是在心里这么说着。一想到栽这棵树的是他儿子，老汉立刻就兴奋了，心里盘算着应当采取的办法，想象它硕果累累的丰收景象。不过话又说回来了，他的儿子真要是不死，如今当了那大的官儿，回到家乡在果园里栽了这棵树，他就不会抢着来看守它了。老汉的心里比镇长都明白，这事说是分派给他的，其实也算他抢过来的，完全是为了每天都能看一眼儿子的坟墓，他才从镇长手里接受了这个任务。

幸亏是夏天来，要是等到秋天结果的时候，你们可就要看出大问题啦！老汉看着镇长领来的这帮外行心想，他们已经参观完了这棵树，又在果园里转了一圈，然后倒背着手，在镇长的带领下往前走去。老汉满以为镇长会领着他们一直往前走，走到对面的那片墓地，看看五十年前死去的那些好汉，其中包括他那打死九个敌人的儿子。但是队伍却在前面拐了个弯，朝着停车的场坪走过去了。

老汉的心都凉了，他记着这帮人临走的时候，除了穿夹克衫的男人跟他握了个手，其余的连声招呼都没有打，穿旗袍的女人迈着跳舞的步伐向前走着，因为合影时穿西装的男人递了她垫屁股的报纸，两人到底凑到了一起，说着笑着头也不回。穿裙子的女人走在最后，老汉发现她倒是回了个头，并且还伸出手来，以为是要对他挥上一挥，却见她从他看守的那棵树上摘下一片苹果树叶，拿在手里又往前走了。

这些无情无义的人，还别说是回到大城市里，现在就已经把他忘啦，老汉失望地想着。他后悔不该跟他们合了那么多影，总共是十八张，光着个脊背，帽子都不许戴，花了足有一顿饭的工夫。这些合影洗出来后，还不知道寄不寄给他呢，本来上面有他的像，按说是应该寄给他的，可是老汉这才想了起来，他们谁都没有问过他的地址，也不知道他的名字。他们只叫他老大爷，寄合影时写老大爷又收不到的！

太阳在向山下落着，果园里的热气降了一些，老汉的光脊背上感到了凉意，身子不觉打了一个寒战。因为在太阳下面晒了半天，他的喉咙发干，肚子发慌，现在得回家去吃点喝点，找件衣服披在身上，八十八岁的孤老头子，病了倒了又没人管，一到那个地步可就完啦！老汉觉得自己在这棵树下被人家摆弄了半天，到头来落了这么一个下场，这下场虽然说不上很惨，可它又好在哪里呢？

垂头丧气地走在回家的路上，老汉心里有了一个想法，他想今年就这么看守过去算了，明年开春，他去挖一棵苹果树苗栽在儿子的墓前，往后他要看守就看守儿子墓前的那一棵树，看着它好好地长大，结出苹果。再有大城市的人来镇上参观，万一参观到了这片墓地，他就抓住机会，给他们讲儿子和他们的战友，讲他们五十年前是怎么牺牲的事。

老汉的心情一点一点好了起来，这时候，太阳完全落下去了。

臭
嘴

　　无论世人认为王子麟多么可笑，王子麟对世人都负责如故。那天中饭后厂子里面开会，王子麟照例窝藏在一个墙角里，坐在他斜对面的是新进厂子的白玉，白玉不断地和她身边的青工说着小话，说到快活处就露齿一笑。王子麟的眼睛一直盯在白玉的脸上，几乎一秒钟也不曾离开。白玉无意中和他的目光相遇，于是就有些不高兴了。谁都知道白玉是全厂最漂亮的姑娘，又在宣传科里搞着宣传，对外有着厂花之称，而王子麟却是一个四十四岁的有老婆孩子的眼睛有毛病的磨刀师傅。他的眼睛右边一只是黑的，左边一只却是白的，白的那只左眼基本上已经瞎了，看上去就像眼窝里面嵌了一颗白色的围棋子。王子麟用这样一颗白棋子死盯着人家厂花，不是有点儿不合适吗？白玉立刻不说也不笑了，把嘴严肃地闭上，那意思是给王子麟提个醒儿，她这朵厂花不是那么好看的。王子麟看见白玉这样，眼睛果然转移了。但是白玉只一开口说笑，他就又把眼光向她射去，弄得白玉几度沉默。不仅如此，会场中途休息一会儿，让大家去解个手的时候，窝在墙角的王子麟一头站了起来，居然向白玉招招手说，过来我对你说句话。

白玉的眉毛轻轻颤了几颤，真就起身走到他的跟前，面无表情地问道，什么话？

　　王子麟说，你的牙齿里面卡了一根韭菜，你快把它剔出来。

　　白玉听着一愣，脸立刻就红透了，她把嘴紧紧地抿上，飞快地扫了一眼周围的人。

　　王子麟又说，你中午肯定吃的是韭菜馅的包子，那东西好吃是好吃，就是爱卡牙齿，我的牙齿不好，所以我就不敢吃它。

　　白玉又飞快地扫了一眼周围的人。

　　王子麟接着又说，你不要忽视这件事情，我老婆单位有个女孩儿，就是因为牙齿里面卡了一根韭菜，第二天就和她的男朋友吹了。

　　白玉突然一个转身，向着门上贴了一个卷卷头的洗手间跑去。

　　从此白玉一见王子麟就脸红，低头快速走开，渐渐地他们就不说话了，见面好像不认识一样。王子麟觉得很失落，本来他还想对白玉讲讲，他老婆单位那个女孩儿到现在还蒙在鼓里，她的男朋友为什么突然不要她了，但是这下没有机会讲了。他不明白白玉怎么会怪他呢，她应该感谢他才对啊。

　　王子麟的下岗没有白玉的责任，虽然传说中白玉和厂长的关系有点暧昧。王子麟的下岗完全是因为他的那双一只黑一只白的眼睛。两只眼睛的颜色不一致没有什么，问题是他经常把左边的那只白眼闭上，而把右边的那只黑眼睁着，站在地上打枪似的瞄准厂子里的那杆大烟囱，手里还捏着一根垂直的白线绳，他把白线绳吊在睁着的那只黑眼前面，让它和大烟囱的一侧成为一条直线。白线绳的下端拴着一块磨刀用的砂轮，在空中有些晃悠，他就不时地用手去挡它一下。这样看过之后，他往往没头没脑地对人说，早晚的事。

什么早晚的事？听的人都莫名其妙。

这东西早晚是要倒的。王子麟望着大烟囱说。

后来就有人给厂长打了个小报告，说王子麟是拿大烟囱打比方，盼着厂子早晚垮掉。厂长认为分析得有理，因为王子麟的肚子里头有点文化，长期干磨刀的活儿肯定是有想法的，怕他扰乱军心，加上他总和别人搞不好团结，差不多隔一两天就有人来告他一状，于是在处理第一批下岗人员时，把他头一个给处理了。

王子麟的刀磨得又快又好，下岗后由两个青工来接替他的工作，那两个青工都暗暗吐舌头。别人都以为王子麟会想不通，等着要看他闹出一点事来，但是王子麟没有。他听到厂长念他的名字时只愣了一下，就把头垂下去了。

离厂那天他用一张报纸包了一块用旧的砂轮，塞在包里准备带回家去作个纪念，但是走到厂门口他想了想，又把它掏出来送回了车间。他拿走的时候没有一个人看见，而他送回去的时候大家都看见了，这样王子麟临走又落了一个不好的名声，他想偷块砂轮回家磨菜刀，被门卫抓住了，还从下岗金中罚去了三百块钱。

下岗后的王子麟到劳务市场去过几次，但是人家一看他是一个男人，看上去又有四五十岁，而且一只眼睛是黑的一只眼睛是白的，白的那只就像瞎了一样，便没有一家单位要他。最后一次有家环保公司雇环卫工，问他愿不愿意，他说愿意，事情基本上就要办成了，然而那人正往一个小本上登记他的名字，王子麟见他把自己的最后一个字写成了林，就爬过去纠正说，不是树林的林，而是麒麟的麟。那人把林字划了换上一个灵，王子麟又纠正说，也不是机灵的灵，而是麒麟的麟。那人又把灵字划了再换一个玲，王子麟急了说，哎呀我又不是一个女人，我是麒麟的麟，麒麟是一种传说中的神奇的动物。

那人这下子也急了，把手里的笔往桌上一扔说，我们不要神奇的动物，我们只要扫大街的人，我看你就算了吧。

王子麟一看形势不妙，慌忙力挽狂澜道，刚才不是已经说好了吗？你总不能因为不会写我的名字而不要我了吧？

那人"喊"的一声笑道，你这人怎么这么逗呢，我刚才是没注意到你的眼睛，你这着急时眼睛一瞪我才看出来，原来你只有一只眼，你想你要是扫大街时那只瞎眼朝里，汽车来了还不把你轧个急死呀？

周围来报名的人都笑起来，恨不得快些把他淘汰了，多留下一个名额，便争着把自己的好眼凑过去，让那人在比较中验收。

王子麟这次离开劳务市场，就再也不想去了。

从劳务市场出来不远有一个游乐场，场子门口分两边摆着一些小摊子，有卖工艺品的，也有卖小饮食的，还有一个什么也不卖，却是收钱让人练靶的。这个小摊子的后墙上挂着一张大白布，白布上悬满了五彩气球，摊子上放了一把手枪，有人过来问是怎么个打法，摊主就说，交一块钱打五枪，全部打光再奖五枪，不想打了就发一个奖品。奖品一般是钥匙链或者纪念章一类的小玩意儿，琳琅满目地摆了一摊。王子麟百无聊赖，就凑过去看那人打枪。

那人交一块钱，一枪都没打中，又交一块钱，又一枪都没打中，嘴里说声"我操"，扔下手枪快快走了。王子麟觉得好笑，就咧嘴笑了一下。

摊主见状就问王子麟说，也想玩儿几枪？

王子麟拿起那只手枪，翻来覆去地看，又用手把枪头上的准星掰了掰。摊主见他掰手枪的准星，脸上立刻就变了颜色说，想玩儿你就交钱，不玩儿就走人。

王子麟从兜里摸哇摸的，摸出两张五角的钱说，试试看吧。

摊主收了钱，发给他五粒子弹，王子麟举枪在手，推弹上膛，闭上左边的那只白眼，用右边的那只黑眼从准星里瞄住白布上的气球，叭的一枪打炸一只红的，叭的一枪又打炸一只绿的，接着又是三枪打炸了剩下的黄蓝橘三只气球，然后放下手枪，笑笑地望着摊主。

摊主也笑，但是脸上的笑没他自然，指着摊上的钥匙链和纪念章问他道，你要哪种奖品？

王子麟说，再来五枪吧。

摊主就只好又给了他五粒子弹。只听得五声枪响，王子麟又一连打炸了他的五只气球。王子麟还要再打五枪，摊主心都疼了，火速摇手说，不让你打了，再打你会把我的气球全部打光，你快拿了奖品走吧，我破例奖你两个。他给王子麟拿了一个钥匙链，又拿了一个纪念章，把手往前挥着，走吧走吧，你快走吧。

王子麟笑一笑，只收了他一个钥匙链，没要他的纪念章。

摊主觉得今天吃了亏，心里不能平衡，看他走了以后，就对一个新来打枪的游客说，刚才这个人百发百中是有原因的，你没看他一只眼睛是黑的一只眼睛是白的，他其实是个独眼龙。俗话说得好，一只眼会打枪，打只麻雀止心慌。所以他是神枪手。

谁知王子麟眼睛不好，耳朵却灵，在三米以外就听到了这句话，他忽地一头又折回来，走到这个小摊前说，你这么说就不是事实了，明明是你的手枪准星是歪的，让我给你掰了一下，要不然我还不是白送你一块钱?

说这话的时候，新来打枪的游客已经打到第三只气球了，摊主的脸上一红一白，只怕他的话被人听见，悄悄对他作一个揖，小了声说，刚才和这人说了一句笑话呢，大哥别怪!

王子麟听他道了歉，就转身走了。

王子麟回家在门口转了两天，第三天从废品站买回一只汽油桶，他在汽油桶的屁股上挖了一个洞，桶内筑上泥巴，只留出大暖瓶粗一个圆孔，用一根细钢筋绕了个护窗样的栏杆，嵌在圆孔中部，使其成为一只大煤炉子，他就用这炉子卖起烤白薯来。开张的头一天，他从早到晚卖了二十八斤烤白薯，刨去买生白薯的本钱，不算炉子和煤的间接成本，总共赚了三十六块钱。他心里暗自欣喜，有一种柳暗花明的感觉，照这么干下去，一个月赚一千块是不成问题的，比在厂子时的收入多了一倍。

他继续卖烤白薯，这天下午正卖得热火朝天，坐在旁边的一个补皮鞋老头突然蹲着走过来，扯一下他的裤脚说，来了。

王子麟还没意识到老头儿是什么意思，这时迎面走来两个戴大盖帽的，一直走到他的汽油桶前，一个问，有证吗?

王子麟说，证是有一个，不知道作不作数。说着拍一拍手上的泥巴，从兜里摸出一个下岗证，递给大盖帽说，人家说了，可以一边办着一边干着。

那人看一眼他的下岗证就不再问，另一个耸耸鼻子说，好备，来两个烤白薯吧。

王子麟就挑了两个最大最好的，放在秤盘里称了一下，翘翘的三斤二两。王子麟说，算三斤吧，给六块钱就行了。说着把两个烤白薯从秤盘里拿出来，各自包上一片旧报纸递到他们面前。

两个人同时一愣，接着相互看了一眼，一个说，我来，就掏出三张两块的票子放在他的秤盘里，然后一人接过一个烤白薯，一路剥着皮走到补皮鞋的老头儿那里，让老头儿用手摇机缝他们鞋盖上挣脱了的线。

两人缝好鞋盖走了，补皮鞋的老头儿对王子麟说，明天你得换个地方了。

王子麟问，这里生意不是很好吗？

补皮鞋的老头儿说，你干吗要人家的六块钱呢？我还专门扯了一下你的裤脚！

王子麟就明白了，愣在那里想着问题。他总觉得补皮鞋的老头儿说得太玄，再说汽油桶做的煤炉子太重，换个地方也不是很容易的事，就宁可还在这里试试。第二天补皮鞋的老头儿没来，就好像有心回避昨日的预言。王子麟正卖着，昨天来过的那两人又来了，果然一来就通知他说，你不能再在这里卖烤白薯了，再卖我们就没收你的全部收入，并且连人带炉子带烤白薯都带走。

王子麟因为已有心理准备，便不再卖，在那两人的协助下，把煤炉子搬到一架手推车上，怏怏地把它推回家去，就像那天游乐场门口那个白花两块钱一只气球也没打中的人。

王子麟申请卖烤白薯的营业执照很晚也没有批下来，天气渐渐由冷变暖，他买来作原材料的生白薯眼看要烂，他就把它分期分批蒸了，当作饭吃，一家人吃了几天，吃得他哽哽咽咽，老婆和女儿不停地打嗝儿。吃完之后还没有执照的消息，烤白薯看来是卖不成了，王子麟只好另谋生路。

在无聊的时候他的脑子里也会出现一些好玩儿的事情，比方那天在游乐场门口用手枪打气球，他于是设想自己也摆那样一个小摊子，吸引人来打枪，但是又怕被人白打了气球又领奖品，赚不来钱反倒蚀本，因为他不能把枪的准星弄歪。在这样的犹豫徘徊中，一个月的日子很快就过去了。

他还总想着厂子里的事情，差不多每天晚上都要梦见那杆大烟囱。一天深夜，睡梦中的老婆突然被他一把扯醒，只见屋里灯火通明，王子麟光着身子坐在床上，一白一黑两只眼睛睁得鼓出眼眶，那只扯她的手劲大极了，急得呼哧直喘道，快走哇！你快给我走哇！

老婆见他两眼瞪着屋顶，以为吊灯会掉下来，又以为房子要塌，吓得要死，慌忙喊着女儿的名字，光脚就往地上跳，这时却见王子麟恐惧的眼神渐渐变得恍惚，盯着对面的墙愣了一阵，忽地一头倒下去，又钻进被子里面睡着了。

女儿惊惶地跑来问她妈妈，出什么事啦？

王子麟的老婆此时方才明白，气得瞪着他说，你爸他发癔症，没事了！

后半个夜晚老婆基本上没有睡成，天亮以后爬下床来，把昨夜的事说给王子麟听，王子麟愣怔了很久才说，是吗？

老婆用手一点一点地指着他的那只好眼说，我警告你，不许你再吓我们母女两个了！

但是这事是不能警告的，第二天睡到半夜，王子麟又开始了，几乎和昨夜一模一样。老婆这次被他扯醒之后，只把惺忪的眼睛使劲挤眨了几下，就立刻向他一掌推去，王子麟发起怒来，瞪着黑白二眼大声喊道，你为什么打人？我要你走你为什么打人？喊着喊着眼神就变得恍惚，过一会儿又倒下去睡着了。

老婆被他折磨得快不行了，她一夜一夜地刚刚睡着就被他

臭嘴　　**301**

扯醒，然后听他大喊一气重又睡去。天亮以后她再一次警告他，他依然愣怔很久才说，是吗？王子麟的老婆记得王子麟过去是没有这个毛病的，完全是下岗把他弄成了这个样子，因此她恨王子麟，也恨下岗。她不知道往后的日子怎么度过，白天白天没有事做，晚上晚上没有觉睡。

王子麟一天比一天瘦，由于夜里惊慌恐惧，大叫大嚷，白天他就精神疲惫，恍恍惚惚。一个双休日里，老婆下决心带他去了一次医院，医生听完她的描述，给王子麟做了几个试验过后，证明目前还不是精神分裂症。

这是神经高度紧张引起的，医生诱导着他，你好好地回忆一下，你是不是一直担心会发生一件什么可怕的事情？

王子麟回忆了一下说，是的，我总想着厂子里的那杆大烟囱就要倒了。

医生说治这个病最好的医生不是医生，而是自己，建议他试着调整一下思维方式，多想一些轻松快乐的事情，最后给他开了几瓶安神醒脑的中成药，让他先服看。

王子麟听说自己不是精神病，身体就好了一半，接过处方去药房划了个价，一看要一百多块，他就不再去缴钱取药了。按规定下了岗的人员医药费还可以在厂子里报销百分之多少，可是他这辈子都不想再到厂子里去了。

王子麟遵照医生的说法，试着去想轻松快乐的事情，他想轻松快乐的事情只有那次在游乐场门口用手枪打气球，是他英明洞察，一举看破了摊主在手枪准星上玩儿的把戏，把那里扳了几下，就弹无虚发。十枪十中，一块钱打炸十只气球又挣得一只钥匙链，临走还得了一句"大哥别怪"。想到这里他简直快要笑了。

然而再想下去，他就又想起在劳务市场八次没人理他，最后一次好在有人答应登上他的名字，不料却把那个"麟"字一连写错三个，并因此使他到手的工作又出现变化。接着又想起卖烤白薯，他只烤了两天半就被人家赶走了，害他白花八十块钱买下一只汽油桶，全家吃了几天蒸白薯也没吃完，到底还糟蹋了二十多斤。由此他自然又想起申办卖烤白薯的执照，直到现在还没有消息。王子麟轻松快乐不成了，他叹了一口气。

　　当天深夜他又把老婆从梦中喊了起来。

　　老婆已被他折磨得精疲力竭，痛苦不堪。王子麟的下岗在经济上带给她的压力，本来她已快承受不住，现在又在精神上对她进行这样残酷的打击，她实在是有些忍无可忍。在一天夜里再一次被王子麟喊起来后，她终于一掌把他打醒，并且愤然提出，明天她就带着女儿回娘家去住。

　　王子麟想了又想，默默无言，第二天一早他对老婆说，你要上班，女儿要上学，只有我是一个闲人，还是我走吧，就当作是我们和和气气地离了个婚。说完这话，王子麟开柜拿了几件衣服，就出门走了。

　　他走在街上，每一步都想着今后的日子，一只好眼满世界地张望，希望眼前出现一条生路。他耐心地观察沿路水泥电线杆上贴着的纸条，但它们多半是求租房屋和寻找亲人，以及包治阳痿一类的内容，与雇工毫无关系。这时他突然记起，那天从院看病出来，医院门口贴着一张广告，上面说住院部需雇一名夜间勤杂工，性别要男，年龄不限，工作是烧锅炉，时间是从晚上八点到凌晨两点。当时他和老婆都为这张广告喜了一跳，但又一想，凌晨两点其实就是半夜三更，下了夜班他怎么能够回家呢？而现在他已没有家了，他索性就可以在锅炉房里待到天亮，白天再找个地方睡他一觉，因此这个勤杂工真是非他莫属。

王子麟信心百倍，赶到那家医院的住院部一打听，果然这份工作还给他留着，他立刻登记报名，当天晚上八点就走马上任。医院是管医治眼睛的，却没有在乎他的眼睛，这一点比劳务市场好。

王子麟在医院烧了一周锅炉，第八天下午去接班的时候，他在走廊上看到一位年轻姑娘，身穿一套白色住院服，右边的胳肢窝里夹着一支木拐，从女卫生间里一倾一倾地出来。那姑娘远看很像厂子里宣传科的白玉，他就不由得多看了她几眼，不料等那姑娘走到近前，竟真的是白玉。王子麟一下子呆住了。

与此同时白玉也认出了他，嘴里惊叫一声道，王子麟你在这里做什么？

王子麟说，我给医院烧锅炉啊，又问她，你的腿是怎么了？

白玉紧紧地盯着他的脸，很久没有言语，后来才小了声说，看来你是真不知道，厂子里那杆大烟囱倒了，死了三个伤了七个，那天我随张科长刚回厂子，砸下来的水泥砖有一片正好飞在我的腿上，算我这辈子命不好，被它碰上了。白玉声音越来越小，说到最后就变成了哭。

王子麟一听厂子里的那杆大烟囱果然倒了，两只眼睛立刻瞪得滚圆，一黑一白鼓出眼眶外面，接着脸上的肌肉就开始一下一下地抽动，那模样好像抽筋。这样瞪着眼抽了一阵，他问白玉说，是哪一天的事？

白玉哭着说，就是上一个月。

王子麟略一推算，正是他每夜梦见烟囱倒下来的那段日子，顿时就傻了一般，身子摇晃起来，即将要倒的样子。

白玉说，幸亏你走了，你要在厂子里说不定也碰上了，这都是命啊。说着又哭起来。

王子麟喉咙里吭吭地响着，似乎想答话又答不上来。过了一会儿，他忽然咳下嗓子，小声问白玉说，你现在谈了朋友没有？

白玉抬起泪脸，哽咽地说，我成这样子了，谁还跟我谈啊？

王子麟嗓子里刚才存了一句话，正要说我让我老婆给你介绍一个好的吧，却猛地想起他的老婆已经和他离婚了，话就这么一下子卡了在喉咙里面。又过了一会儿，他总算找到一句话说，你会好的，你还是一朵厂花，只是谈朋友不可太心高。

白玉嘴里嗯嗯地应着，觉得心情好多了，这时她忽然想起什么，问王子麟说，王师傅，最近我才知道一件事情，你的那只眼睛是加夜班磨刀时，砂轮上的铁碴打坏的吗？

王子麟问，你听谁说的？

白玉说，我在广播室的一堆旧稿子里无意中看到的，可是翻看广播记录，那篇稿子却忘了播。

王子麟说，眼睛瞎了，它能给我播好吗？要是能播好，我就要它一天到晚地播，它不播我也要它播。

白玉听他说出这样的话来，一时就无言了。

锅炉房里有人喊着交班，伤员房里也有人喊着查号，这一老一少两个残疾人发觉已在走廊里站得太久，就默默地对望一眼，然后分别回到自己的地方。

黑夜里的老拳击手

周日的早晨，楼长刚刚起床，手里的裤子才套上一条腿，就接到本楼一个女人的举报电话。楼长你到底管不管？你到底是管还是不管？女人尖锐的嗓子像锥子一样向他扎来，我家隔壁放录像的声音大得要命，天天晚上都是这样，简直就是一座战场，我们全家睡着了又给吵醒了，不信你来住着试试！

楼长一手拽着裤腰，一手举着话筒，冷静地问道，是吗，你住几层几号？

女人却一点儿也不冷静，我住九零八号！我不住九零八号，还有哪个倒霉的住九零八号？

楼长急着要腾出手来穿裤子，就劝她说，你先把电话挂了，等我穿好裤子就去问问是怎么回事。

女人又唠叨一阵才把电话挂了。但是楼长的另一条裤腿还没穿上，电话又响了，楼长拿起来说，我不告诉了你，等我穿好裤子就去问吗？楼长说到这句口气突然变了，原来你不是刚才那个，有什么事你说吧。

这次也是一个女人，这个女人比刚才那个温柔，她把愤怒变成了幽默。昨夜我家的吸顶灯从楼顶上突然掉下来，正好落在西瓜上，两样都破了。我打电话找安装公司，公司说是不是住在你头顶上有第三者插足？我说不知道，反正够凶的。

楼长笑道，我明白了，你的意思是说你的楼上夜里很吵。你住几层几号？

女人说，好像是八零九号，你听，他把我都吵糊涂了，我连住哪里都记不得了。

楼长那只提裤子的手都酸了，也劝她说，你先把电话挂了，等我穿好裤子就去问问是怎么回事。

楼长坐下来一边穿着裤子，一边眨着眼想，九零八号的隔壁是九零九，八零九号的楼上也是九零九，两个女人状告的不是同一户人吗？想明白后接着又想了一会儿，这下却又糊涂了。九零九号是一个独居，里面只住着一个刚退休的老头儿，都六十岁的人了，是个搞政工的，支部书记什么的，一身上下瘦得像根鱼刺。

楼长想着笑了起来，这么个老家伙，就是想有人插足也没人跟他插，想跟人打架也没人跟他打呀。而且老头儿好像也不喜欢看武打的录像，要说他看电视里的《夕阳红》节目倒还有可能，不过《夕阳红》里的老头儿老太太练剑练拳，谁个出声哪？

楼长穿好裤子以后并没有就去问问是怎么回事，而是进卫生间去撒了一泡折磨了他后半夜的尿，放水冲了臊气，接着又刷牙，洗脸，出门去小摊上吃早点，买两根油条一碗馄饨吃了，打一个嗝又擦一把嘴，然后回到楼里。他站在门口还想了一会儿，好像有什么事情他给忘了，但他终于没把埋在油条和馄饨下面的那件事情想起来。

直到晚上，直到那两个女人的电话一前一后又打来的时候，楼长才猛地想起他今天清早的许诺。九零八号的女人厉声问道，你不是去问问怎么回事了吗？问了怎么还是那么回事？八零九号的女人却催促他说，你快去亲临现场吧，电视连续剧又开始啦！

这次楼长立即出发，让电梯工直接把他送到九层。

在走出电梯的这一瞬间，他又有点犹豫起来，但只是这一瞬间，他很快就向九零九号的方位走去了。

他一路打开楼道所有的电灯，经过九零八号的门口，发现那门早已拉开了一道一掌宽的缝隙，一个女人愤怒的窄脸正好嵌在门缝中，俨然是在迎接着他，看见他来那女人挤一下眼，又把一只手伸出来弯着往那边一指，就缩进去把门关了。

随着她的插门声，楼长听到了她刚才所指的另一间房里发出的更大的声音。那声音沉闷而又有力，果然有些像是两个女人形容的那样。

楼长蹑脚走到门外，侧了脑袋把一只耳朵贴住门板，对里面那可疑的声音作进一步的测听。他的脸一下白了，紧接着他转身就走，他的步子迈得急促而又慌乱，走过九零八号房门之后，两脚分明就变成了跑。

大约过了十多分钟，两名全副武装的警察在楼长的带领下，跑步来到这个门口。屋里决斗似的声音依然响着，一名警察双手握枪闪在门外的墙角，另一名警察则右手把枪端在胯下，左手敲了三下门，嘭，嘭嘭。

屋里的击打声戛然而止。隔了一会儿，九零九号房的门从里拉开了。屋里没有灯光，一个又矮又瘦的影子隐在门缝中，嘶哑着嗓子小声问，你们找谁？

门外的三人同时喊道，把灯打开!

"啪"地一响，屋里的灯就亮了。矮瘦的影子变成了一个老头儿，上面穿着一件背心，下面穿着一条大裆短裤，再下面是一双塑料拖鞋。老头儿满头大汗，气喘吁吁，两只老鼠眼里露出迷惘的神情。

你们找我? 他的眼睛避开警察，却转过去问楼长。

屋里还有什么人吗? 楼长问他。

没有啊，什么人也没有啊，老头儿一定累得不轻，现在还把气喘得呼呼地响。我是一个孤老头子，他知道的。他用手指一下楼长，让楼长证明他的身份。

那你在和谁格斗? 警察将手枪插入枪套，斜睨了紧急报案的楼长一眼。

我还以为有蒙面人来行劫，谋你的财害你的命呢。楼长尴尬地说。

他们迎着灯光，鱼贯而入。一走进屋里就看见从客厅通往卫生间的门框下面，吊着的一只沙袋还在一甩一甩着，就像荡秋千一样，是刚才挨过打的。

沙袋是用一只旧牛仔裤的裤筒缝制的，一尺五六寸长，从膝盖到脚跟的部位，石磨蓝的裤筒上似有几个用黑色圆珠笔描出来的字，走近细认，字有三个，是"王子儒"。

这是一个什么人? 楼长指着那个名字，好奇地问。

你是问他吗? 老头儿说。他的气喘匀了一些，这时候抬起一只手来擦了把汗。这人是华贸公司的总裁，可是二十年前他是一个什么臭玩意儿，说捆就一绳子捆起来，说打就一拳头打趴在地上，见了我们骨头都是酥的，目前他竟成个人物了!

楼长和警察惑然地看他一阵，接着互看一眼，三人一起笑了起来。

你这样打王子儒，王子儒就倒了吗？楼长好不容易把笑止住，以后可不能再这样，闹得你的隔壁和楼下夜里都不能睡觉！

再闹我们可就要来干涉了！警察补充说，看你是个老同志，今天我们就不批评你了。

老头儿嘴里"喏喏"地应着，等到三人走了以后，他又照准"王子儒"打了一拳，由于用力过狠，他龇咧着嘴摇摇手腕，过一会儿又踢了一脚。他踢的时候由于用力过猛，身子失去重心，打了一个趔趄险些摔倒在地。

后来他就把"王子儒"从门框上卸下来，抱在怀里四下打量一阵，无处可放，就"嗵"的一声扔在沙发上面了。

不许我打你，我坐你该是可以吧？老头儿自言自语着，他的尖屁股立刻响应号召，往后一撅就坐了上去。

"王子儒"因为是用牛仔裤筒做的，肚子里又装满了沙，加之老头儿的屁股光骨头没肉，坐上去硌得慌，老头儿龇咧着嘴，索性使劲蹭了几蹭，将它左右蹭得扁了一些，方才感觉像个坐垫。

次日一早，楼上有人看见这个又矮又瘦的老头儿穿着一套好料子的西装，胳膊挽着一只菜篮子，从菜市场上一拐一拐地回来，篮子里装着一条鲜鱼，一块豆腐，一袋花生米，还有一瓶二锅头酒。

他的两只老鼠眼睛红红的，可能昨夜没有睡好。

后记

何锐

公元二〇〇〇年，中国文学出版社解体前的最后一套书，是由我策划，何锐主编的"黄果树丛书"。那是二十世纪的最后一年，何锐执编的名刊《山花》又没钱了，半夜十二点许，他一个电话打了过来，忧心忡忡地说明年怎么办呢？我给他出了个主意，让他把几年来的《山花》整理一下，根据栏目，编成十本书，取名就叫"黄果树丛书"，我给他出版，我再找个人给他投资印制发行，他的任务是写个总序，感谢一下黄果树集团，把这套丛书献给他们，明年办刊的钱就找他们要。何锐说，好嘛好嘛，就把电话挂了。

何锐打电话不同于全世界任何一个人，主要有两点，第一，开头没有问候语，结尾没有客气话，直接说事，妈的给我搞个稿子，搞个好稿子。或者就是，这期某某某有个稿子，妈的是个好稿子。然后就讲这个好稿子写的什么，为什么好，讲完就挂了，给人的感觉，他一天到晚，一年四季，一生一世都在外面搞好稿子，而不搞别的事情。第二，搞好稿子没有时间约束，半夜就半夜，凌晨就凌晨，什么时候想起来什么时候搞，声音低沉而又短促，给人一种神秘虚幻的感觉。有次我妻子一觉醒来，忽听我在客厅跟人说话，她问，谁呀？我说，贵州的何锐。她说，就是上次你俩在黄果树瀑布下面合影，长得像小泉纯一郎的那个老爷子？我放下电话说，下巴没小泉尖，像《渡江侦察记》里的陈述。

我要"黄果树丛书"的投资人无论如何赶在年底之前印出此书，以便何锐新年向人献礼。紧锣密鼓，这套丛书如期印了出来，但是给我惹了一个不小的麻烦，投资人为了节省成本，离开北京，在河北高碑店的印刷厂进行印刷，因为没开出境准印证，版权页上的印刷单位，就随便安了一个人民印刷厂。

谁知人民印刷厂是专门印人民币的，从不印书，"黄果树丛书"刚一问世，立刻有人揭发检举，新闻出版局就派人找我来了，气冲冲的，一人扛着摄像机，一个举着话筒。我请他们坐下，关上门说，你们别搞这个，要搞这个我就走，看样子你们都是读书读刊的人，你们知道出书办刊有多么难吗？你们知道中国期刊界有个名叫何锐的工作狂吗？他自风华正茂的青年时代离开可爱的家乡天府之国，去到多民族的边远贵州扎根落户，如今都白了少年头，为了给你们弄点儿精神食粮吃一吃，儿女没有工作他也不管，老婆生病他也不顾，到处求人赞助，出书向人献礼，北京的价太高，印书的钱不够，这才铤而走一次险，我帮这位老爷子跟你们私了，让他以后在刊物里歌颂你们行不行？

但愿这两位青年是文学的爱好者，作家的知心人，未来的编辑家，他们把可怕的行头放了下来，他们起身走了，他们还跟我握手道别。我怀着万般复杂的心情，给何锐打了一个电话，我说十本书出版了，要他马上来一下。很快，何锐乘坐飞机来了，我没对他说这件事，时至今天也没有说，对他说除了让他不安，让他有负疚感，让他用低沉而短促的声音说"妈的"，别的都是枉然。何锐跟投资人见了个面，喝了他带的茅台（他跟茅台酒厂有一种神秘的关系，经常都有茅台酒喝），提了一捆样书，又坐飞机走了。过了几天，依然是半夜十二点许，一个熟悉的声音从贵州传来，这次异常的洪亮，妈的，二十五万，分两次给，一年够了！

何锐请我去贵州，参加《山花》《大家》《作家》《钟山》四小名旦联网作品讨论会，以及女性文学研究会的学术报告会。我开会是假，看黄果树瀑布是真，吃花江狗肉是真。贵阳有一座吃城，名叫鼎罐城，为苗人所开，城中全是饭庄酒家，清一色的古式建筑，中心一个露天竞技场，有绝色女子倾情献艺，来此的客官可以吃一吃，喝一喝，出去看一看，听一听，还可以趁着醉意与优伶同台吼唱。

何锐将我等请到这里，刚一入座，两个苗女立刻抱着竹筒碎步跑来，竹筒内是城中自酿的好酒，只供客饮，绝不外销。苗女问过众位客官的尊姓和职位，美目盼兮，巧笑倩兮，即兴编出劝客饮酒歌，又生动，又押韵，赛过中国某个时期的著名诗人，第一个对准的是何士光。

何士光于上世纪末皈依了佛门，不吃生灵身上的肉，仅吃少许清油炒的鸡蛋，酒也尽量喝得斯文。苗女不知就里，尖着嗓子唱："喜盈盈来笑盈盈，何主席来到鼎罐城，阿妹敬酒何主席尝，一筒酒来一筒情。"何士光瞪着海碗粗细、一尺多长的竹筒，苦巴着脸不敢下口，苗女便一个揪住他的耳朵，一个把竹筒往他嘴里灌。临到何锐，苗女问过姓氏身份，齐声又唱："喜连天来笑连天，鼎罐城来了何主编，阿妹敬酒何主编尝，筒如海来情如山。"何锐害怕揪耳朵，赶快就喝，小宝宝似的听阿姨话。

当晚何锐喝得兴起，不回府了，陪我睡在一个房间，大谈如何地搞稿子，谈到半夜方才睡下。刚刚入梦，突然电话铃声大作，只见何锐一个鲤鱼打挺，从床上纵身而起，摸着话筒，问了几句川黔混语，面皮紧张起来，说声好嘛好嘛，挂了电话，对我说，妈的，家里发现了老鼠，要我回去打。我说，嫂夫人是用隐语，不要你钻到别人洞里去了，半夜三更回去打什么老鼠！何锐立志要走，我只好为他放行，趴在窗口，目送着一位夜不归宿的老主编，弓着个背，一边慌乱地扣着扣子，一边快步奔向夜色下的街头。贵阳十月的午夜不像通宵达旦车水马龙的北京，出租车很少出没，老主编步行往家奔去，去给夫人打老鼠，宁可自己不睡，也要让她放心地睡个好觉。

何锐到北京来，晚上可以尽情地睡觉，养足精神，翌日凌晨起来去逛书店。何锐来北京的第一件事，上世纪是到王府井新华书店，本世纪是到西单北京图书大厦，直奔一层大厅的西方哲学专架，一去两眼贼亮，双腿不移，用老舍的话说，种在那里了。

我们每次都在那里约会，整整一个上午，一人怀里抱一摞书出来，去旁边的火锅店里吃自助火锅。坐在桌边，他迫不及待地看他买来的书，努力睁大一双近视的眼睛，像做面膜一样，把书贴着脸皮，一行一行地看，也不夹菜在锅里煮。说是自助，还是要让小姐一样一样地伺候，羊肉都涮黑了，汤底都煮干了，蜡烛都烧熄了，他还在看书，需要大声地催促他吃，他才说好嘛好嘛，把书换成筷子。

其实何锐并非不懂美食，毕竟是从贵阳的鼎罐城里培养出来的刁钻角色，有一次只有我们两人，他拎着自带的茅台酒，找到一个去处，把菜谱像做面膜一样贴着脸皮，挪上挪下好一阵子，最后点了一个鱼头。放下菜谱，他对我说，这是蝶鱼，有脸，脸最好吃。我听着一愣，可叹我今生吃了无数条鱼，还没有尝过鱼脸的味道。

到了新的世纪，我们再度合作，经我策划，他任主编，出版了一套"走遍中国丛书"，其中一卷《走遍名城》，全是曾在《山花》发表的名城游记。

然而智者千虑，必有一失，想不到我们中国的事情像水缸里的葫芦，这里按下去，那里冒起来。书出来后，按照合同，样书与稿酬由主编统一寄付作者，有作者却说没收到书，也没收到稿费，出版社得知此情，紧急追究。我认为这件事情不告诉何锐不行，就打电话告诉他。何锐大惊，觉得十分对不起我，说，还有这事？让我问他！俄顷，何锐电话打过来道，说清楚了，样书是什么时间寄的，稿费是什么时候寄的，他听着不回答，默认了！

说完这事，三句话不离本行，他又开始说稿子。他说，搞个稿子，要好稿子，短一点的。

本世纪初，何锐终于到了耳顺之年，终于要离开他的那朵用好稿子扎成的山花了。但他好像是在做垂死的挣扎，在离开前的最后一年越发疯狂地抓了一批好稿子，其中有江苏女作家范小青的《城乡简史》，这个短稿子获得了本届鲁迅文学奖（第四届鲁迅文学奖）。

颁奖会在鲁迅的故乡绍兴举行，何锐应邀而去，就在这次颁奖会上，看稿子要把眼睛贴在纸上的何锐，夜色中在返回宾馆的小路边一脚踩空，瘦骨嶙峋的身子摔到坎下，多皱的前额摔掉了一块颅骨，佝偻着的后背骨头也摔断了。当我在北京得到这一噩耗的时候，他的手机响了很久没有人接，后来是一个年轻人的声音问我是哪里，我说我是北京的野莽，年轻人"哦"了一下，说他是何锐的学生，知道我也知道我与何老师的关系。我就抓紧时间了解情况，何锐的学生告诉我说，鲁迅故乡的医生已经把他垂危的生命抢救过来了，并且还把那块颅骨保留好了，放在一瓶药水里泡着，计划在危险期过了以后安回原处。

但是等他的危险期过了以后，第二年要实施安回颅骨的手术，那块药水里的颅骨已收缩变形，不能圆满地盖回去了，最后医生在他的前额装进了一块从美国进口的钛，那东西据说比钢板还结实，还能透气。我想起在他年轻时中国流行的一首歌，是歌唱革命者的："这力量是铁，这力量是钢，比铁还硬，比钢还强。"我想这比钢铁还要强硬的东西，不就是钛，不就是何锐吗？

脑袋里安装了钛的何锐半夜里又给我打电话了，还是要给他一个稿子，一个好稿子，他说他就编这一期就不再编了。我说你的脑袋都摔成那样了还要看稿子，还能看稿子吗？他说妈的，比原来还管用，稿子只看一遍就能记住里面的人物和故事，清醒得很，夜里一点瞌睡也没有了。这话让我听着害怕，想起上个世纪曾经使用的电灯泡，里面的钨丝被烧断以后，通过摇晃搭接起来，重新装上去比过去更亮。

我给了他一篇稿子，是个好稿子。不过不算短，有两万多字，名叫《枪毙》。这个稿子直到他退休也没有发出来。我以为他那摔破以后用钛补起来的脑袋并不像他自己说的那么好使，不是记忆力摔弱了，就是鉴赏力摔差了，一定是把我的好稿子《枪毙》给枪毙了。

但是，几个月后，我收到一本《山花》杂志，《枪毙》二字排在小说栏目的头题。接着，鲁院毕业回到单位的冉正万从网上给我发来一封信，问野莽老师，杂志收到了吗？我立即回信说收到了，正万代我向老爷子请安。